DER MAGDALENEN-SCHLEIER

DIE MAGDALENA-CHRONIKEN
BUCH DREI

GARY MCAVOY

ÜBERSETZT VON
MARTINA MOSER

LITERATI
EDITIONS

Herausgeber:
Literati Editions
PO Box 5987
Bremerton, WA 98312-5987
E-Mail: info@LiteratiEditions.com
Besuchen Sie die Website des Autors: GaryMcAvoy.com
R0525

eBook ISBN: 978-1-954123-01-4
Taschenbuch-ISBN: 978-1-954123-59-5

BÜCHER VON GARY MCAVOY

PROLOG

Eine Menschenmenge säumte beide Seiten der *Via Dolorosa*. Die meisten schrien, einige spuckten und johlten, viele weinten und beklagten den verurteilten Juden aus *Nazareth*, der ein schweres Holzkreuz auf dem Rücken trug. Bald würde er die Hügel von *Golgatha* erreichen, einen Ort nordwestlich der Stadtmauern von *Jerusalem*, wo sein Leidensweg enden würde.

Als er sich seinen Weg durch die Menge der drängenden Schaulustigen bahnte – sein Gesicht blutunterlaufen und geschwollen von den Schlägen, die ihm während seines Prozesses von römischen Soldaten versetzt worden waren – hatte eine junge Frau Mitleid mit ihm. Sie kannte ihn. Sie trat vor, nahm ihren feinen Byssusschleier und reichte ihn ihm, damit er sich das Blut und den Schweiß aus dem Gesicht wischen konnte.

Er presste den Schleier auf sein Gesicht und atmete den

1

zarten Myhrheduft ein, der in den kostbaren Stoff eingewebt war. Nach einem kurzen Moment des Schweigens reichte er der mitfühlenden Frau den befleckten Schleier, ein *Sudarium*, zurück. Als sie ihn betrachtete, war sie erstaunt: Das Tuch trug nun ein Abbild seines Gesichts – mit all seinen Details. Die Form seines Kopfes, seine gequälten Gesichtszüge, die Spuren seines Blutes – es war, als würde sie ein zartes Gemälde betrachten. Für sie war es ein Wunder.

Während der Verurteilte seinen Weg fortsetzte, folgte ihm die Frau am Rande der Menge, bis sie jemanden fand, den sie gesucht hatte: die Person, die sie als seine treueste Jüngerin kannte. Die Frau weinte untröstlich.

„Miriam", sagte sie sanft, „auch ich trauere um Jesus. Sieh dir meinen Schleier an – sein Gesicht hat sich darauf eingeprägt, als er ihn berührte. Ich möchte, dass du ihn bekommst."

Miriam von Magdala nahm den Schleier dankbar an. „Danke, Berenice, für diese Geste der Freundlichkeit. Ich werde ihn in das Grab meines Herrn legen."

Miriam von Magdala war die Erste, die das leere Grab entdeckte. Bald darauf eilten auch die Jünger Simon Petrus und Johannes herbei, um sich zu vergewissern, dass Jesus´ Leichnam verschwunden war (Johannes 20,3). An der Stelle, wo der Körper gelegen hatte, fanden sie nur noch zwei Tücher: das große Leinentuch, das einst ihren Herrn umhüllt hatte – und daneben, zusammengeknüllt neben einem Stein, das blutgetränkte *Sudarium*. Als Miriam das Schweißtuch erkannte – jenes Tuch, das ihre Freundin Berenike ihr gegeben hatte –, nahm sie es behutsam aus dem Grab. Das darauf eingeprägte Antlitz war nun ihr einziges Andenken an den geliebten Jesus.

RENNES-LE-CHÂTEAU, **Frankreich – 1937**

Unheilvolle Anzeichen eines drohenden Weltkriegs beunruhigten Europa, während das nationalsozialistische Deutschland unter Adolf Hitlers unstillbarem Drang nach Expansion und Vorherrschaft immer unruhiger wurde.

Zu den Zielen des Führers gehörte die Erschaffung einer arischen Herrenrasse, die in Hitlers Vorstellung historische Wurzeln bei den alten Israeliten hatte – den Nachfahren Abrahams, Jakobs und Isaaks. Er ging sogar so weit, Jesus Christus als einen „arischen Kämpfer" zu bezeichnen, der gegen „die Macht und Anmaßung der korrupten Pharisäer" und jüdischen Materialismus anstelle spiritueller Werte gekämpft habe.

Um Hitlers arische Mission zu unterstützen, beauftragte SS-Reichsführer Heinrich Himmler, der Architekt des Holocaust, jahrelang groß angelegte archäologische Expeditionen – vorwiegend in Frankreich, aber auch in entlegenen Gebieten wie Island, da auch nordische Völker als arisch galten.

Himmler, besessen vom Okkulten, war getrieben von der Jagd nach den beiden legendärsten heiligen Reliquien der Geschichte: der Bundeslade und dem Heiligen Gral. Zu diesem Zweck holte er sich die Hilfe von Otto Rahn, einem Schriftsteller von einigem Ruhm, dessen Buch *Kreuzzug gegen den Gral* Himmler mit einer Leidenschaft verschlungen hatte, wie sie nur Gleichgesinnte empfinden.

Rahn war ein eifriger Erforscher der Katharer-Mythen – Legenden über einen kleinen, friedlichen, aber einflussreichen Orden, dessen Glaube und Traditionen sich von denen der römischen Kirche abwandten. Rahns eigene

Leitgedanken bei der Suche nach dem Gral stammten aus Wolfram von Eschenbachs Epos *Parzival*, in dem er die letzte verbliebene Katharer-Festung – strategisch auf dem Gipfel des *Montségur* in den französischen Pyrenäen gelegen – als wahrscheinlichsten Ruheort des Heiligen Grals identifiziert hatte.

Finanziert von Himmlers Denkfabrik, dem sogenannten *Ahnenerbe*, und im Bunde mit einer mysteriösen okkulten Nazi-Gruppierung namens *Thule-Gesellschaft*, durchsuchte Rahn jahrelang die Region – ihre Kirchen, Dörfer, sogar das labyrinthische Höhlensystem des *Languedoc* – doch vergeblich. Den Heiligen Gral fand er nie.

Doch während Rahn einen versteckten Raum unter der Kirche der heiligen Maria Magdalena in Rennes-le-Château ausgrub – einer Kirche, die gerade zwei Jahrzehnte zuvor von einem rätselhaften katholischen Abbé namens Bérenger Saunière geleitet worden war –, fand er etwas von ungeheurer Bedeutung.

Es handelte sich um ein besonderes Artefakt, das in einer kleinen weißen Alabasterschatulle mit einem antiken Bronzeschloss verwahrt war. Darin lag ein uralter, fein gewebter Schleier aus seltenem *Byssus*, auch als Meerseide bekannt. Auf ihm war das deutliche Gesichtsbild eines Mannes zu erkennen, dessen Züge unmissverständlich von Misshandlungen zeugten – mit frischen Wunden auf Wangen und Stirn. Die *Peyot*, die seitlichen Locken, wie sie jüdische Männer im ersten Jahrhundert trugen, waren klar erkennbar. Auf der Rückseite fand sich dasselbe Abbild, nur seitenverkehrt.

Rahn war überzeugt, den legendären *Schleier der Veronika* entdeckt zu haben, von dem die mündliche Überlieferung behauptete, Maria Magdalena habe ihn erhalten, als Jesus auf dem Weg nach *Golgatha* war, wo er kurz darauf gekreuzigt werden sollte.

Außer sich vor Freude und sicher, etwas von enormem historischem Wert gefunden zu haben, das er seinem Herren präsentieren konnte, kehrte Rahn nach Deutschland zurück – in Himmlers *Wewelsburg*, eine SS-Festung bei Büren. Dort übergab er die Alabasterschatulle an Himmlers Stellvertreter, SS-Oberst Walther Rausch. Dieser reichte sie umgehend an Himmler weiter, der das Artefakt heimlich im verborgenen Tresor der Burg verwahrte. Abgesehen von rituellen Nutzungen durch die geheimnisvolle *Thule-Gesellschaft* wurde es seither nie wieder gesehen.

EINS

GEGENWART

Michael Dominic ging zügig den roten Lehmweg entlang, der sich am Ufer der *Sarthe* im Norden Frankreichs schlängelte. Mit einer flüchtigen Handbewegung wischte er sich den feinen Schweiß von der Stirn, während aus der Ferne die meditativen gregorianischen Gesänge der Benediktinermönche aus der nur wenige hundert Meter entfernten *Abtei Saint-Pierre de Solesmes* zu ihm herüberwehten.

Er befand sich nun seit zehn Tagen in der Abtei auf Exerzitien – genau die Ruhe und das Gebet, die er nach den Strapazen seines Amtes als Präfekt des Vatikanischen Geheimarchivs brauchte. Sein Freund und Vorgänger, Bruder Calvino Mendoza, war vor sieben Monaten in den Ruhestand getreten und hatte dem jungen Priester die Leitung der gewaltigen Sammlung historischer Manuskripte, Bücher und kirchlicher Aufzeichnungen übertragen, die mehr als ein Jahrtausend umfasste. Von

Anfang an als Geheimarchiv bekannt, war es kürzlich vom Papst in ‚Apostolisches Archiv' umbenannt worden – angeblich, um seinen Zweck zu entmystifizieren, da das Wort ‚geheim' über die Jahrhunderte hinweg Verdacht auf Verschleierung erregt hatte, und das nicht ganz zu Unrecht.

Dominic hatte diesen Punkt seiner Karriere erreicht, fest überzeugt, bestens vorbereitet zu sein: Er beherrschte mehrere Sprachen fließend und war ein versierter Historiker. Doch die letzten beiden Jahre hatten ihm gezeigt, dass die Rolle des Präfekten weit mehr umfasste, als er je hätte ahnen können. Er war Gefahren und Konflikten begegnet, hatte sich mit Ketzerei und widersprüchlichen Wahrheiten auseinandersetzen müssen. Dieser Rückzug erschien ihm wie eine gnädige Gelegenheit, zu sich selbst zu finden.

Die gespenstischen Gesänge schwollen an, als Dominic sich der Abtei näherte. Sie hallten durch die Gärten und zwischen den Bäumen des Klosters wider. Sein Schritt verlangsamte sich, während er durch eine Wiese voller Wildblumen schritt – Mohn, wilde Gladiolen und Orchideen wiegten sich im Abendwind.

Die letzten Sonnenstrahlen tauchten die Szene in bernsteinfarbenes Licht, während Schmetterlinge in der warmen Frühlingsluft um ihn herumtanzten. Nach dem Chaos Roms wirkte dieser Moment unwirklich – kein Hupen, kein Benzingeruch, kein Touristengeschwätz. Nur Stille, durchbrochen von den leisen Geräuschen der Natur.

Am nächsten Tag würde er seinen Retreat beenden – zuerst nach Paris reisen, um seine Freundin, die Journalistin Hana Sinclair, kurz zu besuchen, bevor es zurück nach Rom ging. Doch die verbleibenden Stunden wollte er bewusst genießen.

„Entschuldigung", ertönte plötzlich eine Stimme mit starkem deutschen Akzent hinter ihm. „Sind Sie zufällig Pater Dominic?"

Der Priester drehte sich um. „Ja, der bin ich."

„Ah, gut. Man sagte mir, ich würde Sie hier finden, in der Nähe des Weges."

Dominic musterte den Fremden. Etwa in seinem Alter, Anfang dreißig, von stattlicher Gestalt – groß, athletisch, mit blondem Haar und markanten Gesichtszügen. Der Mann lächelte nicht, doch sein fester Blick aus blauen Augen verriet Dominic, dass er etwas verborgen hielt.

„Kann ich Ihnen helfen?", fragte Dominic. „Und wie haben Sie mich überhaupt hier gefunden? Die wenigsten wissen von meinem Aufenthaltsort."

„Verzeihen Sie, Pater", erwiderte der Mann, dem sichtlich unwohl war. „Ich habe große Mühe auf mich genommen, Sie zu finden, denn ich glaube, Sie sind der Einzige, der mir helfen kann. Ihr Assistent in den Archiven sagte mir, ich könnte Sie hier antreffen."

Er streckte die Hand aus. „Entschuldigen Sie die Störung. Mein Name ist Jakob Rausch."

Nach einem Händedruck entdeckte Dominic eine Bank im Garten. Mit einer einladenden Geste bat er Rausch, Platz zu nehmen, und setzte sich selbst. Dann wartete er ab.

„Wo soll ich anfangen …", murmelte Rausch, den Blick in die Ferne gerichtet, die Stirn in Falten gelegt. „Was ich Ihnen jetzt erzähle, mag Ihnen seltsam vorkommen – doch es ist die reine Wahrheit. Haben Sie bitte etwas Geduld."

„Während des Zweiten Weltkriegs war mein Großvater, Oberst Walther Rausch, ein hochrangiges Mitglied der NSDAP und der SS. Er war kein Mann, zu dem man aufschauen konnte – er hat schreckliche Dinge getan. Es beschämt mich, darüber zu sprechen, selbst jetzt noch."

„Irgendwann wurde er persönlicher Adjutant von SS-Führer Heinrich Himmler, der, wie Sie wissen, einer der Hauptarchitekten des Holocausts und Hitlers engster Vertrauter war. Himmler war besessen vom Okkulten und seinem vermeintlichen Einfluss auf strategische Entscheidungen. Er beschäftigte Tausende von Tarot-Kartenlegern in Berlin, um angeblich die Kriegspläne der Alliierten zu entschlüsseln. Heute klingt das absurd, doch Himmler nahm das alles todernst."

Rausch holte tief Luft. „Aber kommen wir zum Kern. Himmler erwarb die gewaltige *Wewelsburg* in Deutschland – nicht nur, um seine okkulten Schätze zu horten, sondern als spirituelles Zentrum des expandierenden Nazi-Reiches."

Während er zuhörte, verflog Dominics innere Ruhe. *Nazis? Tarot-Karten? Sollte ich nicht lieber in der Kapelle sitzen und den Mönchen lauschen?* Vor einigen Jahren war er bereits auf Hitlers Gräueltaten gestoßen, als er Hana bei Nachforschungen über die Verbindung der Kirche zum Nazi-Gold half. Er hatte keine Lust, erneut in diese dunklen – und gefährlichen – Geheimnisse der Vergangenheit hineingezogen zu werden. Doch der Mann hatte offenbar große Mühe auf sich genommen, ihn hier zu finden. Also beschloss er, abzuwarten.

„Als Himmlers engster Vertrauter war mein Großvater – nennen wir ihn der Einfachheit halber Walther – für diese Sammlung verantwortlich, ja für die gesamte *Wewelsburg*. Nichts geschah dort ohne sein Wissen."

„Im November 1937 kam ein Mann, den Himmler sehr schätzte, zur Burg: Otto Rahn, ein Mittelalter-Forscher und bekannter Autor. Er brachte ein Objekt mit – ein Artefakt, das Himmler selbst als eine der wichtigsten religiösen Reliquien der Weltgeschichte bezeichnete. Himmler hatte Rahn Millionen Reichsmark, ein ganzes Archäologen-Team und eine Sicherheitstruppe zur Verfügung gestellt, um vor allem in Südfrankreich – rund um *Montségur* und *Rennes-le-Château* – nach solchen Dingen zu suchen. Offenbar fand Rahn etwas Außergewöhnliches und übergab es Himmler. Der war außer sich vor Freude, doch er ließ meinen Großvater absolute Geheimhaltung schwören. Niemand sonst sollte von der Existenz dieses Relikts erfahren."

„In der *Wewelsburg* gab es einen besonderen Raum, die sogenannte *Weihehalle*. Die Zahl Zwölf spielte dort eine zentrale Rolle: zwölf Sitze an einem runden Tisch, nachempfunden König Arthurs Tafelrunde; zwölf Säulen um den Tisch, auf denen Himmler die Asche gefallener Kameraden aufbewahrte; und er ernannte zwölf SS-Offiziere zu seinen Jüngern – seinen ‚Aposteln‘, wenn Sie so wollen."

Dominic war verwirrt. „Warum erzählen Sie mir das alles? Was genau hat Rahn gefunden?"

Rausch sah ihm direkt in die Augen.

„Ich vermute, es gibt niemanden mehr, der es mit Gewissheit weiß", sagte er sachlich. „Aber meiner Überzeugung nach kann es nur eines gewesen sein: der Heilige Gral."

KAPITEL
ZWEI

Dominic musterte den Mann, als halte er ihn für leicht verrückt. Er stand auf und warf einen Blick auf seine TAG Heuer-Uhr.

„Ich fürchte, ich muss zurück zur Abtei, Herr Rausch", sagte er. „Es ist fast Zeit für die Vesper."

„Das habe ich mir gedacht, dass Sie so reagieren würden, Pater. Aber sehen Sie – Sie sind bereits involviert."

Jetzt hatte er Dominics volle Aufmerksamkeit, so verwirrt dieser auch war.

„Wie meinen Sie das – ich sei bereits involviert? Ich habe bis heute noch nie davon gehört."

„Nun, ich wollte nicht behaupten, dass Sie persönlich in den Dokumenten erwähnt werden, die mich hierhergeführt haben. Aber bitte, lassen Sie mich erklären."

Dominic setzte sich wieder auf die Bank, seine Neugier war nun geweckt.

„Mein Vater ist vor Kurzem verstorben, und als alleiniger Erbe habe ich unter anderem die Papiere und

Besitztümer meines Großvaters geerbt, der 1984 in Santiago de Chile gestorben ist.

Mein Großvater war während seiner 26 Jahre im Exil in Chile sehr aktiv in Politik und Spionage. Trotz wiederholter Versuche Israels und Deutschlands, ihn wegen Kriegsverbrechen auszuliefern, entging er dank seiner engen Beziehung zum chilenischen Diktator Augusto Pinochet der Auslieferung. Es tut mir leid, das sagen zu müssen, aber Walther war ein zutiefst böser Mensch, der die Strafe, der er entging, mehr als verdient hätte. Als Erfinder der mobilen Gaskammern war er persönlich für die Ermordung von etwa 100.000 Juden, Roma und anderen ‚Feinden des deutschen Staates' verantwortlich." Jakob machte eine Pause, und Michael sah Falten auf seiner Stirn, als schäme er sich für die Taten eines Menschen seines eigenen Blutes.

Jakob holte Luft und fuhr fort: „Vor einigen Monaten bin ich nach Chile gereist, um Walthers Nachlass zu übernehmen und dortige Angelegenheiten zu regeln, die mein Vater über die Jahre vernachlässigt hatte. Dabei entdeckte ich, dass er sowohl ein beträchtliches Konto als auch einen Safe in der *Santiago*-Filiale einer großen Schweizer Bank unterhielt – einer Bank, die schon vor dem Krieg Nazis bedient hatte. Mit den entsprechenden Papieren begab ich mich dorthin, um Walthers Vermögen zu beanspruchen. Doch was ich im Safe fand, war sowohl schockierend als auch, zugegebenermaßen, äußerst aufregend.

Wie sich herausstellte, war mein Großvater ein produktiver Schreiber und dokumentierte heimlich einen Großteil seiner geheimen Arbeit als Spion – mal für die westdeutsche, mal für die chilenische Regierung.

Er schrieb auch ausführlich über seine Verbindung zu

Heinrich Himmler auf der *Wewelsburg* und die bizarren Vorgänge in der Weihehalle – seltsame Rituale, intime Séancen und andere okkulte Zeremonien, in denen Rahns entdecktes Objekt verehrt wurde, ähnlich wie Katholiken den Kelch und die Heilige Kommunion während der Messe verehren. Nur dass Himmlers Zeremonien natürlich eher heidnischer Natur waren und arischen Prinzipien gewidmet waren."

Dominic konnte sich mit diesen okkulten Andeutungen nicht anfreunden. „Das ist alles sehr interessant, Jakob", sagte er aufrichtig, „aber noch einmal: Was hat das mit mir zu tun?"

„Sie sind der Präfekt der Geheimarchive, nicht wahr?", fragte Rausch.

„Ja, der *Apostolischen Archive*, wie Sie vermutlich bereits wissen."

„Nun, mein Großvater war mit dem österreichischen Bischof Alois Hudal eng vertraut, sogar befreundet. Hudal, der im Vatikan ansässig war, half bei der Einrichtung der *ODESSA-Rattenlinie*, die hochrangigen NS-Funktionären wie Walther selbst zur Flucht verhalf."

„Gegen Kriegsende, als die Alliierten dabei waren, NS-Führungskräfte zu verhaften, übergab mein Großvater Bischof Hudal Himmlers persönliches Tagebuch. Darin beschrieb dieser die unglaublichen Kräfte des Objekts – von wahren Wundern ist die Rede – sowie dessen Versteck. Walthers Aufzeichnungen zufolge befindet sich dieses Tagebuch nun in Ihren Vatikanischen Archiven, wo Hudal es auf Anweisung von Papst Pius XII. hinterlegte. Und jetzt müssen wir es finden."

Dominic hatte Rauschs Ausführungen geduldig zugehört, doch bei dieser Enthüllung schrillten bei ihm alle Alarmglocken.

„Moment ... Sie sagen, Papst Pius XII. habe persönlich angeordnet, dieses Tagebuch im Vatikan zu archivieren? Das allein erscheint mir höchst ungewöhnlich – dass der Papst selbst in eine derartige, nun ja, eher routinemäßige Archivangelegenheit involviert war, egal von wem sie stammte. Das macht mich mehr als neugierig."

„Ich freue mich, dass ich jetzt Ihre Aufmerksamkeit habe, Pater", sagte Rausch ermutigt durch Dominics veränderte Haltung. „Wie gehen wir nun vor, um dieses Tagebuch zu finden?"

„Langsam, Jakob", bremste Dominic. Er war in der Vergangenheit bereits vielen Theorien nachgegangen, und die Welt der Fiktion war voller Gralslegenden ohne realen Hintergrund. Er kannte diesen Mann nicht einmal, geschweige denn die Wahrhaftigkeit seiner Aussagen. „Könnte ich zunächst selbst das Tagebuch Ihres Großvaters einsehen?"

„Ja, natürlich. Es befindet sich in meiner Pariser Wohnung. Dort lebe ich."

„Wie es der Zufall will", erwiderte Dominic mit einem leicht verwunderten Lächeln, „reise ich morgen nach Paris, um jemanden zu besuchen, bevor es nach Rom zurückgeht. Werden Sie später in der Woche dort sein?"

„Tatsächlich breche auch ich morgen auf." Jakobs Finger glitten über sein Notizbuch, als er Dominic die Adresse eines kleinen Pariser Bistros nannte, wo sie sich für den folgenden Abend verabredeten. Nach kurzem Abschiedsgruß wandte sich Dominic wieder den schattigen Klostergängen zu. Die erhoffte Ruhe dieser Woche hatte er gefunden – doch nun, beim letzten Abendlicht, kreisten seine Gedanken um diese unerwartete Begegnung. Was mochte sie für die kommenden Tage bedeuten?

KAPITEL
DREI

Hana Sinclair saß Michael Dominic an einem Zweiertisch in der malerischen Kopfsteinpflastergasse der Brasserie *Le Procope* gegenüber. Das 1686 auf dem linken Seineufer eröffnete *Le Procope* war das älteste Kaffeehaus von Paris und lag praktischerweise in der Nähe von Hanas Wohnung im Viertel *Saint-Germain-des-Prés* des 6. Arrondissements – hier begann sie normalerweise ihren Tag.

Ihr Lieblingskellner, der charmante Pariser Sébastien, servierte zwei dampfende Café-au-lait-Tassen mit warmen Croissants, zwinkerte Hana zu und zog sich wieder ins Lokal zurück, wobei seine gut sitzende Uniform ihren Blick einfing.

„So verrückt es klingt, Hana – dieser Rausch wirkte völlig seriös", sagte Michael. „Ich habe um Einsicht in das Tagebuch seines Großvaters gebeten, und er hat zugestimmt. Hast du Lust mitzukommen? Klingt nach etwas, das dich interessieren könnte."

Hana nippte vorsichtig an ihrem heißen Kaffee. „Michael, du glaubst doch nicht ernsthaft, Himmler hätte tatsächlich den Heiligen Gral gefunden. So etwas Profundes hätte man doch unmöglich so lange geheim halten können – wir hätten bestimmt schon früher davon gehört."

„Normalerweise würde ich zustimmen", erwiderte Dominic, „wenn das Artefakt tatsächlich jemals von anderen gesehen worden wäre. Es könnte immer noch in der *Wewelsburg* sein. Was immer es war – Himmler schätzte seinen Wert hoch genug, um dafür einen geheimen Tresor bauen zu lassen."

Hana starrte nachdenklich die Gasse hinunter. „Zufälligerweise drängt mein Redakteur mich seit Wochen zu einer neuen Story mit historischem Hintergrund. Das könnte genau das richtige Thema sein. Der alte Nazi muss wohl einiges Bemerkenswerte in seinem Tagebuch festgehalten haben, Gral hin oder her. Ich bin dabei. Wann triffst du Jakob?"

Dominic lächelte – er hatte mit Hanas Interesse an diesem möglichen Blick in die dunkleren Kapitel der Geschichte gerechnet.

„Wir treffen ihn heute Nachmittag. Aus einem Bauchgefühl heraus hatte ich ihm schon gesagt, dass du mitkommen würdest ..." Er warf Hana einen zögernden Blick zu, in der Hoffnung, sie würde seine Vorwegnahme nicht übelnehmen.

„Gutes Bauchgefühl", erwiderte sie mit einem schelmischen Lächeln, das ihre Lippen umspielte.

∽

NICHT weit vom Pariser Hauptbahnhof *Gare du Nord* entfernt beherbergt das Viertel am *Canal Saint-Martin* eine bunte Mischung aus Künstlern, Musikern, Schriftstellern und anderen Gleichgesinnten, die die ruhigeren Straßen und malerischen Kanäle des 10. Arrondissements den touristischen Hotspots der Stadt vorziehen.

Jakob Rausch saß an einem der Außentische des Bistros *Chez Prune* und wartete auf Dominic und Hana. Ein junger Mann spielte Gitarre auf der Kanalmauer unter einer alten Linde, deren dunkelgrünen, herzförmigen Blätter an diesem warmen Frühlingstag Schatten spendeten und die idyllische Atmosphäre noch unterstrichen.

Rausch nippte an einem lokalen Craft-Bier, als Dominic und seine Begleiterin den Tisch erreichten. „Bonjour, Jakob", begrüßte Dominic den Deutschen. Nach herzlichen Begrüßungen und einem festen Händedruck ließen sich beide nieder, während Hana für sie ein „Bier und Tango" bestellte – mit einem Spritzer Grenadine, einem französischen Klassiker.

„Ich freue mich sehr, dass Sie beide es geschafft haben", sagte Jakob mit strahlendem Eifer. „Was führt Sie nach Paris, Hana, wenn ich so kühn sein darf?"

„Ich bin Investigativ-Reporterin bei Le Monde", entgegnete sie.

Rausch betrachtete sie einen Augenblick, als ginge ihm ein Licht auf. „Natürlich! Der Name Sinclair klang mir vertraut. Ich entsinne mich Ihres Artikels – war es vor einem Jahr? – über die Ströme von Nazi-Gold durch etliche europäische Zentralbanken. Dieser Bericht löste Untersuchungen zu deren Nachkriegsverstrickungen aus. Dafür wurden Sie doch ausgezeichnet, nicht wahr?"

Hana errötete leicht über die unerwartete

Anerkennung. „Tatsächlich, ja. Den *Albert-Londres-Preis*. Sie haben ein bemerkenswertes Gedächtnis, Jakob."

„Ich bin ein unersättlicher Leser", gestand er schüchtern. „Zwei Zeitungen täglich, dazu ein bis zwei Bücher pro Woche. Geschichte hat mich schon immer fasziniert – deshalb bin ich so begeistert, mit Ihnen beiden an diesem Abenteuer arbeiten zu können."

Hana warf Dominic einen fragenden Blick zu. „Moment mal", warf dieser ein und hob die Hand. „Lassen wir die Pferde nicht durchgehen. Wir haben noch gar nichts entschieden. Ich habe Hana eingeladen, weil sie sich ebenfalls für Geschichte interessiert und vielleicht neue Perspektiven auf das Tagebuch Ihres Großvaters bieten kann. Sie kennt sich ausgezeichnet mit dem Zweiten Weltkrieg aus, besonders mit den finanziellen und ... esoterischen Aktivitäten der Nazis."

„Deren Besessenheit vom Okkulten würde ich definitiv als ‚esoterisch' bezeichnen", bemerkte Rausch.

„Um klar zu sein", mischte Hana sich ein, „die NSDAP als Ganzes hat Esoterik nie offiziell unterstützt. Aber viele ihrer Führungskräfte und Sympathisanten – besonders Heinrich Himmler, Rudolf Hess, Alfred Rosenberg und andere – waren Mitglieder der okkulten *Thule-Gesellschaft*, der die Ursprünge der arischen Rasse erforschen sollte. Hitler selbst zeigte wenig Interesse an deren Aktivitäten, obwohl er anderen pseudowissenschaftlichen Theorien verfallen war."

„Mein Großvater war ebenfalls Mitglied der *Thule-Gesellschaft*", bestätigte Rausch. „Er hat darüber in seinem Tagebuch geschrieben. Deshalb brenne ich darauf, Himmlers Tagebuch zu finden – um mehr über diese Aktivitäten zu erfahren und die Natur von Otto Rahns

Entdeckung zu verstehen. Wie schwierig könnte diese
Suche werden, Pater Michael?"

Dominic lachte. „Stellen Sie es sich vor, als suchten Sie
nach einem bestimmten Sandkorn am Strand. In den
Apostolischen Archiven lagern Millionen nicht
katalogisierter Dokumente. Wir brauchen einfach einen
Anhaltspunkt. Vielleicht hilft uns Walthers Tagebuch
dabei. Wären Sie bereit, es uns jetzt zu zeigen?"

„Natürlich. Ich wohne gleich um die Ecke. Lassen wir
uns unsere Biere schmecken, dann gehen wir gemeinsam
zu mir."

KAPITEL
VIER

Am nordwestlichen Ufer des *Canal Saint-Martin* gelegen, offenbarte Jakob Rauschs luxuriöses Apartment am *Quai de Valmy* eine Vision geschmackvoller Opulenz. Hanas geübtes Auge für Wohlstand erfasste sofort die Schlüsselelemente, die den Besitzer als Mann von Vermögen auswiesen – Ölgemälde alter Meister, alabasterweiße Skulpturen, feine Wandteppiche, frische Blumenarrangements und, am offensichtlichsten, Hunderte, wenn nicht Tausende von Büchern in langen Regalreihen, die sich über beide Etagen der Wohnung mit Blick auf den baumbeschatteten Kanal zogen.

„Sie haben ein wunderschönes Zuhause, Jakob", sagte sie. „Seit wann leben Sie hier?"

„Noch nicht lange, ein paar Jahre etwa. Als mein Großvater starb, hinterließ er mir ein kleines Vermögen, und um ehrlich zu sein, habe ich immer gewisse Bedenken gehabt, woher dieses Geld stammt. Ich weiß, dass er als

21

Spion in Italien und im Nahen Osten gearbeitet hat, später auch für Westdeutschland. Und er war einmal Manager einer Königskrabbenfabrik in *Punta Arenas* an der Südküste Chiles. Aber diese Tätigkeiten können kaum den Reichtum erklären, den er meinem Vater und mir hinterließ."

„Nach Walthers Tod gab es natürlich niemanden mehr, den man nach den Ursprüngen fragen konnte. Doch angesichts seiner engen Verbindungen zu den Nazis ist es nicht schwer, sich vorzustellen, dass er sein Vermögen auf weniger ehrenhafte Weise erworben hat. Seltsamerweise empfinde ich bis heute eine gewisse Schuld deswegen, obwohl ich dafür keine Beweise habe – weder in die eine noch in die andere Richtung."

Dominic und Hana schwiegen zu diesem Thema, jeder mit eigenen Vermutungen darüber, wie sich viele hochrangige Nazis solchen Reichtum angehäuft hatten. Dies war kein ungewöhnliches Phänomen unter denen, die der Strafverfolgung entkommen waren und auf ihrer Flucht aus Deutschland – besonders nach Südamerika – mitnahmen, was sie konnten. Hana wusste nur zu gut, dass Schweizer Banken zweifelhafte Vermögen von Nazi-Flüchtlingen ohne weitere Fragen angenommen hatten.

Während seine beiden Gäste im Wohnzimmer Platz nahmen, holte Jakob das Tagebuch seines Großvaters hervor und legte es vor Hana auf den Tisch. Es war ein gut gealtertes Buch mit dunkelburgunderrotem Ledereinband, auf dem der Name „Walther Rausch" und das runenartige SS-Blitzsymbol in Goldprägung zu sehen waren.

Ein eisiger Schauer überlief Hana, als sie das Buch betrachtete, und sie zuckte sichtlich zusammen, bevor sie es in die Hand nahm. Ihr fielen mehrere eingeklebte Papierstreifen als Seitenmarkierungen auf.

„Waren diese schon darin, Jakob, oder haben Sie bestimmte Passagen markiert?", fragte sie.

„Ja, ich habe die relevantesten Abschnitte gekennzeichnet, die ich für wichtig hielt. Der größte Teil des Tagebuchs ist mit Gedanken über seine Arbeit und Pflichten gefüllt, oft mit Klagen über Vorgesetzte und die miserablen Bedingungen während des Krieges. Seine Beobachtungen über Juden in den Konzentrationslagern sind bemerkenswert, aber nicht im Zusammenhang mit meiner Suche nach Otto Rahns Entdeckung."

Während sie zu den markierten Stellen blätterte, hielt sie inne, bevor sie sie vorlas, und bewunderte die akkurate, aber schwer leserliche Sütterlin-Schrift des älteren Rausch. Dominic lehnte sich auf dem Sofa zurück, während Jakob ihnen gegenüber in einem Sessel saß. Hana bemerkte einen dezenten, angenehmen Eukalyptusduft in der Luft, und das einzige Geräusch im Raum war das gleichmäßige Ticken einer Standuhr in der Eingangshalle.

Dann begann sie, die markierten Passagen laut vorzulesen und aus dem Deutschen zu übersetzen:

Wewelsburg – 12. Oktober '37

Telegramm von SS-Obersturmführer Otto Rahn aus Montségur, Frankreich, erhalten. Er glaubt, dem Gral nahe zu sein. Himmler begeistert, begierig auf jede Reliquie – besonders den Gral. Ich persönlich halte die Aussicht für absurd, doch Rahn genießt Himmlers Vertrauen, und sein Eifer für die Jagd steht außer Frage.

Wewelsburg – 23. Oktober '37

Himmler hat in der Generals-Halle einen geheimen Tresor zur Aufbewahrung heiliger Artefakte einbauen lassen, von denen viele bereits hier sind. „Die Zwölf" halten nächtliche

23

Zeremonien bei Kerzenlicht ab, in Roben und mit Masken. Ich organisiere die Vorbereitungen, darf aber nicht teilnehmen. Von draußen sind Gesänge zu hören. Äußerst seltsames Benehmen.

Wewelsburg – 4. November '37

Rahn meldete per Eiltelegramm, er habe etwas von großer Bedeutung gefunden. Auf Himmlers Anweisung hin – aus Angst vor Abhörung – nannte er nicht, was es war. Er kehrt in vier Tagen mit einer schwer bewaffneten Gestapo-Einheit zur Burg zurück.

Wewelsburg – 9. November '37

Das Objekt, das Rahn mitgebracht hat, ist unfassbar … ich wage zu sagen: atemberaubend! Es raubte Himmler den Atem (keine leichte Leistung). Die Zwölf versammelten sich erneut, um es zu verehren. Ein SCHLEIER der Geheimhaltung. Sogar mich ergreift seine Macht, Ehrfurcht einzuflößen.

„Das ist merkwürdig", sagte Hana mit gerunzelter Stirn. „Das Objekt wird hier nicht benannt. Vielleicht hatte Ihr Großvater Anweisung, seine wahre Natur nicht schriftlich festzuhalten?"

„Das dachte ich mir auch", antwortete Rausch. „Deshalb glaube ich, dass wir in Himmlers Tagebuch in den Vatikanischen Archiven mehr finden könnten."

„Da ist noch etwas anderes, das mir seltsam vorkommt", fuhr Hana fort und blätterte zu einer früheren Passage zurück. „Seine Tagebucheinträge sind durchweg klar und flüssig formuliert, ohne Abkürzungen oder Kürzel. Aber hier gibt es einen Abschnitt, der keinen Sinn ergibt. Er lautet einfach: *Ein SCHLEIER der Geheimhaltung*, als eigenständiger Satz. Das steht völlig aus dem

Zusammenhang gerissen da. Und Schleier ist großgeschrieben. Warum würde er das tun? Es wirkt, als wolle er hier etwas Wichtiges andeuten."

Dominic blickte zu Hana auf und bewunderte einmal mehr ihre Fähigkeit, hinter die offensichtliche Oberfläche zu blicken – tiefer zu graben, wo andere nur das Naheliegende sehen würden. Sie las weiter:

Wewelsburg – 13. November '37

Samstag – heute Abend großes Ereignis . Der Führer persönlich kommt! Hier herrscht das reinste Chaos, während alle versuchen, alles in Ordnung zu bringen. Himmlers Alabasterschatulle mit dem Artefakt darin wird auf dem Ehrenpodium in der Weihehalle platziert. Otto Rahn wird anwesend sein, ebenso Goebbels, Eichmann, von Ribbentrop, Göring, Speer, Borman, Eva Braun ... Wo Hitler hingeht, folgen seine Jünger. Die Burg steht unter höchster Alarmbereitschaft.

Wewelsburg – 14. November '37

Himmler erhielt vom Führer den Befehl, die heilige Reliquie um jeden Preis zu bewahren, da sie in Verhandlungen mit dem Vatikan von unschätzbarem Wert sein könnte. Ich habe keinen Zweifel, dass Papst Pius alles tun würde, um in den Besitz von ■ ■ ■ ■ *zu gelangen.*

„Also handelt es sich um eine ‚heilige Reliquie' in einer Alabasterschatulle, wobei ihre Größe nicht erwähnt wird – außer, dass sie auf ein Podest passt", bemerkte Hana. „Aber dieser letzte Teil ist durchgestrichen. Offenbar hatte er benannt, um was es sich handelt, dann aber seine Meinung geändert. Verdammt!"

„Ich muss zugeben, es ist erschütternd, von Hitlers

Anwesenheit aus der Hand eines Augenzeugen zu lesen. Jakob, wofür wurde die *Wewelsburg* genutzt, und wer waren ‚Die Zwölf‘?“

Rausch rückte seinen Stuhl zurecht, begierig, sein Wissen über das seltsame Zentrum der SS-Aktivitäten zu teilen.

„Die *Wewelsburg* liegt in *Büren*, einer Stadt in Westfalen, und wurde ursprünglich im 17. Jahrhundert erbaut. Heute ist sie eine Jugendherberge und ein Museum, aber 1934, lange vor dem Krieg, übernahm die SS die Kontrolle über die Burg. Himmler wollte sie zunächst als Schule für SS-Offiziere nutzen, sah sie aber auch als Hauptquartier der Ahnenerbe vor – einem Ableger der SS, der die NS-Ideologie verbreiten sollte, nach der moderne Deutsche von den alten Ariern abstammten und anderen Rassen biologisch überlegen seien.“

„Die Organisation *Ahnenerbe* – was so viel wie ‚Ahnen-Erbe‘ bedeutet – startete massive Propagandakampagnen, um Hitlers Rassentheorien zu untermauern, und initiierte zahlreiche archäologische Expeditionen auf der Suche nach Belegen für eine weitverzweigte arische Abstammung. All dies diente dazu, die deutsche Expansion in Europa zu legitimieren. Diese angeblichen Beweise wurden größtenteils von der *Ahnenerbe* fabriziert, um den Holocaust und die brutale Vernichtung von Juden und anderen ‚Unerwünschten‘ in den Jahren vor und während des Krieges zu rechtfertigen.“

„Was die Weihehalle betrifft: Sie befand sich im Nordturm der Burg. Ein riesiger, runder Raum mit einem vertieften Boden, in dessen Mitte ein massiver, runder Eichentisch mit zwölf thronartigen Sitzen stand – wie ich Pater Michael bereits sagte, stellen Sie sich König Artus und seine legendären Ritter vor, und Sie haben eine

Vorstellung davon, was Himmler nachahmen wollte. Unter dieser Rundhalle ließ Himmler eine Krypta errichten, in der die Asche gefallener SS-Kameraden beigesetzt werden sollte. Doch er hatte auch einen geheimen Tresor irgendwo in der Burg einbauen lassen – einen Tresor, in dem der Heilige Gral und andere Reliquien aufbewahrt werden sollten, sobald sie gefunden waren. Meines Wissens wurde dieser Tresor nie entdeckt. Ich bezweifle, dass nach dem Krieg überhaupt noch jemand von seiner Existenz wusste."

Rausch holte tief Luft und griff nach einem Glas Wasser, aus dem er einige große Schlucke nahm, bevor er fortfuhr. Hana und Dominic hingen gebannt an seinen Lippen.

„,Die Zwölf' waren Himmlers höchstrangige SS-Offiziere. Sie hielten sich in der Nähe der Burg auf, wenn sie nicht auf Missionen waren. Doch es gab viele Mitglieder der *Thule-Gesellschaft*, verteilt über die höheren und niedrigeren Ränge der deutschen Wehrmacht. Die gemeinsame Mission der Zwölf bestand in der Beschaffung des Grals, von dem Himmler überzeugt war, dass er gefunden und zur *Wewelsburg* gebracht werden könnte. Nach der Lektüre von Otto Rahns Buch ‚Kreuzzug gegen den Gral' hatte Himmler Rahn zu einem geheimen Treffen bestellt und ihn kurz darauf in die SS aufgenommen, wo er die Verantwortung für die Gral-Expeditionen übernahm."

„Denken Sie daran", fuhr Rausch fort, „dass die Nazis große Anstrengungen unternahmen, um zu ‚beweisen', dass Jesus ein Arier und kein Jude war und von einer langen Reihe vermeintlicher Arier abstammte, darunter Abraham, Isaak und Jakob – nach Letzterem wurde ich übrigens auf Drängen meines Großvaters benannt."

Hana war fasziniert von Jakobs packendem

Geschichtsunterricht. Ihr journalistischer Instinkt sagte ihr, dass hier eine starke Geschichte schlummerte, der sie mit wachsendem Interesse nachgehen wollte.

„Dieses Himmler-Tagebuch, von dem Sie sprachen", fragte sie, „wie ist Walther daran gekommen? Und wie landete es im Vatikan? Und was wurde aus der *Ahnenerbe*?"

„Als Himmlers engster Mitarbeiter verwaltete mein Großvater dessen vertrauliche Unterlagen und viele seiner persönlichen Gegenstände auf der Burg. Als klar wurde, dass Deutschland den Krieg verlieren würde, reiste Himmler im April 1945 zu seinem letzten Treffen mit Hitler nach Berlin. Hitler hatte beschlossen, in Berlin zu bleiben – wo er, wie wir wissen, kurz darauf Selbstmord beging –, während seine engsten Vertreter begannen, durch die *Franziskaner-Rattenlinie* und andere Wege aus Deutschland zu fliehen, um einer Verfolgung durch die Alliierten zu entgehen. Nur einen Monat später wurde Himmler von den Briten gefangen genommen, und kurz vor seiner Vernehmung biss er auf eine in seinem Mund versteckte Zyankalikapsel. Innerhalb von Sekunden war er tot. Damit blieben Walther Himmlers sensibelste Unterlagen zurück– zumindest jene, die nicht von der SS verbrannt worden waren."

„Wie ich Pater Michael bereits in der Abtei erzählt habe", fuhr Jakob fort, „war mein Großvater mit dem österreichischen Bischof Alois Hudal befreundet, einem heimlichen Nazi-Kollaborateur und Hauptorganisator der Rattenlinien. Wie Sie bald lesen werden, übergab Walther das Tagebuch Himmlers an den Bischof, der es schließlich persönlich an Papst Pius weiterreichte. Ich habe keine Ahnung, was Hudal dazu bewog – vielleicht ein Anflug von Schuldgefühlen oder sogar Speichelleckerei –, aber ich erfuhr später, dass der Papst das Tagebuch umgehend in den Archiven verstecken ließ. Vielleicht waren seine Inhalte zu belastend für Pius' behaupteten Nazi-Sympathisanten, wer weiß.

Was *Ahnenerbe* betrifft", fügte er beiläufig hinzu, „ich glaube, die Organisation wurde nach dem Krieg aufgelöst."

Hana musterte Jakob einen Moment lang nachdenklich. Dann blätterte sie im Tagebuch weiter zu den nächsten markierten Abschnitten, die nun einige Jahre später datiert waren.

Wewelsburg – 4. Dezember '44

Himmler liegt mit dem Führer in vielem über Kreuz – die Vernichtung der Juden, die Zerstörung der Lager – sie misstrauen einander, und Deutschland verliert den Krieg. Die Lage sieht sehr schlecht aus. Himmler will die Reliquie vor den anderen schützen: vor Göring, Speer, sogar vor Hitler selbst.

Wewelsburg – 23. April '45

Himmler hat das Artefakt an einem geheimen Ort versteckt und nur ein Rätsel auf drei Zetteln hinterlassen, das seinen Aufenthaltsort preisgibt. Ein kodiertes Fragment gab er mir, und Bischof Hudal sagte mir, er habe auch eines erhalten – doch der Verbleib des dritten ist nur Himmler selbst bekannt. Die Aufschrift darauf ergibt für mich keinen Sinn. Warum tut er das? Der Mann, den ich so gut kannte, scheint den Verstand zu verlieren.

Mailand, Italien – 7. Juni '45

Der Krieg ist vorbei. Hitler und Himmler sind beide tot. Vorerst bleibe ich versteckt unter dem Schutz von Bischof Hudal, dem ich Himmlers Tagebuch übergeben habe. Bevor sie die Wewelsburg verließen, hat die SS alle verbliebenen Unterlagen des Reichsführers verbrannt, wie es das Protokoll bei Kapitulation vorgesehen hat.

Mailand, Italien – 17. Juli '45

Hudal erzählte mir, er habe Himmlers Tagebuch dem Papst als Geschenk überreicht, da die beiden sehr eng standen.

Santiago, Chile – 12. August '58

Meine geheime Zusammenarbeit mit dem westdeutschen Geheimdienst ist eine große Herausforderung. Doch der Mossad jagt mich weiterhin. Freunde schützen mich, aber die Bedrohung bleibt.

Bariloche, Argentinien – 22. Januar '59

Schöner Besuch bei meinen alten Freunden Erich Prager und Johann Kurtz, die nun hier in Bariloche leben. Ein reizendes, nachgebautes deutsches Dorf, das an die Heimat erinnert. Auch sie werden noch immer von den Israelis gejagt.

Santiago, Chile – 23. Mai '60

Der israelische Premierminister verkündete heute die Ergreifung Eichmanns in Buenos Aires! Ich fürchte um den armen Adolf – sie werden nicht gnädig mit ihm sein. Das Netz zieht sich zu. Wir von der Bruderschaft müssen ständig über die Schulter blicken.

Abgesehen vom Ticken der Standuhr im Flur herrschte Stille, als Hana das Tagebuch schloss.

„Da steckt einfach so viel dahinter", sagte sie mit abwesendem Blick. Sie sah zu Rausch auf. „Also hat Walther für den westdeutschen Geheimdienst gearbeitet?"

„Ja", antwortete Rausch, „etwa drei Jahre lang. Er hat

auch mit Pinochets Geheimpolizei in Chile kooperiert – in beiden Positionen konnte er auf sein Fachwissen aus Himmlers Reichssicherheitshauptamt zurückgreifen."

„Und wer war dieser ‚alte Freund' Erich Prager, den er besucht hat?"

Rausch zögerte kurz. „Prager war nur ein Gestapo-Dolmetscher in Rom, der die Beziehungen der Nazis zum Vatikan koordinierte."

Hana blickte nachdenklich, fast besorgt, auf das geschlossene Tagebuch in ihrem Schoß.

„Und der Eintrag vom April 1945 über die mysteriösen Notizfragmente? Darin steht, dass Himmler Walther selbst eines gegeben hat. Haben Sie das schon gefunden, Jakob?"

Rausch wandte seinen Blick dem Fenster zu, ohne Hana anzusehen. „Nein, ich habe so etwas nicht in seinen Unterlagen gefunden."

Hana wusste, dass er log. Sie dachte einen Moment nach, bevor sie fortfuhr.

„Wenn Sie wollen, dass wir Ihnen helfen, Jakob, *müssen wir* bei jedem Fund und jedem Detail offen sein. Selbst die kleinste Information könnte entscheidend sein. Einverstanden?"

Rausch stand auf und fixierte Hana mit seinem Blick. „Natürlich verstehe ich das. Ich werde Ihnen alles sagen, was *ich weiß*." Seine Stimme klang jetzt gereizt.

„Wie auch immer", sagte Hana zu Dominic, „ich muss Jakob zustimmen. Wenn es auch nur die geringste Chance gibt, müssen wir dieses Tagebuch finden. Trotz Himmlers okkulter Fantasien scheint dieses Objekt die höchsten Kreise fasziniert zu haben. Bist du nicht neugierig, was Rahn entdeckt hat? Ich denke, hier steckt eine große Geschichte drin. Aber überlege mal, was das für die Kirche bedeuten könnte."

„Ich bin schon neugierig", gab Dominic zu. „Vor allem, weil *Papst Pius* selbst involviert war – was, abgesehen von seiner Sympathie für die Nazis, höchst ungewöhnlich ist. Jetzt bin ich Feuer und Flamme. Und du weißt, wie ich bin, wenn ich mich für etwas begeistere."

Hana lächelte. Die Jagd hatte begonnen.

KAPITEL
FÜNF

„W o fangen wir an?", fragte Rausch mit neu entflammtem Eifer.

Dominic wollte gerade den Mund öffnen, um etwas zu sagen, aber Hana ergriff als Erste das Wort.

„Wenn ich das so sagen darf – ich denke, es ist wichtig zu klären, was Michael oder der Vatikan eigentlich davon haben, sich an einem solchen Projekt zu beteiligen."

„Genau das wollte ich ansprechen", stimmte Dominic zu. „Schließlich arbeite ich für die Kirche, und die Archive sind nicht für jedermann zugänglich. Sie sind die persönliche Privatbibliothek des Papstes."

„Wenn ich mitmachen soll, muss die Kirche alles, was wir anhand von Materialien aus dem Vatikan finden, für sich beanspruchen können. Sind Sie bereit, diese Bedingung zu akzeptieren?"

Rausch hatte dies bereits als logische Konsequenz vorausgesehen und nickte. „Ja, natürlich. Ich bitte nur darum, Himmlers Tagebuch als Erster lesen zu dürfen."

„Als Erster?", fragte Hana überrascht. „Warum?"

Rausch errötete erneut und suchte nach Worten, um seine Bitte zu rechtfertigen. Er brauchte einen Moment, um sich zu fassen.

„Nun, ich dachte nur, da ich Sie darauf aufmerksam gemacht habe, sollte ich auch an der Entdeckung beteiligt sein."

„Ich kann nicht garantieren, dass Sie der Erste sein werden, der es lesen darf, Jakob", sagte Dominic. „Der Zugang zu den Lesesälen ist normalerweise ein kompliziertes Verfahren, aber ich werde mein Bestes tun. Sie werden Ihre Chance bekommen, wenn ich Sie unterbringen kann."

„Was den Anfang betrifft, werde ich zuerst nach Bischof Hudal und seiner Korrespondenz mit Papst Pius suchen. Das könnte eine Weile dauern. Werden Sie in den nächsten Tagen in Paris sein, falls ich Sie kontaktieren muss?"

„Ich fliege diese Woche für ein paar Tage nach Chile zurück, um die Angelegenheiten meines Großvaters zu regeln. Aber ich kann zu Ihnen nach Rom kommen, wenn ich dort fertig bin. Sie können mich jederzeit per Handy oder E-Mail erreichen." Er tauschte seine Kontaktdaten mit Dominic aus.

„Ich kann mir kaum vorstellen, wohin uns diese Suche führen wird, aber ich bin dankbar, dass Sie zu mir gekommen sind. Das klingt nach genau der Art von Rechercheabenteuer, das Hana und ich schon erlebt haben." Er lächelte Hana vielsagend an. "Aber jetzt muss ich zurück nach Rom. Danke für Ihre Zeit, Jakob. Ich bin gespannt, was dabei herauskommt."

Nachdem sie sich verabschiedet hatten, verließen Hana

und Dominic das Gebäude und gingen am Kanal entlang auf der Suche nach einem Taxi zurück zu Hanas Wohnung.

„Michael, hier stimmt etwas nicht. Ich kann es nicht genau sagen, aber Jakob verschweigt definitiv etwas, und seine wahren Motive sind unklar. Ich bin mir nicht sicher, ob wir ihm vertrauen können."

„Nun, er schien wirklich beunruhigt zu sein, als es um dieses Fragment eines Rätsels ging", gab Dominic zu. „Aber egal – ich habe gelernt, deinen Instinkten zu vertrauen. Lass uns einfach ein Auge auf ihn haben. Also, kommst du mit nach Rom?"

Hana dachte einen Moment nach. „Zuerst muss ich in der Französischen Nationalbibliothek und im *Shoah*-Mahnmal recherchieren. Ihre Archive über die Nazis und den Holocaust sind unübertroffen. Sobald ich die grundlegenden Informationen habe, treffe ich dich in Rom und wir können besprechen, was wir haben – okay?"

„Das hatte ich gehofft", sagte Dominic. „Klingt nach einem guten Plan. Was Jakob angeht, können wir ihn an Bord holen, sobald wir eine bessere Vorstellung davon haben, worum es geht."

Als sie in das wartende Taxi stiegen, ging Dominic eine Frage nicht aus dem Kopf: *Warum wollte Jakob unbedingt als Erster Himmlers Tagebuch lesen?*

KAPITEL

SECHS

D ie *Richelieu-Bibliothek* der *Bibliothèque Nationale de France*, ein prächtiges neoklassizistisches Gebäude im Herzen des 2. Arrondissements von Paris, beherbergt über 225.000 Manuskripte aus dem Mittelalter, darunter ein umfangreiches Archiv von Büchern und Dokumenten aus der NS-Zeit.

Nachdem sie im Katalog gefunden hatte, was sie für den Anfang brauchte – einige Biografien von Heinrich Himmler, Faksimiles der Archive von Bischof Alois Hudal und verfügbare Aufzeichnungen und Korrespondenz von SS-Oberst Walther Rausch – machte es sich Hana an ihrem Lieblingsplatz gemütlich: im architektonisch legendären *Labrouste-Lesesaal*. Mit seinen baumartigen gusseisernen Säulen, Terrakotta-Kuppeln und freskengeschmückten Wänden glich der Raum einem heiligen Wissensspeicher. An die Decke gemalte Wolken, Bäume und Eichhörnchen blickten auf die Reihen schwarzer Lesetische mit Lederauflage herab, während die Glasüberdachung den Saal in natürliches Licht tauchte.

Hana blätterte in der ersten Himmler-Biografie und suchte nach Details über die *Wewelsburg* und die okkulten Neigungen des SS-Führers. Sie verweilte bei den zahlreichen Fotos der Burg: ihr ungewöhnlicher dreieckiger Grundriss in der ruhigen Landschaft, die mystischen Säle im Inneren und vor allem der hohe, bedrohliche Nordturm. Ein Bild zog sie besonders in den Bann – ein großes Runenmosaik der „Schwarzen Sonne" auf dem Marmorboden der Generals-Halle, ein dunkles Symbol der arischen Bruderschaft. Sie holte diskret ihr Handy aus der Tasche und machte ein Foto davon.

Während sie weiterlas, stellte sie schockiert fest, dass dieses jahrzehntealte SS-Symbol auch heute noch von Neonazis und weißen Rassisten verehrt wurde – eine Tatsache, die sie für ihre Recherchen weiter untersuchen musste, auch wenn sie sich vor dem fürchtete, was sie entdecken könnte.

Sie erfuhr, dass Himmler sein ganzes Leben lang römisch-katholisch gewesen war, die Kirche aber verlassen hatte, als er sich der Bewegung „Gottgläubige"

anschloss. Diese Bewegung verachtete religiöse Institutionen und verehrte stattdessen eine höhere Macht – Gott als „göttlicher Schöpfer", der in seiner Weisheit den Führer und das Dritte Reich an die Macht gebracht hatte, um die deutsche Nation moralisch überlegen zu machen. Himmler glaubte weiterhin an Jesus Christus, lehnte aber den Einfluss der Kirche in spirituellen Angelegenheiten ab. Er ordnete sogar an, dass alle Mitglieder der SS – auf ihrem Höhepunkt fast eine Million Soldaten – ihre Kirchenmitgliedschaft kündigen mussten oder aus der Elitetruppe ausgeschlossen wurden.

Aber es war die Geschichte der seltsamen und einflussreichen Organisation *Ahnenerbe*, die Hanas Aufmerksamkeit wirklich auf sich zog – eine Geschichte, von der sie wusste, dass sie sie mit Michael teilen musste. Trotz ihres exotischen und fremdartigen Auftrags hatte die Organisation einen grundlegenden Einfluss im Dritten Reich. Sie fragte sich: Wie würde die Welt heute aussehen, wenn Deutschland den Zweiten Weltkrieg gewonnen hätte?

❦

NACHDEM SIE IHRE Arbeit in der Bibliothek vorerst abgeschlossen hatte, rief Hana ein Taxi für die zehnminütige Fahrt zum *Shoah Memorial*, dem Pariser Holocaust-Museum und -Archiv. Mit über dreißig Millionen digitalisierten Dokumenten und Hunderttausenden von Originalfotos, die eines der dunkelsten Kapitel der Geschichte dokumentieren, war sie sicher, mehr über Himmler und hoffentlich auch über Bischof Alois Hudal zu erfahren – Himmlers widerwärtigen Komplizen und Beschützer der Nazis in der Nachkriegszeit.

Als Hana aus dem Taxi stieg und sich der *Shoah-Bibliothek* näherte, durchschritt sie ein Labyrinth schneeweißer Steinwände – ein endloses Mahnmal, in das 76.000 Namen eingemeißelt waren. Jeder stand für ein jüdisches Leben, das zwischen 1942 und 1944 aus Frankreich in die Todesfabriken von Auschwitz-Birkenau, Sobibor, Lublin, Majdanek und Kaunas/Reval deportiert worden war. Die kalten Buchstaben schienen in der Sonne zu flackern wie letzte Lebenszeichen.

Vor den Mauern verharrten Trauernde. Besonders die alten Frauen in schwarzen Kleidern und Kopftüchern rührten sie – wie sie mit zitternden Fingern die Namen ertasteten, sich an den Stein lehnten und in weißen Taschentüchern ihre Tränen auffingen. Ihr leises Wiegen und Beten verschmolz mit dem Wind.

Hana spürte, wie die Zahl der Namen sie erdrückte – nicht abstrakt wie in Geschichtsbüchern, sondern körperlich. Jeder dieser 76.000 in den Stein gehauenen Namen war ein Universum, brutal ausgelöscht. In diesem Moment, zwischen den flüsternden Witwen und den stummen Anklagen der Mauer, verdichtete sich etwas in ihr: Diese Schuld würde niemals verjähren. Und jemand musste sie einfordern.

Im Inneren der Gedenkstätte machte sie sich auf den Weg zu den Archiven, wo sie im digitalen Katalog blätterte, die Titel und Standortnummern der gesuchten Materialien notierte und sie der Bibliothekarin übergab.

„Bonjour", sagte sie zu der älteren Frau am Auskunftsschalter, die eine schwarze Kippa mit weißem Rand trug. „Ich hätte gerne Zugang zu diesen Materialien und diesem Buch hier, bitte."

Die Bibliothekarin studierte die Liste durch ihre dicken Bifokalgläser, bevor sie wortlos zu den Regalen ging. Nach ein paar Minuten kehrte sie mit nur dem Buch zurück und legte es auf den Tresen. Es handelte sich um ein abgegriffenes Exemplar von Bischof Alois Hudals Autobiografie „Roman Diaries: *Confessiones of an Old Bishop*", die 1976 veröffentlicht wurde.

„*Mademoiselle*, hier ist das Buch, das Sie suchen. Die anderen Materialien sind in unserem digitalen Archiv verfügbar. Sie können einen der Computer im Multimedia-Raum benutzen." Sie deutete nach rechts.

„*Merci beaucoup, Madame*", antwortete Hana und ging auf die Computer zu. Als sie durch den stillen Raum schritt, kam sie an der Hauptausstellung mit ihren zahlreichen Holocaust-Relikten vorbei: schreckliche Fotos von Leichenbergen, Hunderte von nicht zugestellten Briefen von Opfern an ihre Familien, Tausende von Bildern von deportierten Kindern. Die tragische Realität all dessen brach ihr das Herz.

Als Hana den Multimedia-Bereich mit seinen Reihen von Computern an Tischen aus Redwood-Holz erreichte, überkam sie ein Gefühl überwältigender Traurigkeit. Da sie wusste, dass sie bei ihren Recherchen noch mehr Elend sehen würde, musste sie das Gesehene vorerst verdrängen und die emotionale Belastung auf später verschieben.

Sie startete den spezialisierten Suchbrowser der Bibliothek und gab verschiedene Suchbegriffe wie „Heinrich Himmler" und „Walther Rausch" ein. Die Anzahl der Ergebnisse war enorm, also verfeinerte sie ihre Suche mit präziseren Begriffskombinationen wie „Heinrich Himmler + Walther Rausch", was 124 Treffer ergab. Das war schon besser, dachte sie.

Hana blätterte hauptsächlich durch alte

Zeitungsausschnitte voller Nazi-Propaganda: Fotos der beiden Männer bei offiziellen Veranstaltungen, eines zeigte sie am marmornen Symbol der Schwarzen Sonne in der Generals-Halle der *Wewelsburg*, ein anderes zeigte, wie sie einen Schauplatz im Konzentrationslager Auschwitz inspizierten – abgemagerte jüdische Gefangene hinter Stacheldraht, während die fülligen Nazis außerhalb des Zauns standen. Die Wachen lachten und zeigten auf die Gefangenen, als würden sie Tiere im Zoo bewundern – ein grausamer Widerspruch zur Menschenwürde.

Hana durchforstete die verbleibenden Ergebnisse, fand jedoch nichts von Bedeutung in Bezug auf religiöse Artefakte oder andere einzigartige Entdeckungen. Es gab weitere Diskussionen über *Ahnenerbe*, jene seltsame Organisation, von der Jakob gesprochen hatte, die sie aufmerksam las und dabei ihre Notizen aus der *Bibliothèque* ergänzte.

Nachdem sie den Computer abgemeldet hatte, nahm sie ihre Tasche und Hudals Buch und begab sich zu einem der bequemeren Sessel im Lesesaal.

Als sie das Buch aufschlug, fiel ihr sogleich auf, dass es posthum im Jahr 1976 erschienen war, da Hudal bereits 1963 verstorben war. Sie fragte sich, wer dreizehn Jahre nach dem Tod des Bischofs die Mühe auf sich genommen hatte, ein solches Werk zu veröffentlichen, und welche Absicht dahintersteckte. Nach allem, was sie wusste, war Hudal kaum eine historische Gestalt, die eine postume Herausgabe verdiente.

Sie prüfte das Inhaltsverzeichnis, um zu sehen, ob ihr etwas über Otto Rahn oder die *Wewelsburg* ins Auge sprang. Als sie nichts dazu fand, blätterte sie weiter und überflog die Einträge mit wachsamem Blick.

Obwohl ihr Hudals verwerfliche *Rattenlinie* und seine

Zusammenarbeit mit den Nazis bekannt waren, ebenso wie sein Zerwürfnis mit der vatikanischen Führung aufgrund von Meinungsverschiedenheiten, schien vieles von dem, was sie las, von reueloser Natur zu sein, manches sogar empörend. Eine Passage, die sie in Hudals eigenen Worten las, erfüllte sie mit Abscheu:

„Ich danke Gott, dass Er mir die Augen öffnete und mir erlaubte, viele Opfer in ihren Gefängnissen und Konzentrationslagern zu besuchen und zu trösten – und ihnen mit falschen Papieren zur Flucht zu verhelfen."

Doch die „Opfer", von denen er hier sprach, waren in Wahrheit Nazi-Kriegsverbrecher – und ihre „Konzentrationslager" alliierte Gefangenenlager. Hudal kümmerte sich nicht im Geringsten um die Juden, sondern war ein schamloser Apologet der Nazis.

In der Mitte des Buches befand sich ein mehrseitiger Bildteil auf glänzendem Hochglanzpapier. Während Hana die größtenteils banalen Fotos durchblätterte, bemerkte sie, dass der Herausgeber zahlreiche Nazi-Devotionalien abgebildet hatte, die sich unter Hudals Besitztümern befanden – darunter auch mehrere Beispiele seiner Korrespondenz.

Beim Umblättern stieß sie auf etwas höchst Merkwürdiges: Abgebildet war ein einzelnes Blatt Papier in der ungewöhnlichen Form eines SS-Abzeichens, beschrieben mit fragmentarischen Sätzen in deutscher Sütterlinschrift – mit langgezogenen „s"–Buchstaben, die wie „f" aussahen, und verschlungenen Ligaturen. Der Gedanke, die Seite herauszureißen und mitzunehmen, schoss ihr durch den Kopf – so faszinierend war dieses

Fundstück. Doch in dieser Gedenkstätte lastete bereits genug Schuld und Leid auf den Mauern. Stattdessen holte sie ihr Handy hervor und fotografierte das Dokument.

HANA STUDIERTE ES SORGFÄLTIG, neugierig, warum es überhaupt in dem Buch enthalten war, da es keine

Beschreibung darunter gab, außer dass es sich in Hudals Memorabilien-Sammlung befand. Die Tatsache, dass es im Stil eines SS-Symbols erschien, fand sie etwas gruselig. Sie schaffte es, das Geschriebene zu übersetzen, konnte aber wenig Sinn darin erkennen:

… Schlüssel zum Öffnen…
… Tür, durch die du…
… immer gehen kannst…
… manchmal, aber kannst…

… jenen Ort…
… ins Angesicht…
… schwingt frei zu…
… und du musst nun…

… in der Hand solltest du…
… Mitte der Sonnen…
… Angesicht Gottes…
… unter dem Schwarzen…

Hana stellte sich vor, dass es sich um eine Art vierzeiliges Gedicht handelte, das in drei Strophen unterteilt schien. Doch warum waren die Seiten so ungewöhnlich abgeschnitten? Vielleicht gab es weitere Fragmente, die an beiden Seiten anschlugen, um die vollständige Botschaft lesbar zu machen. Das erschien logisch. Und doch kam ihr das alles irgendwie bekannt vor …

Dann durchzuckte es sie: *Das muss eines von Himmlers kodierten Fragmenten sein, von denen Walther Rausch in seinem Tagebuch sprach!*

Dass sie zufällig darauf gestoßen war, versetzte ihr gleichzeitig einen Schock und bereitete ihr eine fast kindliche Freude. Sie konnte es kaum erwarten, Michael davon zu erzählen, wenn sie sich zum Austausch ihrer Notizen trafen.

SIEBEN

ls Michael Dominic den Aufzug verließ und das unterirdische *Apostolische Archiv* unter dem *Cortile della Pigna* des Vatikans betrat, schritt er zielstrebig auf den Indextisch zu. Über ihm leuchteten die bernsteinfarbenen Lampen automatisch auf und beleuchteten seinen Weg entlang der 85 Kilometer langen Metallregale der sogenannten *Galleria degli Scaffali Metallici* – und erloschen automatisch, sobald keine Bewegung mehr registriert wurde. Er wusste inzwischen, dass er in Bewegung bleiben musste, wenn er nicht in völliger Dunkelheit in diesem unterirdischen Gewölbe zurückbleiben wollte, wo die Archive der Kirche jahrhundertelang nur bei Kerzenlicht verwaltet worden waren, fern von jeglichem natürlichen Licht, das die empfindlichen Dokumente hätte beschädigen können.

Als er am Computer ankam, schaltete er die Schreibtischlampe ein und begann mit der Suche nach Bischof Alois Hudal. Wenn es überhaupt etwas über ihn gab – und vor allem, wenn es richtig indiziert worden war, denn Millionen von Dokumenten waren immer noch nicht katalogisiert und in Tausenden von Kisten gelagert – würde er es hier finden. Seine Chancen standen gut, da die meisten erhaltenen Dokumente aus der Zeit des Zweiten Weltkriegs bereits katalogisiert worden waren.

Die Suchergebnisse waren vielversprechend. Dominic fand zahlreiche Briefe zwischen Hudal und verschiedenen Mitgliedern der Kurie – keine Überraschung, da die Karriere des Bischofs von politischen Unruhen geprägt war, insbesondere während und nach dem Krieg. Hudal hatte Adolf Hitler und seine Pläne für das Dritte Reich öffentlich gelobt und seine Opposition gegen die Politik des Vatikans kaum verborgen. Als einflussreicher Vertreter der österreichischen katholischen Kirche mit einem umfangreichen Netzwerk an Kontakten zu Geistlichen und Politikern konnte er seine Position jedoch lange Zeit halten.

Noch heute verteidigen viele in der Kirche Hudals Arbeit und behaupten, dass die von ihm initiierte *Pontificia Commissione di Assistenza* ein legitimes Programm päpstlicher Barmherzigkeit für Nationalsozialisten und Faschisten war. Hunderttausende legitime Flüchtlinge seien unterstützt worden, und einige Nazi-Kriegsverbrecher hätten dies einfach ausgenutzt, ohne dass Hudal davon wusste. Michael konnte diese Darstellung angesichts Hudals eigener Schriften, in denen er offen seine Faszination für die Nazi-Bewegung bekundete, nur schwer glauben.

Hudal stand SS-Reichsführer Heinrich Himmler besonders nahe, den er regelmäßig in politischen Fragen beriet und so eine Brücke zwischen dem Vatikan und der

NSDAP schlug. Nach dem Krieg schmuggelte Hudal Himmler schließlich über die Franziskaner-Fluchtlinie außer Landes, um der Strafverfolgung durch die Alliierten zu entgehen.

Bei der Durchsicht der Korrespondenz stieß Dominic auf einen besonderen Brief vom September 1946, in dem Hudal dem Papst das letzte persönliche Tagebuch Himmlers schickte – ein Jahr nach dessen Tod. Für dieses Geschenk wurde kein Grund angegeben, was Dominic seltsam erschien. „Es muss einen Zweck gegeben haben", dachte er. „Aber welchen? Was hatte Hudal vor?"

Unter Hudals krakeliger Unterschrift befand sich eine handschriftliche Notiz des Papstes in lateinischer Sprache, vermutlich an seinen Sekretär: *Locus diurna in Riserva* – was bedeutete: *Das Tagebuch in die Riserva legen.* Darunter befand sich die kunstvolle Unterschrift: *Pius pp. XII.*

Die *Riserva* war schon immer der geheimste und verschwiegenste Bereich des Geheimarchivs, in dem die sensibelsten vatikanischen Dokumente aufbewahrt wurden. Niemand durfte diesen Sicherheitsbereich ohne Begleitung des Präfekten betreten – in diesem Fall Dominic selbst. Ein zweiter Schlüssel wurde immer vom amtierenden Kardinalstaatssekretär aufbewahrt, derzeit Enrico Petrini, der zufällig auch Dominics Pate und lebenslanger Mentor war.

Der Priester stand auf und ging zum hinteren Ende der Galerie, den spontan leuchtenden Lichtinseln folgend, bis er vor der schweren Holztür der *Riserva* stand. Er griff hinter seinen Kopf und zog ein schwarzes Lederband mit dem Schlüssel hervor, den er immer um den Hals trug. Mit einem leisen Klicken öffnete sich die stahlverstärkte Tür und Dominic schaltete das Licht ein.

Der Tresorraum war etwa zweihundert Quadratmeter groß. An den Wänden befanden sich Metallregale, und an der Rückwand lehnte ein riesiger *Armadio-Schrank* aus Pappelholz aus dem 17. Jahrhundert. Der Boden, die Wände und die Decke bestanden aus fugenlosem Gas-Beton, von der Decke hingen zwei Glühbirnen mit geringer Lichtstärke. Ein an der Wand montierter Ventilator sorgte für einen leichten Luftstrom, und ein Messgerät neben dem Lichtschalter zeigte eine relative Luftfeuchtigkeit von 35 % an – ideale Bedingungen für die Archivierung.

Nur die wertvollsten, geheimsten oder potenziell umstrittensten Dokumente wurden in der *Riserva* aufbewahrt. Hier hatte Dominic vor einem Jahr auf Anweisung des Papstes den skandalösen *Magdalena-Papyrus* versteckt, und hier war er auch zufällig auf die entscheidenden Dokumente gestoßen, die zu seiner Entdeckung führten. Es war ein Raum, den er gut kannte, sein persönlicher Schatz im Herzen des Vatikans.

Abgesehen vom *Armadio* waren die Bestände nach Jahren und dann alphabetisch geordnet. Dominic begann mit dem Regalabschnitt „MCMXLVI" – 1946 in römischen Ziffern, da der Vatikan größtenteils in Latein arbeitete – und durchsuchte alte Aktenordner und dicke Mappen nach Hinweisen auf Himmlers Tagebuch.

Nach etwa dreißig Minuten erfolgloser Suche wurde klar, dass das Tagebuch im *Armadio* sein musste.

Der massive Pappelholzschrank, verziert mit dem Wappen der Familie Borghese in goldener Flachreliefarbeit – ein Hinweis auf die engen historischen Verbindungen dieser Adelsfamilie zum Vatikan, zu der ein Papst und zahlreiche Kardinäle gehörten – beherbergte die geheimsten Dokumente der Kirche. „Wenn Himmlers Tagebuch hier ist", dachte Dominic, „dann muss es etwas ganz Besonderes sein."

Mit einem knarrenden Geräusch öffnete er die beiden Flügeltüren des Schranks und nahm eine kleine Leiter von der Wand, um an die oberen Fächer zu gelangen. Im unteren Teil befanden sich zwölf breite Schubladen, jede etwa acht Zentimeter hoch, übereinander angeordnet, in denen große, flache Dokumente wie Karten, Plakate, Palimpseste und umfangreiche Schriften aufbewahrt wurden. Darunter befand sich das berühmte Pergament König Heinrichs VIII. aus dem Jahr 1530, in dem Mitglieder des englischen House of Lords Papst Clemens VII. um Unterstützung bei der Scheidung des Königs von Katharina von Aragón baten. Das fast ein mal zwei Meter große Pergament trug achtzig rote Wachssiegel der Lords – eine Bitte, die der Papst letztendlich ablehnte und damit den Bruch Heinrichs mit der katholischen Kirche auslöste. Dominic war immer bewegt, wenn er dieses historische Dokument in der Hand hielt, das nur selten öffentlich ausgestellt wurde.

Er begann seine Suche im obersten Regal und arbeitete sich nach unten, auf der Suche nach allem, was wie ein Tagebuch aus dem Zweiten Weltkrieg aussah – im Gegensatz zu den offensichtlichen kurialen Büchern oder gebundenen Dokumenten mit anderen Markierungen.

Erst im dritten Regal entdeckte er etwas, das wie eine Art Register aussah: ein steifes, schwarz gebundenes Buch mit drei Lochreihen. Als er es aus den Tiefen des Schranks zog und umdrehte, sah er den in Gold geprägten Namen auf dem vorderen Buchdeckel: „H. Himmler".

Obwohl Dominic an den Anblick faszinierender historischer Dokumente gewöhnt war, stellten sich ihm die

Nackenhaare auf, als er erkannte, was er in den Händen hielt. Vorsichtig legte er das Buch auf den wackeligen Holztisch im Zimmer, setzte sich auf einen ähnlich alten Stuhl und bereitete sich darauf vor, die letzten Jahre eines der ranghöchsten Nazis zu erforschen.

ACHT

D ominic öffnete die schwarze Ledermappe im sanften Licht und studierte die akribische Ordnung: die vergilbten Seiten mit ihren sauberen Spalten für Datum und Notizen; Himmlers ungewöhnlich präzise Handschrift – eine scharf aufrechte Kursivschrift ohne nennenswerte Neigung; der konsequent verwendete schwarze Tintenstift. Hier war ein Mann, der sich seiner historischen Bedeutung schmerzlich bewusst war, wenn auch als monströse Figur, wie die Geschichte zeigen sollte. Männer seines Schlags – insbesondere Kriegsherren, Politiker und Industrielle – pflegten ihre Taten mit unverhohlener Genugtuung, ihre Weltanschauung und ihren Einfluss festzuhalten. Frauen hingegen hielten in Tagebüchern meist die emotionalen Nuancen ihres Lebens und das ihrer Mitmenschen fest. Himmlers Notizbücher waren voll von machtvollen Handlungen und Reflexionen über seine nahezu unbegrenzte Macht über andere.

Himmler hatte im Alter von zehn Jahren begonnen,

Tagebücher zu führen, und in seinem kurzen Leben schrieb er Dutzende – er starb mit vierundvierzig Jahren. Dominic wusste, dass viele dieser Tagebücher in alle Winde verstreut worden waren und in privaten Sammlungen oder Archiven landeten. Die jüngsten Funde tauchten 2013 in russischen Militärarchiven auf, wo sie seit ihrer Beschlagnahmung durch die Rote Armee am Ende des Krieges siebzig Jahre lang unbemerkt aufbewahrt worden waren. Diese maschinengeschriebenen Bände – von Himmlers Sekretären transkribiert – deckten in etwa denselben Zeitraum ab wie das Tagebuch, das Dominic nun in seinen Händen hielt: 1937 bis 1945. Der Ton änderte sich mit beklemmender Geschwindigkeit: von unbeschwerten Szenen wie einem Kaffeeklatsch mit Untergebenen im Konzentrationslager zu Befehlen für Massenerschießungen von Juden nur wenige Absätze später. In einem Eintrag forderte er speziell ausgebildete Wachhunde für Auschwitz an, die „Menschen in Stücke reißen" könnten. Die dokumentierten Passagen waren einfach abstoßend.

ABER DAS TAGEBUCH, das nun vor ihm auf dem Tisch lag, war von Himmler selbst in der ersten Person geschrieben worden. Dominic hatte sich zuvor mit Himmlers Handschrift vertraut gemacht – diese präzisen, vertikalen Striche mit breiten, eckigen Unterlängen und gleichmäßigen Abständen. Er hatte keinen Zweifel daran, dass diese Seiten von Himmler selbst zu Papier gebracht worden waren.

Dominic begann zu lesen und übersetzte gleichzeitig aus dem Deutschen. Seltsamerweise gab es große Lücken zwischen den Einträgen, und die meisten Notizen betrafen

Architekturpläne oder Expeditionen. Beim Durchblättern fielen ihm mehrere Passagen auf, die größtenteils während Himmlers Aufenthalten auf seiner geliebten *Wewelsburg* entstanden waren.

2. Feb. 1935 – Berlin, Hauptquartier

Treffen mit Otto Rahn. Ein brillanter Schriftsteller, vollständig vertraut mit den Gralslegenden, insbesondere Wolfram von Eschenbachs „Parzival". Habe ihn zu meinem persönlichen Stab berufen, um archäologische Expeditionen zu leiten.

21. Apr. 1936 – Schloss Wewelsburg

Rahn mit 20 SS-Männern nach Island entsandt, um die altnordischen Edden aus dem 13. Jahrhundert zu studieren – essenziell für die Dokumentation der arischen Bruderschaft.

12. Okt. 1937 – Schloss Wewelsburg

Otto Rahn zum Untersturmführer befördert. Erneute Entsendung nach Montségur und Rennes-le-Château im französischen Languedoc, um den Gral zu finden.

9. Nov. 1937 – Schloss Wewelsburg

Rahn von der Languedoc-Expedition zurückgekehrt. Dort entdeckte er den heiligen Schleier der Veronika, der selbst von Maria Magdalena nach Frankreich gebracht worden sein soll! Er soll unglaubliche Kräfte besitzen – Blinden das Augenlicht schenken und sogar Tote erwecken! Muss direkt aus dem Grab Christi stammen (Johannes 20,3-7).

22. Okt. 1938 – Schloss Wewelsburg

Umbauarbeiten an der Burg in vollem Gange, ausgeführt

*durch jüdische Häftlinge aus dem nahen KZ Sachsenhausen.
Drei Räume im Nordturm werden besondere Bedeutung tragen:
die „Halle der Säulen" und die „Halle der toten Helden", beide
mit zwölf symbolträchtigen Marmorsäulen. Im Zentrum der
Generals-Halle wird unser großes Runensymbol prangen – die
Schwarze Sonne. Der Schleier wird nun in meinem geheimen
Tresor verwahrt.*

DOMINIC unterbrach seine Lektüre und richtete sich abrupt
auf. Ein Schauer überlief ihn. *Der heilige Schleier der
Veronika?!* Der bloße Gedanke daran ließ ihn erstarren. Er
kannte die Legende natürlich – wie Veronika Jesus ihr
Tuch gereicht hatte, um Blut und Schweiß von seinem
Gesicht zu wischen, als er das Kreuz nach *Golgatha* trug.
Aber hatte Rahn dieses Relikt tatsächlich in *Rennes-le-
Château* entdeckt? Konnten selbst diese Legenden wahr
sein?

Himmlers Verweis auf das Johannesevangelium ließ
ihn nach seiner Bibel greifen. Er schlug das Neue
Testament auf und las die angegebenen Verse, Kapitel 20,
Verse 3-7:

*Da gingen Petrus und der andere Jünger hinaus und begaben
sich zum Grab. Sie liefen beide miteinander, aber der andere
Jünger lief schneller als Petrus und kam zuerst beim Grab an.
Er beugte sich vor und sah die Leinenbinden daliegen, ging aber
nicht hinein. Da kam Simon Petrus, der ihm gefolgt war, und
ging in das Grab hinein. Er sah die Leinenbinden daliegen und
das Schweißtuch, das auf Jesu Haupt gelegen hatte; es lag nicht
bei den Leinenbinden, sondern für sich zusammengewickelt an
einem besonderen Ort ...*

Konnte es sich bei dem Schleier, den Himmler besaß, wirklich um eines der Grabtücher handeln? Dominic dachte auch an den legendären Schleier selbst, den viele heute mit dem *Turiner Grabtuch* gleichsetzen, obwohl seine Echtheit durch neuere Kohlenstoffdatierungen in Frage gestellt wurde.

Er kehrte zum Tagebuch zurück und scannte die restlichen Einträge, bei denen es sich hauptsächlich um Einsatznotizen und dergleichen handelte, die immer noch große Lücken zwischen den Aufzeichnungen aufwiesen. Dann kam er zum allerletzten Eintrag:

24 Apr 1945 – Berlin

Geheime Verhandlungen mit den Briten über meine Kapitulation. Hitler ist wahnsinnig geworden, enthebt Top-Generäle ihrer Befehlsgewalt – sogar mich. Jetzt fliehen alle. Zu meiner eigenen Sicherheit habe ich drei kodierte Fragmente hinterlegt – je eines bei Walther Rausch, Bischof Alois Hudal und Erich Prager – die den Aufenthaltsort des Schleiers enthüllen. Nur wenn alle drei zusammengelesen werden, lässt sich das Rätsel entschlüsseln. Ich bitte nur darum, dass meine Freunde es nutzen, um sich im Falle meines Todes um meine Familie zu kümmern.

Dominic war wie gebannt. *Konnte es noch bizarrer werden?*

Er wusste, dass Himmler im darauffolgenden Monat sterben würde – durch Selbstmord mit Zyankali, als er sich im Mai 1945 in britischer Gefangenschaft befand. Dass dies wahrscheinlich seine letzten geschriebenen Worte waren, war sowohl fesselnd als auch abstoßend, abgesehen von der schockierenden und unerwarteten Erwähnung des Schleiers.

Hier gab es viel zu verarbeiten. Er musste mehr erfahren und sowohl mit Hana als auch mit seinem alten

Freund Simon Ginzberg sprechen. Obwohl es ein langer Weg sein könnte, wollte er diese verschlüsselten Fragmente unbedingt finden.

Er schloss die Türen zum *Armadio*, klemmte sich das Tagebuch unter den Arm, schloss dann die Tür zur *Riserva* ab und machte sich auf den Weg zurück durch den Gang mit den bernsteinfarbenen Lichtquellen zum Aufzug, wobei ihn die Aufregung bei jedem Schritt antrieb.

NEUN

Der prächtige, sonnendurchflutete Pius-XI-Lesesaal – unter Kennern einfach als „Pio-Raum" bekannt – erstreckte sich mit einer langen Reihe von Lesetischen aus brasilianischem Kirschholz unter hohen, weiß getünchten Kuppeldecken. Jeder Tisch bot Platz für zwei Besucher. An den Wänden des langen Raums befanden sich Regale mit Büchern und Ordnern, über denen eingelassene Strahler ein schillerndes goldenes Licht auf die Buchdeckel warfen – als säßen die Forscher in einem Korridor aus schimmernden Schätzen.

Einer dieser Besucher, ein Mann mit schütterem weißem Haar und einem makellos gestutzten Van-Dyke-Bart, saß über seine Arbeit gebeugt da. Auf seiner Adlernase thronte eine dicke Lesebrille.

Dr. Simon Ginzberg, emeritierter Professor für Mediävistik an der Universität Teller im nahe gelegenen Zagarolo, war seit über einem Jahrzehnt regelmäßig im Vatikanischen Archiv zu Gast – einer der wenigen Wissenschaftler mit nahezu uneingeschränktem Zugang.

Sein Forschungsschwerpunkt lag in letzter Zeit vor allem auf der ambivalenten Haltung von Papst Pius XII. gegenüber den Nazis während des Zweiten Weltkriegs. Ginzbergs Ziel war es nicht so sehr, die Kirche an den Pranger zu stellen, sondern dieses dunkle Kapitel zu beleuchten.

Während er dort saß, vertieft in die kürzlich freigegebenen Akten von Pius XII., durchbrach das Echo von Schritten auf Marmor die Stille. Er blickte auf – und sein Gesicht erhellte sich.

„Michael! Was für eine wunderbare Überraschung, mein Freund."

Pater Dominic zog einen Stuhl heran und setzte sich, legte das Himmler-Tagebuch auf den Tisch und faltete die Hände darüber.

„Schön, dass du noch so viel Elan hast, Simon. Wie läuft die Arbeit?"

„Für konkrete Ergebnisse ist es noch viel zu früh", antwortete Ginzberg, „aber Pius hatte zweifellos eine interessante Amtszeit in höchst turbulenten Zeiten. Um ehrlich zu sein, bewundere ich diesen Mann zutiefst, auch wenn meine Erkenntnisse einige unbequeme Fragen aufwerfen könnten. Wie bei allen historischen moralischen Fragen wird die Zeit der Richter sein, nicht wahr?" Er sah Dominic neugierig an. „Aber was verschafft mir heute die Ehre deines Besuchs?"

„Vor ein paar Tagen, auf der Exerzitien-Fahrt in Frankreich, habe ich einen jungen Mann kennengelernt ...", begann Dominic und erzählte von Jakob Rausch, der Nazi-Vergangenheit seines Großvaters Walther Rausch, seinem Tagebuch – und dem darin erwähnten Himmler-Tagebuch, das seit Kriegsende im Vatikan archiviert war.

„Es war all die Jahre in der *Riserva*, Simon, seit Pius XII.

es dorthin gebracht hat – und ich habe es gerade gefunden. Ich glaube, du wirst mehr als interessiert an seinem Inhalt sein."

Bei den Worten „Pius XII." und „Himmler" richtete sich Ginzberg auf. Seine buschigen Augenbrauen schossen in die Höhe. Mit wachsendem Interesse beugte er sich vor, seine Augen waren nun auf das schwarze Ledertagebuch gerichtet.

Dominic schlug die Seiten über die *Wewelsburg* und das Schweißtuch auf und schob das Tagebuch über den Tisch zu Simon. Während er die Worte las und mit einem knochigen Finger jeden Satz einzeln nachfuhr, wurden seine Augen immer größer. Er schaute zu Dominic auf und dann wieder auf das Tagebuch.

„Das ist ein absolut außergewöhnlicher Fund, Michael! Ich meine, ja, das Tagebuch selbst ist natürlich aus historischer Sicht bemerkenswert. Aber glaubst du wirklich, dass Himmler das Tuch hatte, das das ‚wahre Gesicht' Christi zeigt? Das wäre unglaublich!"

„Soweit ich mich erinnere", fuhr er eifrig fort, „sind drei solcher Tücher bekannt, aber es gibt Zweifel an der Echtheit jedes einzelnen von ihnen. Eines befindet sich in einer kleinen Kapuzinerkirche in *Manoppello*, Italien, in der Region *Abruzzen* – ein heiliges Tuch, das die Einheimischen *Il Volto Santo* nennen. Das Heilige Antlitz. Es wird dort seit etwa vierhundert Jahren aufbewahrt und zeigt genau dasselbe Gesicht wie das Turiner Grabtuch – dessen Echtheit ebenfalls umstritten ist."

„Ein weiteres ist das berühmte *Sudarium von Oviedo*, das in der Kathedrale San Salvador in Spanien aufbewahrt wird. Während die Radiokarbonmethode es auf etwa 700 n. Chr. datiert, gibt es historische Aufzeichnungen, die seine Existenz bereits 570 belegen – aber nicht früher."

„Und schließlich gibt es noch eines in Rom, hier im Petersdom selbst. Aber seine Herkunft ist mehr als fraglich, und die meisten halten es für eine Fälschung. Tatsächlich glauben viele, dass das Original, das einst dem Vatikan gehörte, vor Jahrhunderten gestohlen wurde und das Tuch ist, das jetzt in *Manoppello* aufbewahrt wird. All diese Tücher sind geheimnisumwittert, da sie im Laufe von Kriegen und anderen zweifelhaften Ereignissen durch verschiedene Hände gegangen sind. Die Geschichte ist voll von Menschen, die davon besessen waren, religiöse Reliquien zu erwerben."

„Aber ich habe wissenschaftliche Abhandlungen gelesen, in denen die Legende einer Frau namens Berenice beschrieben wird: Sie soll Jesus auf der Via Dolorosa, als er das Kreuz trug, den Schweiß und das Blut vom Gesicht gewischt haben. Und weil Berenice wusste, dass Maria Magdalena die Lieblingsjüngerin Jesu war, gab sie ihr das Tuch. Natürlich steht das nicht in den kanonischen Evangelien, aber in den *Apokryphen* werden ähnliche Geschichten erwähnt."

„Es ist sehr wahrscheinlich, dass eine Person namens Veronika nie wirklich existiert hat. Das berühmte Tuch mit dem Bildnis Jesu wurde *Vera Icon* genannt, lateinisch für *Echtes Bild*. Im Laufe der Zeit wurde dieser Begriff im Volksmund fälschlicherweise als Personenname interpretiert. So wurde aus *Vera Icon* schließlich in verschiedenen Traditionen in vielen Ländern zu *Veronika*".

„Wenn es sich um dasselbe Tuch handelt, das Maria Magdalena im leeren Grab fand – und das sie selbst dort zurückgelassen haben könnte, als Jesus zur Ruhe gebetet wurde – dann schließt sich der Kreis dieses besonderen

Geheimnisses. Aber dass es ausgerechnet in die Hände eines Monsters wie Himmler gelangen konnte, ist einfach unvorstellbar! Er war tatsächlich fanatisch von religiösen Artefakten besessen, wie seine Zusammenarbeit mit dem deutschen Mediävisten Otto Rahn und seine vom *Ahnenerbe* und der *Thule-Gesellschaft* finanzierten Expeditionen belegen. Aber diese Bemühungen dienten letztlich Hitlers absurder Behauptung, Jesus sei ein Arier und kein Jude gewesen."

„Und was ist mit dieser *Nordischen Edda*, die Himmler erwähnte?", fragte Dominic. „Was ist das und welche Bedeutung hat es?"

„Nun, es gibt keine direkte Verbindung zum Schleier selbst, aber die nordische Mythologie war das ideologische Fundament des Dritten Reiches. Hitler übernahm altnordische Symbole wie das Hakenkreuz und sogar die SS-Runen, die beide auf die Symbolik der Wikingerzeit zurückgehen – eine Ära, die er als Blütezeit einer starken, siegreichen Rasse verherrlichte. Diese Eigenschaften beeindruckten Hitler so sehr, dass er alles daran setzte, eine Verbindung zwischen den Deutschen und den edlen Nordmännern herzustellen.

„Die *Edda* besteht aus zwei Büchern aus dem 13. Jahrhundert, die die Mythologie des idealistischen Perfektionismus in der skandinavischen Kultur beschreiben. Es ist leicht zu verstehen, warum Himmler sie studieren wollte – um Hitlers glorreiche arische Weltanschauung zu untermauern."

Wie immer war Dominic von Simons umfangreichem historischen Wissen beeindruckt.

Mit vor Neugier funkelnden Augen nahm Ginzberg seine Brille ab und rieb sich den Nasenrücken, während er das Gelesene verarbeitete. „Diese rätselhaften Code-

Fragmente ... Hast du schon eine Ahnung, wo sie sein könnten? Hat dir dieser junge Herr Rausch einen Hinweis auf das Fragment seines Großvaters gegeben?"

„Leider ist er in dieser Hinsicht ziemlich unkooperativ", antwortete Dominic. „Hana ist überzeugt, dass er mehr weiß, als er zugibt – aber warum, wissen wir im Moment noch nicht."

Ginzberg sah den jungen Priester nachdenklich an und lächelte dann. „Ich habe das Gefühl, dass du wieder kurz vor einem neuen Abenteuer stehst, oder?"

Dominic lachte und errötete. „Du kennst mich zu gut, Simon. Hana und ich können kaum noch entkommen. Sie wittert hier eine gute Geschichte, und wenn es auch nur die geringste Chance gibt, den echten Schleier der Maria Magdalena zu finden ... nun, du kennst meine Antwort. Ich treffe mich in ein paar Minuten mit Hana – mal sehen, was sie dazu sagen wird."

DAS SMARTPHONE auf Hanas Schreibtisch in ihrer Pariser Wohnung vibrierte leise. Sie warf einen Blick darauf und sah, dass Michaels Name aufleuchtete. Sie lächelte, als sie seinen Anruf entgegennahm.

„Ich wollte dich gerade anrufen", sagte sie. „Du wirst es nicht glauben ..." ‚Du wirst staunen, was ich herausgefunden habe!', unterbrach Dominic sie begeistert. Sie lachten beide. „Lass mich raten, du wolltest dasselbe sagen?"

„Genau. Wenn es dir morgen passt, nehme ich den ersten Flug nach Rom. Wir haben viel zu besprechen."

„Hör dir vorher das mal an: Himmler hatte offenbar das sogenannte „Veronika-Tuch" in die Finger bekommen – das legendäre Tuch mit dem Abbild Christi! Das hat er in seinem geheimen Tresor auf der Wewelsburg versteckt, nicht den Heiligen Gral. Ich habe Himmlers Tagebuch gefunden, Hana, und stundenlang mit Simon gesprochen. Es gibt so viel zu erzählen."

„Warte ... Michael, das echte Grabtuch? Du meinst ... oh, lass uns jetzt nicht näher darauf eingehen. Gleich treffe ich meinen Großvater. Aber ich kann es kaum erwarten, alles darüber zu hören. Also, sehen wir uns morgen gegen Mittag?"

„Weißt du was? Ich hole dich einfach vom Flughafen ab und wir fahren direkt zu deinem Hotel", schlug Dominic vor. „Ich nehme mir ein paar Tage frei."

„Perfekt!", rief Hana glücklich. „Air France, Flug 1104, Ankunft in Fiumicino um 11:35 Uhr. Bis dann!"

ZEHN

anas Großvater, Baron Armand de Saint-Clair, besaß seit Langem eine Suite im *Rome Cavalieri Waldorf Astoria*, einem der luxuriösesten Hotels der Ewigen Stadt. Seine Bankgeschäfte führten ihn oft nach Rom, und als Mitglied der exklusiven *Consulta* des Papstes traf er während seiner Aufenthalte auch regelmäßig den Heiligen Vater.

Der Baron war derzeit auf Reisen, doch Hana nutzte bei ihren Besuchen in Rom ebenfalls die Privilegien der Palermo-Suite im *Cavalieri*. Dorthin brachte Dominic sie, nachdem sie den Flughafen in einem Wagen aus dem Fuhrpark des Vatikans verlassen hatten. Während der Portier ihr Gepäck aus dem Wagen lud, setzte sich Dominic an den eleganten Esstisch der Suite und breitete seine Forschungsmaterialien aus: das Himmler-Tagebuch aus dem Archiv und die Korrespondenz, die er in Bischof Hudals Akten gefunden hatte.

„Möchtest du etwas trinken, Michael?"

„Nur Wasser, danke. Aber lass uns Flüssigkeiten von diesen Dokumenten fernhalten." Er sah sie mit einem vielsagenden Blick an. Sie kannte seine Vorsicht bei seltenen Dokumenten.

Hana setzte sich ihm gegenüber und stellte ihr Glas auf die Anrichte hinter sich.

„Also, was haben wir hier?", fragte sie und betrachtete Himmlers in Gold geprägten Namen auf dem schwarzen Ledertagebuch. „Allein die Geschichte dieses Buches muss faszinierend sein."

Dominic schlug das Tagebuch an der ersten markierten Stelle auf und schob es zu Hana hinüber. Wie bei Simon wandelte sich ihr Ausdruck bald von leichter Neugier zu gebanntem Interesse.

„Otto Rahn hat also wirklich etwas in *Rennes-le-Château* oder *Montségur* gefunden, wie die Legenden behaupten", stellte sie fest. „Das wurde all die Jahre geheim gehalten. Rahn starb 1939 und hat offenbar sechzehn Monate nach der Entdeckung nie darüber gesprochen. Zumindest ist nichts öffentlich bekannt."

„Ich wette, die Nazis hatten ihre Finger im Spiel", sagte Dominic. „Himmler hätte ihn zur absoluten Verschwiegenheit über das Schweißtuch gezwungen, wahrscheinlich unter Todesdrohung. Später verlor Rahn allerdings Himmlers Vertrauen, was wohl zu seinem Tod auf den eisigen Hängen eines österreichischen Berges führte. Er hatte kurz zuvor seinen Abschied von der SS eingereicht, aber das war wie bei der Mafia – niemand verließ die SS einfach so, ohne Konsequenzen."

„Ich erinnere mich kaum an die Geschichte vom Schweißtuch der Veronika aus meiner Kindheit", sagte Hana. „Ist das nicht das Tuch, das die heilige Veronika

Jesus reichte, um seine Wunden auf dem Weg zur Kreuzigung zu reinigen?"

„Nicht nach Simons Ansicht", erwiderte Dominic. Er erzählte ihr Ginzbergs ausführliche Geschichte über die angeblich echten Tücher und die fehlerhafte mündliche Überlieferung von *Berenikē* auf dem Weg nach *Golgatha*. Er zeigte ihr auch die biblische Stelle im Johannesevangelium.

„Also", fuhr er fort, „keines dieser Tücher kann zweifelsfrei als das wahre Abbild Christi gelten, zumindest nicht ohne weitere Untersuchungen. Aber jedes wird von seinen Hütern so streng bewacht – und der Glaube ist eine stärkere Kraft als wissenschaftliche Analysen –, dass das so bald nicht passieren wird. Sollten wir Himmlers Schweißtuch finden – und das ist ein großes Wenn –, würden wir es selbst gründlich testen."

Hana wandte sich wieder dem Tagebuch zu und las weiter. Beim Eintrag vom Oktober 1938 hielt sie inne und sah Dominic mit einem plötzlichen Erinnern über den Tisch hinweg an. „Michael, hier erwähnt er ein großes Runensymbol, die *Schwarze Sonne*! Bei meinen Recherchen in der Französischen Nationalbibliothek fand ich eine Himmler-Biografie mit Fotos von der *Wewelsburg*, und eines zeigte ein eingelegtes Runensymbol der *Schwarzen Sonne* im Marmorboden der *Generals-H alle*."

Sie griff in ihre Tasche, zog ihr iPhone heraus, öffnete die Fotos-App und zeigte Dominic das eindrucksvolle Bild der Schwarzen Sonne, das sie aus dem Buch fotografiert hatte.

„Da ist noch etwas", fügte Dominic hinzu, blätterte zum letzten Eintrag im Tagebuch und deutete darauf. Er wartete auf ihre Reaktion.

Hana las den Abschnitt – über Himmler, der drei

verschlüsselte Fragmente verteilte – und sprang fast von ihrem Stuhl auf, was Michael überraschte. Das hatte er nicht erwartet.

„Ich habe eines dieser Fragmente gefunden! Ich bin sicher, das war es." Sie scrollte durch die Fotos auf ihrem Handy, bis sie das SS-Bild fand, und zeigte es Michael.

„Das war in Bischof Hudals Biografie, zusammen mit anderen Fotos aus seinem Leben und seinen Besitztümern. Ich hatte keine Ahnung, was es war, aber hab's trotzdem fotografiert. Gut, dass ich das gemacht habe."

Dominic betrachtete das Foto, sein Gesicht verzog sich vor Verwirrung. „Was soll das bedeuten? Und warum ist es so seltsam formuliert?"

„Ich hab aufgeschrieben, was ich entziffern konnte. Hier, lies selbst ..." Während sie sprach, zog sie ihr Notizbuch heraus und schob es Michael hinüber.

Er überflog das unverständliche Gekritzel.

„Offenbar brauchen wir die anderen Fragmente, um das zu verstehen", bemerkte er. „Es ist unglaublich, dass du überhaupt eines gefunden hast. Wir haben also Hudals Fragment, das heißt, die von Rausch und Prager sind noch irgendwo da draußen."

„Michael, wie ich schon sagte, ich bin überzeugt, dass Jakob mehr über das Fragment seines Großvaters weiß, als er uns verrät. Ich wette, er hat es schon unter dessen Sachen gefunden. Aber warum sollte er es uns vorenthalten, wenn er doch unsere Hilfe will? So vieles ergibt einfach keinen Sinn."

Sie starrte auf das Fragment auf ihrem Handy und dachte nach. „Das hier scheint das mittlere Stück zu sein, denn es fehlen offensichtlich Wörter davor und danach. Das würde dieses Fragment wohl zum wichtigsten machen, oder? Aber wir brauchen alle drei, um überhaupt das Rätsel zu lesen. Und dann müssen wir es natürlich noch lösen."

„Ich rufe Jakob an und frage ihn direkt. In Santiago ist es jetzt Morgen; er sollte schon wach sein."

KAPITEL

ELF

A m Fuße der Anden, an einem riesigen Gletschersee namens *Nahuel Huapi*, liegt die malerische Stadt *San Carlos de Bariloche*, ein Juwel in der patagonischen Region Argentiniens.

Bekannt für ihre charmante, schweizerisch-alpine Architektur und erstklassige Skigebiete, ist *Bariloche* die Heimat von Hochlandgänsen und südlichen Kiebitzen, lokalen Craft-Bieren und feinen Schokoladen sowie kupferfarbenen *Lenga*-Bäumen, die klare Gewässer und weite Täler überblicken, die im Frühling mit wilden Blumen übersät sind.

Es war auch die Zuflucht für etwa 9.000 Nazis, die nach dem Zweiten Weltkrieg vor der Verfolgung durch die Alliierten flohen und deren Familien noch heute diese stark deutsch geprägte Region Südamerikas bevölkern.

Vielleicht der berüchtigtste Nazi-Bewohner – abgesehen von den hartnäckigen Gerüchten, dass Adolf Hitler selbst per U-Boot aus Spanien nach *Bariloche* entkommen sei – war SS-

Hauptsturmführer Erich Prager, der ranghohe Kommandant des berüchtigten *Ardeatinen-Massakers* von 1944 in Rom. Im Zuge der Verteidigung ihrer Stadt hatten italienische Widerstandskämpfer dreiunddreißig deutsche SS-Polizisten getötet, und Hitler schwor, für jeden toten Deutschen zehn Italiener hinrichten zu lassen. Auf Befehl des Führers ordnete Prager die Ermordung von 335 italienischen Zivilisten als Rache an, darunter zwei, die er eigenhändig erschoss.

Nach dem Krieg floh Prager – unterstützt durch die Gunst des österreichischen Bischofs Alois Hudal – in die Vatikanstadt, wo Hudal ihm gefälschte Reisedokumente für Argentinien besorgte. In *Bariloche* ließ sich Prager, einer der meistgesuchten Nazis der Welt, nieder und lebte dort über fünfzig Jahre lang als freier Mann.

DIE *CERVECERÍA PATAGONIA* war voller Leben, vor allem deutsche Touristen füllten den Raum, als Jakob Rausch und Christof Prager an einem hohen Tisch am Fenster saßen, mit Blick auf den See. Beide hatten lokale Biere bestellt, und als der Kellner die Gläser brachte, lief weißer Schaum an den hohen Gläsern herunter auf die Pappdeckel darunter.

„Ich hab ihnen vielleicht schon zu viel verraten, Christof", sagte Jakob und sah seinen Begleiter unbehaglich an. „Die Freundin von Pater Dominic ist Reporterin bei *Le Monde*. Sie hat heute Morgen angerufen und eine Nachricht hinterlassen, dass sie reden will. Das Letzte, was wir brauchen, ist Aufmerksamkeit. Du hättest sehen sollen, wie sie aufgehorcht hat, als ich die Geschichte erzählt habe. Vielleicht hätte ich die *Ahnenerbe* nicht so genau und negativ erwähnen sollen. Was soll ich sagen, wenn ich sie zurückrufe?"

Christof nahm einen langen Schluck von seinem Bier und hörte zu, ohne sich von der Neugier der Reporterin beunruhigen zu lassen.

„Du machst dir vielleicht umsonst Sorgen, Jakob", sagte er und blickte über den See hinaus. „Die Organisation *Ahnenerbe* war immer da und wird es immer sein. Wir sind weltweit tief verwurzelt und werden nur wachsen. Ich bezweifle, dass *Le Monde* das als ‚Neuigkeit' ansieht. Ruf sie zurück. Hör, was sie zu sagen hat.

In der Zwischenzeit müssen wir die anderen fehlenden Fragmente von Himmlers Rätsel finden. Das Stück, das du im Tagebuch deines Großvaters entdeckt hast, ist nutzlos ohne die anderen beiden – die fehlenden Glieder zu Himmlers Gral, oder was auch immer es ist, und der einzige Weg, unsere Mission richtig zu finanzieren. Ich habe einen Käufer im Kopf, der Unsummen für so ein Artefakt zahlen würde, wenn wir es finden. Wenn Hitler es so sehr wollte, werden andere Sammler es auch wollen."

Jakob spielte nervös mit seinem Handy, seine Daumen glitten über den leeren Bildschirm, während er überlegte, was zu tun war. „Ich bin gleich wieder da."

Er stand auf, griff nach seiner Skijacke und ging zur Tür. Draußen zog er den Kragen enger, um sich gegen den kalten patagonischen Wind zu schützen, der über den See wehte, während er auf dem Gehweg vor der Bar stand. Er tippte auf die Nummer, die in der Voicemail angezeigt wurde.

Nach zweimaligem Klingeln meldete sich Hana Sinclair.

„Hana, hier ist Jakob Rausch, ich sollte Sie zurückrufen."

„Hallo Jakob, danke, dass Sie zurückrufen. Haben Sie kurz Zeit? Ich hätte eine Frage. Aber zuerst gute Neuigkeiten: Pater Dominic hat Himmlers Tagebuch in den Vatikanarchiven gefunden."

Jakob zuckte vor Aufregung zusammen. „Das ist großartig! Wann kann ich es sehen?"

„Leider ist das im Moment nicht möglich, wegen der Zugangsbeschränkungen des Vatikans. Aber wir haben darin viele faszinierende Informationen gefunden. Und da ist noch etwas: Ich habe eines von Himmlers Rätselfragmenten entdeckt – das, das er Bischof Hudal gegeben hat."

In der langen Pause, die folgte, erstarrte sein Gesicht, ein Mix aus Freude und Panik. Sein Mund öffnete sich, und sein warmer Atem bildete eine kleine Wolke in der kalten Luft. Er drehte sich zu Christof um, der drinnen saß. Ihre Blicke trafen sich, und Christof wusste sofort, dass etwas Wichtiges passiert war.

„Was ... was steht darauf?" fragte Jakob stockend.

„Ohne die zwei fehlenden Fragmente ist es unmöglich zu entziffern. Das ist unsere nächste Aufgabe – das Stück Ihres Großvaters und das andere, das an diesen ‚Erich Prager' ging, von dem Ihr Großvater gesprochen hat.

Meine Frage ist: Sind Sie sicher, dass Sie überall nachgeschaut haben? Es ist auf altem Papier, geformt wie ein SS-Abzeichen, das müsste auffallen. Vielleicht finden Sie es, wenn Sie nochmal die Sachen Ihres Großvaters durchsehen?"

Jakob war wie gelähmt. Er musste schnell nachdenken, Zeit gewinnen und dann mit Christof klären, wie sie vorgehen sollten.

„Es könnte sein, dass ich etwas übersehen habe", sagte

er. „Jetzt, wo ich weiß, wonach ich suche, werde ich nochmal genau nachsehen."

„Eine gute Idee, Jakob", antwortete Hana. „Und wie finden wir etwas über Pragers Kontakte? Sie sind in Chile, richtig? Könnten Sie nach *Bariloche* in Argentinien reisen und dort recherchieren? Wir müssen die anderen Fragmente finden."

Er brauchte eine Ablenkung. „Hana, ich stehe gerade vor einer Bar in der Kälte. Darf ich darüber nachdenken und mich wieder bei Ihnen melden?"

„Natürlich, suchen Sie sich einen warmen Ort. Aber denken Sie an unser Problem."

„Oh, noch etwas", fragte Jakob. „Könnten Sie mir vielleicht ein Bild von dem Fragment mailen, damit ich weiß, wie es aussieht?"

Hana zögerte kurz. „Sicher, ich schicke Ihnen in ein paar Minuten ein Foto. Lassen Sie uns bald darüber reden, ja?"

Nach einem kurzen Abschied legten sie auf.

Jakob stürmte aufgeregt zurück in die Bar, riss sich die Jacke herunter, hängte sie über die Stuhllehne und setzte sich mit einem Lächeln zu Christof.

„Pater Dominic und Hana Sinclair haben Himmlers Tagebuch gefunden! Sie konnte mir nicht viel dazu sagen, und ich darf es noch nicht sehen – irgendwas mit Vatikanregeln –, aber es erwähnt, dass das dritte Fragment an deinen Großvater ging. Also werden sie dem jetzt nachgehen.

Aber das Beste: Hana hat das mittlere Stück gefunden! Hudals Fragment! Und sie schickt mir gleich ein Bild davon!"

„Jakob, das ist fantastisch!", sagte Christof mit breitem Grinsen, das aber schnell verflog. „Aber wir brauchen immer noch das dritte Fragment. Ich hab es bei den Sachen meines Großvaters nicht gefunden. Was er wohl damit gemacht hat …"

Jakob winkte dem Kellner und zeigte zwei Finger für eine weitere Runde Bier.

Kurz darauf vibrierte sein Handy mit einer neuen Nachricht. Er sah Christof stolz an und öffnete die Mail-App.

Darin war die versprochene Nachricht von Hana mit einem Anhang. Er tippte auf das Bild, und es öffnete sich: ein kleines Foto in der Form eines SS-Abzeichens, genau wie sie gesagt hatte.

Aber die Auflösung war so niedrig, dass selbst das Vergrößern mit den Fingern die Schrift unlesbar machte. Es war nur ein verschwommener Haufen schwarzer Striche.

Jakob und Christof sahen sich enttäuscht an.

Sie brauchten einen neuen Plan.

ZWÖLF

Zufrieden mit sich selbst, weil sie das Bild des Hudal-Fragments so verkleinert hatte, dass es unlesbar war, hatte Hana Jakobs Bitte erfüllt, ohne das Geheimnis über das Fragment zu verraten, das sie und Michael beschlossen hatten, streng zu hüten.

Der nächste Schritt war, mehr über Erich Prager herauszufinden. Online hatte sie einiges über ihn entdeckt: Nach fünfzig Jahren in *Bariloche* war er wegen Kriegsverbrechen verhaftet und 1996 von Argentinien nach Rom ausgeliefert worden. Dort verbrachte er die letzten siebzehn Jahre seines Lebens unter Hausarrest, während jahrelange Gerichtsverfahren liefen. Er starb 2013 im Alter von 100 Jahren eines natürlichen Todes, bevor ein endgültiges Urteil gefällt werden konnte.

Hana fand es beunruhigend, dass Jakob Pragers Rolle im Krieg heruntergespielt hatte, indem er ihn lediglich als „einen Gestapo-Dolmetscher, der die Nazi-Beziehungen zum Vatikan koordinierte" beschrieb, obwohl er zweifellos ein bekannter Kriegsverbrecher war. Warum sollte er

Pragers Verbrechen bagatellisieren, fragte sie sich. Eigentlich hätte er doch eher die Schuld seines eigenen Großvaters minimieren und mehr auf Prager abwälzen sollen, oder nicht? Diesen Gedanken musste sie im Hinterkopf behalten.

Doch sie war auch neugierig, ob Erich Prager Familie hinterlassen hatte und welche Tagebücher oder persönlichen Hinterlassenschaften er vielleicht besaß. Diese Art von Recherche erforderte jemanden, der besonders geschickt darin war, verborgene Lebensspuren aufzudecken.

Jemanden wie ihren Freund Massimo Colombo, den Direktor des italienischen Inlandsnachrichtendienstes AISI. Sicherlich verfügte er über Kontakte, die weiterhelfen konnten.

„*Buonasera*, Max. Hier ist Hana Sinclair. Darf ich Sie morgen Abend zum Essen einladen?"

„Ah, Signorina Sinclair, wie entzückend, Ihre melodische Stimme zu hören", erwiderte Colombo charmant. „Ein Abendessen, sagen Sie? Das verrät mir, dass Sie wieder auf neuer Spurensuche sind – nicht, dass ich einer solch verlockenden Einladung widerstehen könnte. Wo und wann darf ich erscheinen?"

„Wie wäre es mit acht Uhr in der *Pergola im Cavalieri*? Ich bestehe darauf, Sie einzuladen."

„*La Pergola*? Wie könnte man ein solch großzügiges Angebot in Roms bestem Restaurant ausschlagen? Ich bin ganz zu Ihren Diensten. Nur meine Frau muss ich kurz informieren. Zum Glück ist sie nicht eifersüchtig."

„Sie hat wahrlich nichts zu befürchten, lieber Max. Und ja, es wird ein Arbeitsessen werden. Eins, das Sie vielleicht ebenso faszinieren wird wie mich. Aber mehr dazu morgen. Bis dann?"

„Ich freue mich außerordentlich, Hana. *Grazie e buona serata.*"

～

„Ich nehme als Vorspeise die frittierten Zucchiniblüten mit Kaviar auf Meeresfrüchten und Safran-Consommé, Stefan, und als Hauptgang den Lammrücken mit schwarzen Linsen", sagte Hana mit selbstbewusstem Charme zum Kellner. „Und wir teilen uns die marinierte Buffalo-Vorspeise mit Kerbelwurzel."

Massimo Colombo, im makellosen Anzug und mit glänzenden Schuhen, musterte nervös die Karte.

„Hana", flüsterte er ihr über den kleinen Tisch hinweg zu, „ich will nicht unhöflich erscheinen, aber unser Essen wird weit über dreihundert Euro kosten! Sind wir hier wirklich richtig?"

Hana lächelte gelassen. „Keine Sorge, Max. Mein Großvater gewährt mir ein großzügiges Taschengeld. Zudem zahlen wir als Stammgäste keine Menüpreise. Bitte, bestellen Sie, was Ihnen schmeckt."

Er lehnte sich zurück, erfreut über die Aussicht auf einen Hauch von Luxus, den sich ein Staatsbediensteter selten leisten konnte.

„Dann nehme ich als *Primo* das Kürbisrisotto mit Kalbsbries und als *Secondo* das Taubenfilet mit Schwarzwurzeln und saisonalen Pilzen."

„Ausgezeichnete Wahl", bestätigte Stefan mit einem gewinnenden Lächeln. „Signora Sinclair, ich hole sogleich die Weinkarte."

„Nicht nötig, Stefan", sagte Hana, als der Kellner sich umdrehte. „Wir nehmen den *Vietti Barolo.* Der 2014er sollte passen."

„Molto bene, Signora."

Wie üblich kam Hana ohne Umschweife zur Sache. „Max, der Grund unseres Treffens ist ein faszinierendes Artefakt, das Pater Dominic und ich suchen. Es kam durch alte Briefe eines Nazi-SS-Offiziers und eines katholischen Bischofs während des Krieges ans Licht ..."

Als Colombo sich vorbeugte, berichtete Hana von Dominics Bekanntschaft mit Jakob Rausch, dem zwielichtigen Hintergrund von dessen Großvater Walther und der fragwürdigen Zusammenarbeit der Nazis mit Bischof Hudal. Wenige Minuten später kehrte der Kellner mit dem Wein zurück, was Hana veranlasste, ihre Erzählung zu unterbrechen, während Stefan die Flasche entkorkte, im Sommelier-Tastevin prüfte und einschenkte. Als er ging, fuhr sie fort.

„Michael und ich haben intensiv über diese Männer recherchiert und aufschlussreiche Entdeckungen gemacht. Erstens: Von den Fragmenten, die in Walther Rauschs Tagebuch erwähnt wurden und die wir später in Himmlers Tagebuch bestätigt fanden, habe ich tatsächlich eines der verschlüsselten Stücke in Bischof Hudals Biografie entdeckt."

Sie zog ihr Handy hervor und zeigte Colombo das Bild des Fragments mit dem SS-Abzeichen.

„Nun müssen wir nur noch die anderen zwei finden. Es mag ein Schuss ins Blaue sein, aber wir vermuten, dass Herr Rausch aus irgendeinem Grund nicht alles preisgibt, was er weiß. Wir arbeiten weiter mit ihm daran, doch nun gibt es noch die Angelegenheit mit Erich Prager. Meine Recherchen zu ihm waren wenig ergiebig, und ich hoffe, dass Sie Kontakte haben, die uns weiterhelfen könnten."

Während Colombo nachdachte, brachten zwei Kellner

die Vorspeisen, stellten die Teller mit schwungvoller Eleganz ab und füllten die Weingläser nach.

Während er mit der Gabel behutsam in sein Kürbisrisotto stach, sann der erfahrene Geheimdienstler nach. „Sie sagen, dieser Prager stammt aus *Bariloche*, Argentinien? Ich habe einen äußerst verlässlichen Kollegen in *Buenos Aires*, einen fähigen Mann bei Interpol, Javier Batista. Er befasst sich vor allem mit Geldwäsche und Menschenhandel an den notorisch durchlässigen Grenzen des Landes sowie mit dem Schmuggel von Drogen und Waffen. Ich glaube, er pflegt auch enge Verbindungen zum israelischen Mossad. Er könnte Ihnen helfen. Er ist seit etwa dreißig Jahren im Nationalen Zentralbüro von Interpol dort. Javier weiß zweifellos bestens über die vielen Nazis Bescheid, die nach dem Krieg dorthin ausgewandert sind."

„Oh, Max, das klingt wie die Antwort auf unsere Gebete", sagte Hana begeistert. „Wenn Sie uns vorstellen könnten, wäre ich Ihnen zutiefst dankbar."

„Lassen Sie uns erst hören, was er sagt. Falls er in die wachsende Neonazi-Bewegung in Argentinien verstrickt ist, die mit einer Partei namens Patriotische Front verbunden ist, weiß er möglicherweise einiges über Ihren Erich Prager und dessen Kontakte. Ich werde morgen früh anrufen, Hana. Ich tue, was ich kann, um Ihnen und Pater Michael zu helfen."

Die nächsten Gerichte kamen, erneut mit schwungvoller Präsentation. Der intensive Geschmack der Taube mit Schwarzwurzeln zauberte einen Ausdruck von Entzücken auf Max' Gesicht, und als Hana ihr Messer durch den Lammrücken gleiten ließ, hoffte sie, dass Max' Verbindungen ebenso erfüllend sein würden wie das Mahl, das sie beide genossen.

DREIZEHN

Rosa Cruz saß auf einer Holzbank unter dem mächtigen *Palo-Borracho*-Baum vor dem Interpol-Büro in *Buenos Aires*. Es war zwei Uhr nachmittags, ihre Mittagspause, und sie hatte sich ein gegrilltes *Choripán* von einem Imbisswagen geholt: eine saftige *Chorizo*-Wurst in frischem *Pan-Batido*-Brot, verfeinert mit einer feinen Schicht grüner *Chimichurri-Soße*.

Während sie jeden Bissen genoss, schweifte ihr Blick zu den leuchtend roten Blüten des Baums über ihr. Jeder Argentinier kannte die Legende des *Palo Borracho*: Einst soll eine Frau, die ihren in der Schlacht gefallenen Geliebten innig liebte, sich aus Verzweiflung in einen prächtigen Seidenfaserbaum verwandelt haben. Das Blut ihres toten Geliebten floss in die Blüten, die einst ihre zarten Finger waren. In der Gaucho-Kultur Argentiniens hatte alles eine mythische Bedeutung.

„Ich dachte mir, dass ich Sie hier finde, Rosa", sagte der elegante Mann, der sich näherte. Javier Batista besaß das bronzene, wettergegerbte Aussehen der legendären

Cowboys der Region, obwohl er nie auf einem Pferd gesessen hatte, sondern seit drei Jahrzehnten in Interpol-Büros arbeitete. Ein grauer Schimmer an den Schläfen seines pechschwarzen Haars verriet seine sechzig Jahre, doch er strahlte die jugendliche Energie eines weit Jüngeren aus. Sein offenes Hemd enthüllte einen Davidstern, der an einer Silberkette auf einem dichten Brusthaarteppich hing.

„Buenas tardes, Javier", entgegnete Rosa nüchtern, bevor sie den letzten Bissen ihres *Choripáns* verspeiste. „Schon wieder zurück an die Arbeit?"

„*Sí*, Rosita. Wir haben ein neues Projekt für einen alten Freund in Italien, und ich brauche Ihre Hilfe. Leider geht es um Ihre am wenigsten geschätzten Einwanderer in unserem geliebten Land."

Rosa blickte ihn entsetzt an. „Nein!", rief sie aus. „Nicht schon wieder die Nazis! Bitte, Javier, können Sie diesmal nicht jemand anderen nehmen? Ich verabscheue es, mit diesen *Bastardos* zu tun zu haben."

„Nun, Sie müssen nicht wirklich mit ihnen ‚zu tun haben', da das Ziel dieser Ermittlung längst verstorben ist. Wir müssen nur seine noch lebende Familie ausfindig machen."

„Das ist ebenso schlimm", sagte sie und fügte ein altes Sprichwort hinzu, das ihre Mutter ihr eingeprägt hatte: „Wo Blut vergossen wurde, wächst kein Baum der Vergebung."

Rosa erhob sich, tupfte sich den Mund mit einer Serviette ab, faltete ihren Pappteller, warf beides in einen nahen Mülleimer und sagte: „Also gut. Bringen wir's hinter uns."

Das Büro in *Buenos Aires*, eines von sieben regionalen Büros, die Interpols globale Reichweite über das

Hauptquartier in *Lyon* hinaus erweiterten, war vor allem für polizeiliche Maßnahmen gegen Terrorismus, Cyberkriminalität, Korruption und organisiertes Verbrechen in ganz Südamerika zuständig.

Als Spezialist für Operationen im Kommando- und Koordinationszentrum verfügte Javier Batista über langjährige Erfahrung in internationalen Fahndungsermittlungen sowie forensischer und krimineller Analyse. Er befasste sich auch mit der wachsenden Neonazi-Bewegung, insbesondere in Bezug auf argentinische Subjekte – ein Bereich, der für die Strafverfolgung zunehmend an Bedeutung gewann. Das Büro hielt ihn für besonders geeignet, denn obwohl sein Vater von frühen argentinischen Vorfahren abstammte, war seine Mutter Teil einer langen Linie aschkenasischer Juden, die im frühen 19. Jahrhundert aus Spanien nach Argentinien eingewandert waren. In einer historischen Ironie – wie Batista oft betonte – beherbergte Argentinien nach dem Zweiten Weltkrieg die größten Populationen von Juden und Nazi-Einwanderern in ganz Lateinamerika. Seine Verbindung zum Mossad wurde nie erörtert, ganz im Sinne der Diskretion und Anonymität dieser Organisation. Er hegte ein besonderes Interesse an diesem Schwerpunkt seiner Arbeit und war froh, die Unterstützung von jemandem wie Rosa zu haben, die für seine aktuelle Recherche bestens geeignet war.

Zurück an ihrem Schreibtisch öffnete Rosa die E-Mail, die Batista ihr mit den wenigen Details zum Erich-Prager-Auftrag weitergeleitet hatte, die ihm sein italienischer Kollege Massimo Colombo geschickt hatte. Sie seufzte, als sie Pragers Namen las, denn er war ihr bereits begegnet. Sie erinnerte sich, in den 1990er-Jahren ein umfangreiches Hintergrunddossier für Pragers Auslieferung nach Italien erstellt zu haben – damals eine sehr öffentliche Angelegenheit. Doch das würde nicht in den Computersystemen gespeichert sein, was bedeutete, dass sie mühsam die Papierarchive im Keller durchforsten musste. Kopfschüttelnd seufzte sie erneut. Ich werde zu alt für diesen Mist, dachte sie, während sie langsam zum Aufzug und dem Archivraum im Untergeschoss ging.

Zwei lange Reihen von Neonröhren summten und flackerten zum Leben, nachdem Rosa den Wandschalter im leeren Raum betätigt hatte. Selbst an warmen Tagen war der Keller kalt und feucht, durchdrungen von dem muffigen Geruch eines alten, nassen Hundes, der die abgestandene Luft erfüllte. Reihen von tristen, grauen Aktenschränken, Dutzende davon, füllten den niedrigen Raum, während sie zum „P"-Abschnitt des alphabetisierten Archivs ging.

Es dauerte nicht lange, bis sie die Prager-Akte fand, eine der umfangreichsten in der Schublade. Sie zog sie heraus, schloss den Schrank, schaltete das Licht aus und verließ den Raum. Zurück an ihrem Schreibtisch schuf Rosa Platz für die bevorstehende Arbeit und vertiefte sich in die Akte.

ELFTAUSEND KILOMETER ENTFERNT, am nächsten Tag, hatte Pater Michael Dominic soeben die Abendmesse in der Kirche *Santa Maria della Pietà* beendet, einer der neun Kirchen und Kapellen auf dem Vatikan-Gelände und seine persönliche Lieblingskirche, die ihn mit ihrer intimen Atmosphäre an die Gemeindekirche seiner Kindheit in *Queens* erinnerte.

Unter den wenigen Gläubigen, die die Messe

besuchten, war Hana Sinclair. Während Pater Dominic jeden hinausgehenden Gast begrüßte, hielt sich Hana zurück, wartete darauf, dass er in die Sakristei ging, seine liturgischen Gewänder ablegte und sich ihr zum Abendessen anschloss.

Als der letzte Kirchenbesucher gegangen war, summte Hanas Handy in ihrer Handtasche. Sie zog es heraus und sah „Unbekannte Nummer" auf dem Display. Sie tippte auf die grüne Taste.

„Frau Sinclair?" fragte eine Stimme.

„Ja? Und wer spricht da?"

„Frau Sinclair, hier ist Javier Batista von Interpol in *Buenos Aires*. Unser gemeinsamer Freund Massimo Colombo hat mich gebeten, für Sie Nachforschungen über Erich Prager anzustellen."

Hana horchte auf. „Ja, Max erwähnte, dass Sie sich melden könnten. Hat er Sie schon eingeweiht? Haben Sie etwas Nützliches gefunden?"

„Oh ja, und mehr, als Sie wahrscheinlich erwartet haben", sagte Batista. „Aber es sind zu viele Daten für Telefon oder Fax. Ich weiß, es ist eine weite Reise, aber könnten Sie uns hier in *Buenos Aires* treffen? Ich glaube, es würde sich lohnen."

Hana warf Dominic einen Blick voller gespannter Vorfreude zu und traf die Entscheidung für sie beide.

„*Sí, Señor Batista*, wir nehmen den ersten Flug, den wir bekommen können."

D er vierzehnstündige Alitalia-Flug von Rom war lang und ermüdend, und als sie kurz nach der Morgendämmerung in Buenos Aires ankamen, gingen Hana und Michael direkt in ihre Zimmer im *Alvear Palace* Hotel und fielen erschöpft in ihre Betten, um ein kurzes Nickerchen zu machen, bevor sie Javier Batista trafen.

Ein paar Stunden später, nun erfrischt, trafen sie sich zum Frühstück im *L'Orangerie*-Restaurant des Hotels und warteten auf Batista, wie verabredet.

Während er an einem dampfenden *Cortado Macchiato* nippte, sah sich Dominic in der prachtvollen Eleganz des Speisesaals um.

„Bleibst du nie in einem Motel 6?" witzelte er.

„Was ist ein *Motel 6*?" fragte Hana mit ehrlich hochgezogener Augenbraue.

„Das beantwortet meine Frage", sagte er grinsend. „Dich kennenzulernen hat mir eine ganz neue Lebensweise eröffnet – zumindest die der oberen ein

Prozent."

Hana errötete, als sie den Spruch ihres Freundes verstand. „Mein Großvater ist ein sehr großzügiger Mann, Michael, aber unsere Familie genießt seit über zwei Jahrhunderten den Segen generationellen Reichtums. Und obwohl wir gut leben, spendet unsere Stiftung jedes Jahr Millionen an verdiente wohltätige Organisationen wie *Ärzte ohne Grenzen* und *The Nature Conservancy*. Solcher Reichtum bringt Verpflichtungen mit sich. Weder er noch ich könnten anders denken oder handeln."

Während Dominic eine weitere Facette dieser bemerkenswerten Frau bemerkte, ließen herannahende Schritte sie beide aufblicken.

„*Buenos días, amigos*", sagte der gutaussehende, lächelnde Fremde, als er an ihrem Tisch stehen blieb. „Javier Batista, zu Ihren Diensten."

Dominic stand auf und streckte die Hand aus. „*Buenos días, Señor Batista*. Ich bin Michael Dominic, und das ist Hana Sinclair."

Nachdem er Dominics Hand geschüttelt hatte, nahm Batista Hanas Hand, führte sie an seine Lippen und küsste sie leicht, während er ihren Blick hielt. „Es ist mir eine große Freude, Sie beide kennenzulernen, besonders Sie, Frau Sinclair. Max hat Ihre entwaffnende Schönheit nicht erwähnt."

Hana errötete und war für einen Moment sprachlos, fand dann aber ihre Stimme wieder.

„Sie sind der Entwaffnende, Señor Batista. Was für eine charmante Begrüßung."

„Bitte, nennen Sie mich Javier. Darf ich mich zu Ihnen setzen?"

„Natürlich!" sagte Dominic.

Batista nahm Platz, seine Augen noch immer auf Hana

gerichtet. „Ich bin so froh, dass Sie persönlich kommen konnten", sagte er. „Es gibt viel in der Prager-Akte durchzugehen. Aber zuerst lassen Sie uns *Desayuno* bestellen, oder wie Sie sagen, Frühstück. Sie müssen nach so einem langen Flug sicher hungrig sein, ja?"

Nachdem sie die Karten studiert und der Kellner ihre Bestellungen aufgenommen hatte, wärmte Batista das Gespräch mit etwas Smalltalk auf, bevor sie zum Hauptthema kamen.

„Also, dieser Erich Prager, der Sie so interessiert ... Darf ich fragen, was genau Sie suchen? Auf Max' Empfehlung steht Ihnen mein Büro natürlich zur Verfügung. Aber zu wissen, was Sie wollen, könnte uns helfen, unsere Bemühungen zu bündeln."

Dominic schilderte die Hintergründe – das Auffinden von Rauschs Tagebuch, Himmlers Journal, Hudals Biografie, die SS-Fragmente und das mittlere Stück –, ließ aber die genaue Natur des Schleiers aus und sprach nur von einem „Artefakt von Interesse für den Vatikan". Als Geheimdienstler wusste Batista, dass er nicht nachfragen sollte. Es gab wohl einen Grund für diese Zurückhaltung, vermutete er. Vielleicht eine *Need-to-know*-Sache.

„Ein Artefakt, sagen Sie. In dem Zusammenhang erinnere ich mich an einen Vorfall, der Sie besonders interessieren könnte", sagte Batista. „Es war im Juni 2017, glaube ich, bei einer Operation, die wir *Oriente Cercano* nannten. Ein vertraulicher Informant gab uns einen Tipp über einen zwielichtigen Kunsthändler, und bei der Durchsuchung seiner Galerie in *Béccar*, einer Stadt nördlich von Buenos Aires, fanden wir einen Hort illegaler Kunstwerke zum Verkauf, die in Interpols Datenbank gestohlener Antiquitäten gelistet waren, viele aus der Kriegszeit.

Nach weiteren Ermittlungen im Haus des Galeriebesitzers entdeckten wir eine versteckte Tür zu einem Geheimraum hinter einem Bücherregal. Der Raum war voll mit etwa fünfundsiebzig authentischen Nazi-Artefakten – mehreren Bronzebüsten von Adolf Hitler, Kisten mit Ehren-Dolchen der Gestapo, Statuen mit Hakenkreuzen, sogar Musikinstrumenten und Spielsachen zur Indoktrination von Kindern. Wir glauben, dass all das hochrangigen Nazis gehörte, die nach dem Krieg nach Argentinien auswanderten. Der gesamte Fund wurde beschlagnahmt und befindet sich jetzt im Beweisraum der örtlichen Bundespolizei. Vielleicht finden Sie dort Ihr fehlendes Fragment. Ich bin sicher, ich kann eine Besichtigung arrangieren."

„Das klingt nach einer vielversprechenden Spur", sagte Dominic und warf Hana einen Blick zu. „Wie bald können wir diese Objekte sehen, Javier?"

„Ich muss ein paar Anrufe machen, um sicherzustellen, dass die Objekte noch im Beweisraum sind, und dann brauche ich eine Sondergenehmigung für einen Besuch. Argentinier sind sehr empfindlich, wenn es um die Vergangenheit unseres Landes mit Nazi-Einwanderern geht. Aber da Sie ein Vatikanpriester und Sie, Frau Sinclair, eine französische Journalistin sind, könnte das mehr Glaubwürdigkeit verleihen als, sagen wir, ein Händler für Nazi-Memorabilien. Doch ich muss Ihnen sagen, der Staat will nicht, dass diese Dinge publik gemacht werden, da bin ich mir sicher."

„Unser Ziel ist es, nur ein einziges Objekt zu finden, ein simples Stück Papier", sagte Dominic. „Der Vatikan braucht nur ein Foto davon. Wir wollen nichts mitnehmen, und ich bin sicher, Hana wird die Diskretion Ihres Landes respektieren."

Hana warf ihm einen leicht gereizten Blick zu. Sie hatte gerade eine faszinierende Geschichte über versteckte Nazi-Schätze gehört und sollte nun davon abgehalten werden, darüber zu schreiben?

Das werden wir ja sehen, dachte sie.

FÜNFZEHN

N ach dem Frühstück bat Batista den Hotelportier seinen Peugeot 408 holen zu lassen, dann fuhr er Hana und Michael zum Regionalbüro von Interpol in der *Calle Cavia*, nur zehn Minuten entfernt im Norden der Stadt.

Das schmuddelige, beige-weiße, festungsartige Gebäude nahm einen ganzen Block ein. Als Batista die Straße halb hinunterfuhr, griff er nach einer Fernbedienung am Sonnenschutz und öffnete ein schwarzes, massives Eisentor, das den Weg zu einem Innenparkplatz neben einem dreistöckigen Gebäude freigab, gekrönt von einem dichten Antennensystem.

Beim Einfahren bemerkte Dominic eine Reihe eingelassener Bodensperren unter der Torlinie und fragte sich, wann diese je genutzt wurden. Es schien eine ungewöhnliche Sicherheitsmaßnahme für ein Polizeigebäude.

Die drei stiegen aus, und Batista führte sie in sein Büro – ein Innenraum, der das schäbige Äußere Lügen strafte,

GARY MCAVOY

als wolle er die wahren Aktivitäten der Organisation tarnen.

Der Raum summte vor Betriebsamkeit: Menschen plauderten in kleinen Gruppen, trugen Papiere und Tablets in alle Richtungen, glänzende Flachbildschirme standen auf jedem Schreibtisch, und entlang der hinteren Wand reihten sich Server. Eine kleine, verglaste SCIF-Kammer – eine abgeschirmte Einrichtung für sensible Informationen – befand sich in der Mitte des großen Raums, wo gerade ein geheimes Treffen stattfand, als Dominic und Hana vorbeigingen, ihrem Interpol-Gastgeber in sein privates Büro folgend.

Viele Köpfe drehten sich zu Dominic, und als sie seinen weißen Priesterkragen sahen, winkten sie ihm höflich zu. Ein katholischer Priester war hier eine Seltenheit.

Mit leisem Stolz bemerkte Batista Hanas beeindruckten Blick, während sie die Szene beobachtete.

„Eine gute Lektion, ein Buch nicht nach seinem Einband zu beurteilen, nicht wahr?" bemerkte er lächelnd. „Trotz des äußeren Scheins sind wir hier so gut ausgestattet wie jeder Geheimdienst eines Erste-Welt-Landes."

Dabei winkte er seiner Assistentin Rosa, sich ihnen anzuschließen. Sie stand auf, nahm einen Stapel Akten und ging zu ihrem Chef und seinen Gästen.

„Ich möchte Ihnen meine fähigste Assistentin vorstellen, Rosa Cruz. Sie hat die meisten Recherchen für Sie durchgeführt und wird Ihnen berichten, was sie gefunden hat."

Nach der Begrüßung setzten sich die vier an einen kleinen Besprechungstisch in Batistas Büro.

„Zunächst einmal: Es macht mir keine Freude, über Nazis zu sprechen", sagte sie scharf und wollte das gleich klarstellen. Rosa Cruz war niemand, der zögerte, seine Meinung zu sagen.

Hana spürte, dass die Frau etwas Unterstützung vor ihrem Chef brauchen könnte. „Da stimme ich Ihnen vollkommen zu, Rosa, wahrscheinlich aus denselben Gründen wie Sie. Es ist bedauerlich, dass so viele von ihnen Ihr Land als Fluchtweg vor der Strafverfolgung gewählt haben. Wir sind hier, um zu sehen, ob wir zumindest ein kleines Maß an Gerechtigkeit für ihre alten Sünden erreichen können."

Rosa sah Hana als eine Verbündete in ihren festen Überzeugungen, mit neuem Respekt an. Von da an richtete sie ihre Worte vor allem an Hana, während die anderen zuhörten.

„Ich nehme an, Sie wissen bereits viel über Erich Pragers Rolle im Dritten Reich und seine Kriegsverbrechen, daher konzentriere ich mich auf das, was wir über seine Familie und Kontakte hier in Argentinien gefunden haben. Wenn Sie Fragen haben, unterbrechen Sie mich einfach. Ich habe dieses Dossier für Sie vorbereitet, das Sie mitnehmen können, aber ich gehe jetzt die wichtigsten Punkte durch.

Kennen Sie die Organisation *Ahnenerbe*?", fragte Rosa.

Dominic und Hana nickten unsicher. „Kaum", gab Hana zu.

„Entgegen der allgemeinen Meinung, wurde die *Ahnenerbe* nach dem Krieg nicht aufgelöst; es wurde nur für Jahrzehnte still um sie. Die Organisation hat hier in Argentinien eine große, aber diskrete Präsenz, getragen von Neonazis in Zusammenarbeit mit der faschistischen Partei Patriotische Front. Ihre Ziele sind dieselben wie unter Hitlers Regime – die biologische Überlegenheit der arischen Rasse voranzutreiben. Sie haben enorme

Finanzierungen aus vielen Quellen, und ihr Einfluss erstreckt sich in alle Richtungen, wie der Kopf der Medusa – sogar in die katholische Kirche, Padre." Sie sah Dominic an, als sie das sagte. „Kennen Sie Kardinal Fabrizio Dante von der Metropolkathedrale hier in *Buenos Aires*?"

Dominic zuckte auf seinem Stuhl zusammen, schockiert, Dantes Namen wieder zu hören, besonders bei einem Interpol-Treffen. Hana drehte sich mit offenem Mund und alarmierten Gesichtsausdruck zu ihm.

„Wir kennen Kardinal Dante mehr als gut, Rosa", sagte der Priester. „Man könnte sagen, er ist uns seit einiger Zeit ein Dorn im Auge." Ein Dorn, der sie beide vor einem Jahr beinahe das Leben gekostet hätte, wäre nicht der Papst selbst eingeschritten.

„Unsere Informationen zeigen, dass er enge Verbindungen zu Erichs Enkel hat", fuhr sie fort, „einem jungen Mann namens Christof Prager, und zu mehreren anderen nazi-bezogenen Familien hier und weiter südlich in *Bariloche*, einer Stadt nahe der chilenischen Grenze mit einer dichten deutschen Bevölkerung und Tausenden von Nazi-Nachkommen. Dante steht seit seiner Ankunft hier letztes Jahr auf unserer Beobachtungsliste. Aber die Kirche ist in Südamerika sehr mächtig, daher sind unsere Überwachungsaktivitäten in dieser Hinsicht eher zurückhaltend."

„Entschuldigen Sie mich kurz", sagte Batista, als er aufstand. „Ich muss einen Anruf tätigen. Ich bin gleich zurück."

Noch erschüttert von Dantes Beteiligung, stand Dominic auf, um sich die Beine zu vertreten. „Rosa, Javier erwähnte früher uns gegenüber den Raub von Nazi-Memorabilien in *Béccar*. War Kardinal Dante daran beteiligt?"

„Nicht, soweit wir wissen", sagte sie und drehte einen Bleistift in ihrer Hand. „Aber der Galeriebesitzer galt als Kollege von Erich Prager, also ist es möglich, dass seine Familie eine Rolle gespielt hat. Und das könnte zu Dante führen, aber das ist reine Spekulation."

Hana griff nach ihrem Handy, öffnete die Foto-App und das SS-Abzeichen-Fragment. „Rosa, haben Sie solche Bilder in Ihren Recherchen schon mal gesehen?"

Rosa betrachtete es für einen Moment. „Nein, nichts dergleichen. Ist das das Objekt, das Sie suchen?"

„Ja, es gibt zwei weitere, die wir brauchen, um eine Art Rätsel zu lösen, eines, das uns zu einem Artefakt führen könnte, das der Vatikan gerne hätte." Sie wusste, dass sie die Wahrheit etwas dehnte, aber es schien im größeren Kontext unwichtig. Michael arbeitete für den Vatikan – und er wollte es haben –, und das Objekt würde wahrscheinlich im Vatikan landen, überlegte sie.

Die Bürotür öffnete sich, und Batista kam zurück.

„Gute Neuigkeiten", begann er. „Der Kommandant der PFA, unserer Policía Federal Argentina, hat zugestimmt, uns die Nazi-Memorabilien im Beweisraum inspizieren zu lassen. Alles ist noch dort."

„Das sind tolle Neuigkeiten!" sagte Dominic und rieb sich die Hände. „Vielen Dank Ihnen beiden für Ihre Hilfe. Wir stehen in Ihrer Schuld. Wann können wir die Objekte sehen?"

„Wir können sofort los, wenn das für Sie passt", sagte Batista lächelnd. „Sie erwarten uns."

„Perfekt", sagte Dominic. „Bereit, wenn Sie es sind."

„Rosa", sagte Hana, als sie aufstand, „können wir uns wieder bei Ihnen melden, wenn wir weitere Informationen benötigen?"

„Natürlich, *Señora*, ich bin scheinbar Tag und Nacht

hier." Sie warf Batista einen Blick zu und verdrehte die Augen. Alle lachten über ihre gespielte Bürde.

„Und das ist für Sie." Rosa reichte Hana das Dossier. „Passen Sie gut darauf auf, bitte. Es ist zwar nicht geheim, aber brisantes Material."

„Sie haben mein Wort", sagte Hana und schüttelte der Frau die Hand.

KAPITEL

SECHZEHN

D ie vierzigminütige Fahrt nach Béccar, einem
Vorort nördlich von *Buenos Aires* an der Küste
des Argentinischen Meeres, verlief angenehm.
Obwohl es in *Buenos Aires* im Mai Herbst war, herrschten
milde vierundzwanzig Grad Celsius, und Dominic freute
sich, unterwegs zu sein. Er vermisste seine täglichen
Joggingrunden und ließ den Blick über die vorbeiziehende
Landschaft schweifen, während er sich wünschte, mehr
Zeit zu haben, um die Sehenswürdigkeiten der Stadt zu
genießen.

In der Zwischenzeit saß Hana auf dem Rücksitz,
umgeben von verstreuten Papieren, vertieft in die Prager-
Akte. Auf einer Seite mit der Überschrift „Kontakte des
Subjekts" stieß sie auf aufschlussreiche Details über Erich
Pragers Nachkriegsleben in *Bariloche*. Er hatte einen
kleinen, doch beliebten deutschen Feinkostladen namens
Graz besessen und war Vorsitzender des Deutsch-
Argentinischen Kulturvereins sowie der örtlichen
deutschen Schule gewesen. Sein engster Freund und

Geschäftspartner war ein Mann namens Dr. Johann Kurtz, ein ehemaliger Gestapo-Offizier und Genetiker, mit dem Prager während des Krieges in Rom zusammengearbeitet hatte.

Die Interpol-Akte erwähnte zudem, dass Prager einen Enkel in *Bariloche* hatte, einen jungen Mann namens Christof, dessen Beruf schlicht als „Gemeindeorganisator" angegeben war. *Was für ein Beruf soll das sein?* fragte sich Hana. Sie machte sich eine mentale Notiz und blätterte weiter, auf der Suche nach Hinweisen zu den fehlenden Fragmenten.

Die *Béccar*-Abteilung der *Policía Federal Argentina* befand sich in einem eingeschossigen Gebäude aus roten Ziegeln in einem Wohnviertel, das mehr als die Hälfte eines langen, von Bäumen gesäumten Blocks einnahm. Batista bog von der zweispurigen Straße ab, fuhr durch ein offenes Gittertor auf einen holprigen Parkplatz voller Schlaglöcher, auf dem Dutzende Autos kreuz und quer standen. Viele schienen schon lange dort zu stehen, bemerkte Dominic, denn sie waren mit Laubhaufen von den benachbarten, nun kahlen Bäumen bedeckt. Er vermutete, dass dieser Platz auch als Abschlepphof diente.

Nachdem Batista einen geeigneten Parkplatz für seinen Peugeot gefunden hatte, führte er seine Gäste durch den Hintereingang des Gebäudes, wo der Empfangsoffizier sie eintrug und zum Büro des Stationschefs, Capitán Carlos Portillo, begleitete – ein stattlicher, kräftiger Mann mit buschigem Schnurrbart und glänzend zurückgekämmtem schwarzem Haar.

Nach der Begrüßung bat Portillo seine Assistentin, frisch aufgebrühten Yerba-Mate zu bringen, den traditionellen Tee Argentiniens.

„Wie ich Ihnen am Telefon erläuterte, Capitán", begann

Batista, „suchen unsere Freunde hier ein Objekt von besonderem Interesse für den Vatikan, eines mit Verbindungen zu den Nazis, insbesondere zu einem Mann, der sich in *Bariloche* niedergelassen hat.

Da es unter den Artefakten sein könnte, die Sie bei der Razzia der *Operación Oriente Cercano* gefunden haben, wären wir sehr dankbar, diese Gegenstände in Ihrem Gewahrsam einsehen zu dürfen."

Dominic rutschte unruhig auf seinem Stuhl hin und her, als das „besondere Interesse" des Vatikans erwähnt wurde, da niemand sonst wusste, dass er auf der Jagd nach den SS-Fragmenten und letztlich dem Schleier war.

In diesem Moment kam die Frau mit einem Tablett zurück, auf dem eine Schüssel mit gemahlenem braunem Tee, eine Thermoskanne mit heißem Wasser, eine Kalebassen-Tasse und ein langer Metallstrohhalm standen.

Portillo stellte seine Assistentin vor: „Das ist Maya, sie wird unsere *Cebadora* sein und den *Mate* zubereiten und servieren. Dies ist eine besondere Zeremonie, die seit Hunderten von Jahren gepflegt wird, und wir fühlen uns geehrt, sie mit Ihnen teilen zu dürfen."

Maya füllte den Becher zur Hälfte mit Teeblättern, kippte ihn und schüttelte ihn, bis der Tee fast bis zum Rand die Innenseite bedeckte. Während sie vorsichtig heißes Wasser aus der Thermoskanne über die unteren Blätter goss, erklärte sie: „Dieser langsame Vorgang weckt das Aroma des Tees und bringt seine Lebendigkeit zur Geltung."

Nachdem sie den Tee einige Minuten ziehen gelassen hatte, steckte sie den Metallstrohhalm mit einem Filter, der *Bombilla* genannt wird, in die Mischung und reichte den Becher an Hana weiter.

Da sie das Ritual von früheren Besuchen in Südamerika

kannte, nahm Hana das bittere Getränk an, trank durch die Bombilla und leerte respektvoll die gesamte Flüssigkeit, bevor sie den Becher zurückgab und sagte: *„Muchas gracias."*

Maya wiederholte den Vorgang für jeden im Raum und servierte Portillo zuletzt. Alle tranken, gaben den Becher zurück und dankten ihr, wie es Brauch war.

„Das war köstlicher Mate, Capitán, gracias", sagte Hana. „Mein Kompliment an Ihre *Cebadora*." Maya errötete und verließ das Büro mit einem stolzen Lächeln.

Auch Portillo wirkte zufrieden. „Nun, lassen Sie uns einen Blick auf die Funde unserer Razzia hier in *Béccar* werfen. Nach Agent Batistas Anruf habe ich unverzüglich alle fünfundsiebzig Objekte auf speziellen Tischen für Sie auslegen lassen." Er führte sie durch einen langen, schmalen Flur zum anderen Ende des Gebäudes, wo eine Sicherheitstür aus Drahtgeflecht den Inhalt eines großen Raums schützte, der bis zur Decke mit allerlei Gegenständen und Schmuggelware in schwarzen Metallregalen gefüllt war.

Portillo schloss die Tür auf und forderte seine Gäste mit einer einladenden Geste auf, den Beweisraum zu betreten. In der Mitte des Raums waren mehrere Tische aufgestellt, auf denen Dutzende von Gegenständen mit Nazi-Bezug verteilt waren, unverkennbar durch die Fülle von Hakenkreuzen, SS-Insignien und Eisernen Kreuzen auf den meisten Stücken.

Und natürlich die unverwechselbaren Bronzebüsten von Adolf Hitler. Es gab sogar eine Schaufensterpuppe, eng in eine SS-Offiziersuniform gekleidet, deren goldverzierte Epauletten, Kampfmedaillen und Rangabzeichen unter den Deckenlichtern glänzten.

Portillo bemerkte, dass Hana die Schaufensterpuppe

musterte. „Auf dem freien Markt", sagte er, „würde allein diese Uniform für dreißigtausend US-Dollar verkauft werden. Selbst heute, mehr als ein halbes Jahrhundert nach dem Krieg, gibt es einen florierenden Markt für solches Material."

Trotz der Wärme im Raum schauderte Hana bei dem mächtigen Bild des Bösen, das sich vor ihr bildete. Während sie an den Tischen entlangging, betrachtete sie die größeren Erinnerungsstücke und fragte sich, welche Art von Menschen solche Dinge sammelte. Sie bemerkte eine ähnliche Reaktion bei Michael, der nun neben ihr stand.

„Haben Sie in diesem Fund irgendwelche Papierdokumente gefunden?" fragte sie. „Vielleicht etwas, das so aussieht?" Damit zog sie ihr Handy hervor und zeigte Portillo das SS-Fragment aus Hudals Buch.

Portillo betrachtete es sorgfältig, dann schüttelte er den Kopf. „Nein, nichts, was ich gesehen hätte, *Señora*. Aber ich habe die Alben oder Fotos nicht selbst durchgesehen. Das hat unser Forensik-Team übernommen, nachdem wir diese Gegenstände entdeckt haben."

„Sie erwähnen ‚Alben' und ‚Fotos'. Darf ich die einsehen?"

„Selbstverständlich." Portillo öffnete einen der Kartons auf einem Tisch und nahm mehrere Sammelalben heraus, die Fotos, Flugblätter, Zeitungsausschnitte und ähnliche Papierobjekte enthielten.

Hana nahm sie an sich. „Darf ich diesen Schreibtisch benutzen, Capitán?" fragte sie, während sie zu einem schäbigen grauen Metallschreibtisch ging, der schon bessere Tage gesehen hatte.

Portillo nickte und machte eine einladende Geste, sie solle sich setzen.

Sie legte die Alben behutsam auf den Schreibtisch, nahm auf einem klapprigen Metallstuhl Platz und begann, die Seiten durchzublättern.

„Michael, komm bitte her und hilf mir", sagte sie. „Zusammen sind wir schneller durch."

Dominic fand einen rostigen Klappstuhl an der Wand, zog ihn herüber und setzte sich gegenüber von Hana, dann nahm er ein weiteres Album zur Hand. Batista und Portillo unterhielten sich leise auf Spanisch in der gegenüberliegenden Ecke des Raums, um die anderen nicht zu stören.

Da sie wussten, wonach sie suchten, blätterten Dominic und Hana zügig durch die Seiten, ohne die Inhalte zu bewundern oder zu kommentieren – sie wollten nur ihren schwer fassbaren Fund finden. Hana wusste, dass es ein Wagnis war, doch sie mussten jede Gelegenheit nutzen.

Je näher sie dem Ende der Alben kamen, desto größer wurde ihre Frustration. Bei der letzten Seite des letzten Albums wandelte sich Hanas anfängliche Hoffnung in Enttäuschung.

Dominic nahm den Stapel Alben und legte sie zurück in den Karton, aus dem Portillo sie genommen hatte. Bevor er sie hineinlegte, bemerkte er jedoch einen langen, weißen Karton am Boden des Kartons mit einem orange-roten Kodak-Logo. Er zog ihn heraus, während er die Alben zurücklegte.

Als er den Kodak-Karton öffnete, stellte er fest, dass es sich um eine Schachtel mit 35-mm-Dias handelte, wie sie früher in Projektoren verwendet wurden. Er brachte den Karton zu Hana an den Schreibtisch und setzte sich.

„Schau dir das an. Es kann nicht schaden, die durchzusehen, auch wenn ich seit meiner Kindheit kein 35-mm-Dia mehr gesehen habe. Sicher haben wir so etwas in den Vatikanarchiven, aber heutzutage sind die ziemlich veraltet."

„Warum nicht", sagte Hana, während sie die Hälfte der Farbdias aus dem schmalen Karton nahm und Dominic die andere Hälfte überließ. Sie richtete die Schwanenhalslampe so aus, dass sie die Dias über das Licht halten konnten, um zumindest eine vage Vorstellung vom Inhalt der zweieinhalb Zentimeter großen Dias in ihren fünf Zentimeter großen Kartonhüllen zu bekommen.

Es dauerte länger, jedes Dia zu analysieren, da ihr Verstand die fast mikroskopisch kleinen Bilder entschlüsseln musste. Einige waren wahrhaft schrecklich – Fotos von ausgemergelten Männern und Frauen hinter Stacheldrahtzäunen, offensichtlich Juden und andere Häftlinge in Konzentrationslagern, mit bellenden Hunden draußen; stolze junge deutsche Soldaten neben Panzern und anderer Artillerie, die salutierend in die Kamera blickten; Gruppen hochrangiger Offiziere in Uniform, die bunte Bierkrüge vor einer riesigen roten Flagge mit weißem Hakenkreuz hoben; und seltsamerweise Fotos von offiziellen Dokumenten und sogar Bildern einiger der Artefakte auf den umliegenden Tischen.

Als Dominic ein bestimmtes Dia betrachtete, drehte er es hin und her. Er hielt es näher ans Licht, zog es in seinem Blickfeld vor und zurück, um besser zu erkennen, was er zu sehen glaubte. Er schaute zu Hana mit einem unverkennbaren Ausdruck, der fragte: Ist da etwas?

Hana nahm das Dia, wiederholte Dominics Analyse, kniff die Augen zusammen und drehte das Bild über dem Licht hin und her.

Und da war es. Eines der Fragmente, geformt wie ein stilisiertes „S", genau wie das erste Fragment. Es gab auch etwas, das wie Schrift aussah, der Teil, der am schwersten zu entziffern war. Doch nun war sie sicher. Sie hatten eines der drei Rätselfragmente gefunden.

Ihr Verstand arbeitete fieberhaft. Wenn sie ihren Fund offenbarten, war es unwahrscheinlich, dass Portillo es einfach herausgeben würde, da es Beweismaterial aus einer großen Verbrechensoperation war. Und sie war nicht so positioniert, dass sie einfach ein Foto mit ihrem iPhone machen konnte – es gab keine Möglichkeit, es richtig zu vergrößern. Die Behörden würden keines dieser Objekte aus diesem Raum lassen. Wenn sie ohne es gingen …

Batista war immer noch mit Portillo in der anderen Ecke beschäftigt. Unauffällig hob sie die Hand an ihren Hals und ließ das Dia in ihren Ausschnitt gleiten.

Dominic, der sie beobachtete, fand sich in einem Dilemma wieder. Er erkannte, ebenso wie sie, dass es keine andere Möglichkeit gab, wenn sie den Schleier finden wollten, etwas von potenzieller Bedeutung für die Kirche. Er blickte auf den Tisch mit so vielen Symbolen jener bösen Ära. Es war schließlich nur ein Dia. Und Portillo selbst hatte gesagt, er habe das Material nicht durchgesehen.

Hana vermied es, Dominic anzusehen, ihr eigenes Gewissen lastete auf ihr, obwohl die Notwendigkeit offensichtlich war. „Ich denke, wir sind hier fertig", sagte sie mit gespielter Enttäuschung, laut genug, dass es jeder hören konnte. Sie sammelte die restlichen Dias ein und legte sie in die Kodak-Box.

„Capitán Portillo, *muchas gracias*, aber es sieht so aus, als wären wir leer ausgegangen. Wir schätzen Ihre Zeit und Mühe sehr. Wie können wir Ihnen je danken?"

Portillo kam herüber und näherte sich dem Schreibtisch, die Hände leicht erhoben in einer Geste, die zeigte, dass kein Dank nötig sei.

„Sie schulden mir nichts, *Señora*. Es war mir eine

Freude, Ihnen zu helfen, auch wenn ich bedauere, dass Sie das Gesuchte nicht gefunden haben. Es muss sein, als würde man eine weiße Katze in einem Schneesturm suchen."

Hana lachte. „Ja, das ist eine treffende Analogie."

Dominic stand auf und wandte sich an Portillo und Batista. „Wir fliegen morgen nach *Bariloche*. Haben Sie vielleicht einen Kontakt bei der Polizei dort, falls wir Hilfe brauchen?"

Batista sah Portillo an, der lächelte. „Zufällig ist mein Cousin Ramón der Polizeichef von *Bariloche*. Wenn jemand Ihnen helfen kann, dann er. Ich werde ihn heute Nachmittag anrufen und Sie ankündigen."

„Das ist sehr freundlich, Capitán, danke. Wenn er so großzügig ist wie Sie uns gegenüber, sind wir gewiss in guten Händen."

Als Hana daran dachte, dass der Capitán großzügiger gewesen war, als er beabsichtigt hatte, lächelte sie.

KAPITEL

SIEBZEHN

Als Javier Batista seinen Peugeot vor dem Eingang des *Alvear Palace Hotels* hielt, winkte er den herannahenden Portier ab. Nachdem sie sich bedankt und verabschiedet hatten, stiegen Hana und Michael aus und gingen direkt zur Bar.

Sie setzten sich an einen ruhigen Tisch in einer abgelegenen Ecke und bestellten jeder ein Glas *Patagonia La Alazana* Single Malt Whisky, teils um sich vom Tag zu entspannen, teils um ihre Aufregung zu dämpfen. Als die Kellnerin die Gläser brachte, hoben sie sie zu einem stillen, feierlichen Toast und nahmen einen langen Schluck des kräftigen bernsteinfarbenen Getränks.

„Gib's zu, Michael, wir hatten großes Glück. Wie hoch waren die Chancen, das zu finden? Max kannte Batista, der wiederum ein gutes Verhältnis zu Portillo hat … und wenn du nicht über die Kodak-Schachtel gestolpert wärst, wo stünden wir jetzt?"

„Das zeigt mal wieder, wie wertvoll Netzwerke und Beharrlichkeit sind, wenn wir uns etwas in den Kopf gesetzt haben. Das ist ja nicht das erste Mal, dass wir so etwas machen." Sie tauschten wissende Blicke aus und dachten an frühere gemeinsame Abenteuer.

„Jetzt müssen wir nur noch einen Weg finden, das Dia anzusehen. Ich habe es nur ungern mitgenommen, aber ich war mir sicher, dass sie in ihrem Beweismittellager keinen Projektor hatten. Ich wusste nicht, was ich sonst hätte tun sollen."

Michael nickte. Es war auch für ihn keine angenehme Sache gewesen, aber es schien zu diesem Zeitpunkt die effizienteste Lösung zu sein. Er würde sich später um sein Gewissen kümmern. Im Moment mussten sie herausfinden, was das Dia ihnen verraten würde.

„Wo finden wir überhaupt so einen alten Projektor?" fragte sie.

Dominic sah sich in der Bar um und durch die Tür in der großen Hotellobby.

„Ist dieses Hotel nicht auch ein Konferenzzentrum? Sie müssen hier irgendwo Ausrüstung für Tagungen und so haben."

„Genial!" rief Hana, griff in ihren Ausschnitt, um das versteckte Dia hervorzuholen, während Dominic abrupt einen weiteren Schluck Whisky nahm. „Wir müssen sehen, was dieses Fragment bedeutet."

Dominic stand auf. „Ich frage mal den Concierge, ob sie etwas Nützliches haben." Etwas unsicher, aber mit einem warmen Leuchten im Gesicht, verließ er die Bar, suchte die Rezeption auf und fragte nach einem Projektor.

„Entschuldigung", sagte er auf Spanisch zu dem jungen, gut gekleideten Mann hinter der Rezeptionstheke. „Haben Sie zufällig Audio- oder Videogeräte zur Verfügung? Konkret suchen wir einen Diaprojektor."

Der junge Mann schaute Dominic verständnislos an, da er anscheinend nicht wusste, was ein Diaprojektor ist.

„*Un momento, Padre*", sagte er respektvoll und nahm den Hörer ab. Er richtete die gleiche Frage an die Person am anderen Ende. Einen Moment später lächelte er, gab Anweisungen und legte auf.

„*Sí*, wir haben so etwas, Padre!", sagte er zufrieden. „Wir lassen es Ihnen gerne auf Ihr Zimmer bringen."

„*Excelente!*", sagte Dominic, nannte dem Mann seinen Namen und seine Zimmernummer und gab ihm ein Trinkgeld. „Lassen Sie ihn einfach aufs Zimmer bringen. Meine Begleiterin und ich sind in der Bar, aber wir kommen gleich nach."

Zufrieden mit seinem Erfolg drehte sich Dominic um und ging zurück zur Bar. Dabei bemerkte er die zwei Männer nicht, die hinter ihm in ein Gespräch vertieft gingen, und stieß mit einem von ihnen zusammen. Als er aufsah, stand er dem letzten Menschen gegenüber, den er hier erwartet hätte.

Kardinal Fabrizio Dante.

Die beiden Männer sahen sich kühl an, beide sichtlich erschüttert von der Begegnung.

„Pater Dominic", sagte Dante schlicht, ohne sichtliche Regung. „Ich muss gestehen, ich bin überrascht, Sie hier zu sehen. Was führt Sie nach *Buenos Aires*? Sind Sie im Auftrag des Vatikans hier?"

Nach Worten suchend, brachte Dominic heraus: „Nein, nur für einen kurzen Urlaub, Eminenz." Er sah zu Dantes Begleiter, einem Mann in Polizeiuniform.

„Erlauben Sie mir, Comisario Julio Borges vorzustellen, stellvertretender Polizeichef von *Bariloche*. Wir wollten gerade zu Abend essen. Sind Sie mit jemandem hier?"

„Ja, ich, äh, mit einer Bekannten, die in der Bar wartet",

sagte Dominic. „Und eigentlich muss ich jetzt zurück. Es war schön, Sie zu sehen, Eminenz."

„Hat mich auch gefreut, Dominic", murmelte Dante, hielt den Blick des Priesters einen Moment länger und ging dann mit Borges Richtung *L'Orangerie*-Restaurant.

„Ich habe gute und schlechte Neuigkeiten", sagte Dominic, als er sich wieder zu Hana in die Bar setzte.

„Ich hoffe, die gute Nachricht ist, dass du einen Projektor gefunden hast", sagte sie.

„Das ist die gute Nachricht, ja."

„Und … die schlechte?", fragte sie zögernd.

Dominic seufzte. „Ich bin gerade buchstäblich in Kardinal Dante hineingelaufen. Er isst hier mit – und du wirst es nicht glauben – dem stellvertretenden Polizeichef von *Bariloche*! Sein Name ist Julio Borges."

Hana riss vor Schreck den Mund auf. „Das kann nicht dein Ernst sein", sagte sie rhetorisch. „Das kann nichts Gutes bedeuten." Sie wusste genau, dass Kardinal Dante nur deshalb in *Buenos Aires* diente, weil seine Handlungen gegen Michael im vergangenen Jahr ihn seine aufstrebende Karriere als Staatssekretär im Vatikan gekostet hatten. Der Mann war schon vorher gefährlich gewesen. Wenn er Michael die Schuld für seine ins Stocken geratene Karriere gab, könnte er jetzt noch gefährlicher sein.

„Deshalb nenne ich es eine schlechte Nachricht. Was glaubst du, was die beiden vorhaben?"

„Wer kann das bei ihm schon wissen?", sagte sie verärgert. ‚Aber ich vermute, dass Korruption dahintersteckt." Nach einer kurzen Pause fuhr Hana fort. „Nun, Spekulationen über Dantes Pläne nützen uns nichts. Wir sollten in *Bariloche* jedoch vorsichtig sein. Hoffentlich hat Portillos Cousin Ramón keine Verbindung zum

Kardinal. Als Polizeichef ist er offensichtlich Borges Vorgesetzter."

„Lass uns austrinken und einen Blick auf das Dia werfen", sagte Dominic, der das Rätsel um Dante leid war. „Ich habe den Portier gebeten, den Projektor in mein Zimmer bringen zu lassen."

Sie tranken den Rest ihres Whiskys aus, bezahlten die Rechnung und machten sich auf den Weg zum Aufzug.

Als sie ankamen, stand der Diaprojektor wie versprochen auf dem Schreibtisch in Dominics Zimmer. Hana stellte ihre Tasche ab und holte das Dia heraus, während Dominic das Projektor-Kabel in einiger Entfernung von einer leeren weißen Wand in die Steckdose steckte. Sie holte das Dia-Karussell heraus, legte das Dia ein und setzte das Teil wieder in den Projektor, dann schaltete sie ihn an. Dominic machte das Licht im Zimmer aus.

Das Dia erschien hell an der Wand, aber der Fokus war unscharf. Dominic drehte am Fokusring, bis das Bild deutlich wurde, und dann sahen sie beide das SS-Symbol in voller Farbe.

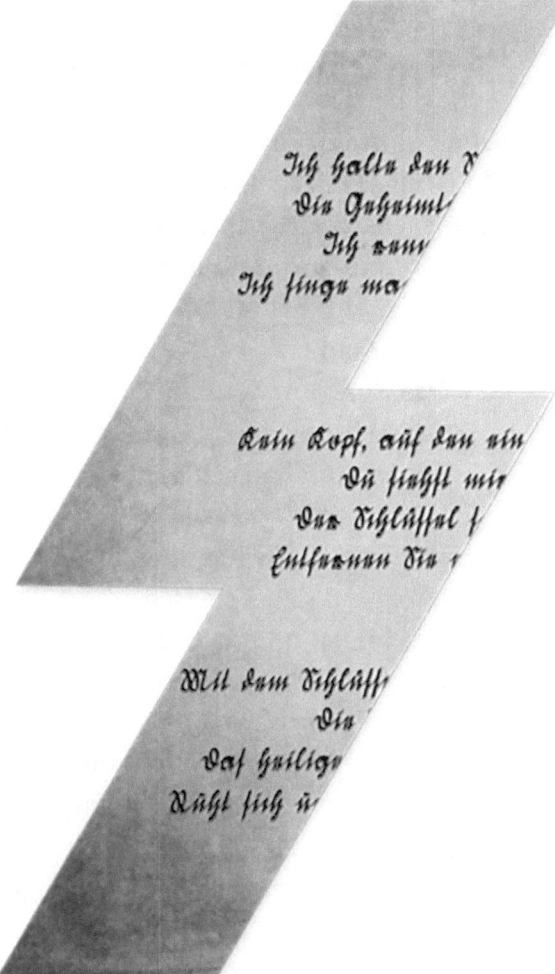

Hana nahm ihr Notizbuch und schrieb die Sütterlin-Wörter, die sie entziffern konnte, auf die vorherige Seite, die sie aus dem ersten Fragment interpretiert hatte, und stellte sie voran, wodurch eine leichter verständliche Transkription entstand:

Ich habe den Schlüssel ...
die geheime Tür zu öffn ...

Ich renne stets, geh ...
Ich singe manchmal, doch kann ...

Kein Kopf, um einen Hut aufzu ...
Du schaust mir stets ins Gesich ...
Schlüssel schwingt frei hin und ...
Nimm ihn, und du musst...

Schlüssel in Hand sollst du ...
Das Zentrum der Sonn ...
Das heilige Antlitz Got ...
Ruht unter dem schwar ...

NACHDEM SIE ZEIT HATTEN, das Gelesene zu verarbeiten und noch einmal zu lesen, sahen sie sich an.

„Wow", staunte Hana und lachte dann. „Das ist ja überhaupt nicht verlockend."

Dominic war tief in Gedanken versunken und betrachtete das Rätsel bis zu diesem Punkt. „Also, wir haben einen Schlüssel zu einer geheimen Tür? Einen Schlüssel, der frei schwingt? Das Zentrum von, was, vielleicht dem ‚Sonnensystem'? Und das heilige Antlitz Gottes ist etwas? Könnte das das Bild Christi auf dem Schleier sein? Oh, dieses Zeug macht mich wahnsinnig! Du bist die Rätsel-Expertin. Was hältst du davon?"

„Da gibt es zu viele Möglichkeiten. Wir müssen das letzte Stück finden, Michael. Wir könnten den Rest unseres Lebens damit verbringen, das zu deuten!"

Dann kam ihr ein Gedanke. „Es gibt hier zwei Zeilen, die vielleicht einen Sinn ergeben, wenn ich recht habe: ‚Kein Kopf, auf dem ein Hut zu setzen... Du schaust mir stets ins Gesicht...' Sie schließen die Sätze logisch ab, und sie reimen sich. Der Rest, nicht so sehr."

„Ja, das ist gut", sagte er ermutigend. „Mach weiter!"

Hana sah ihn skeptisch an. „Ich glaube, mir gehen die Optionen aus, Pater Dominic. Vielleicht könnten wir jetzt ein kleines Gebet gebrauchen."

„Nun, meiner Erfahrung nach funktioniert das nicht wirklich so."

Hana griff nach ihrem Telefon und machte ein Foto von dem wandgroßen Bild.

Dominic schaltete dann den Projektor aus und zog den Stecker aus der Steckdose. Hana legte das Dia in ihr Notizbuch, um es vor Kratzern zu schützen, und steckte es in ihre Tasche.

„Da Dante im Restaurant ist, warum bestellen wir nicht einfach Zimmerservice und machen für heute Schluss? Unser Flug nach *Bariloche* geht morgen um zwölf."

„Gute Idee", sagte Hana. „Wie ist wohl das argentinische Fernsehen?"

„Wahrscheinlich nicht so aufregend wie dieses Dia", sagte Dominic, während er die Zimmerservice-Karten aus der Schublade des Schreibtisches zog.

KAPITEL

ACHTZEHN

I m Terminal C des internationalen Flughafens *Ezeiza* in *Buenos Aires* herrschte reges Treiben, als eine kosmopolitische Mischung aus Geschäftsreisenden und Touristen Gepäck und Kinder in alle Richtungen schob, während Soldaten in Tarnuniformen mit *Heckler &* *Koch*-Sturmgewehren durch die Gänge patrouillierten.

Eine Stimme verkündete über den Lautsprecher, dass das Boarding für den Flug 1684 von *Aerolineas Argentinas* nach *Bariloche* nun beginnen würde. Dominic und Hana, die gerade ihren Kaffee und ihre süßen *Medialunas* im Café verzehrt hatten, sammelten ihre Taschen ein und machten sich auf den Weg zum Gate.

Bevor sie das Hotel verließen, hatte Hana Kopien der Notizbuchseite mit dem teilweise transkribierten Rätsel angefertigt, und Michael verbrachte nun den größten Teil des Fluges damit, es zu entziffern. Als das Flugzeug zwei Stunden später auf dem Flughafen von *San Carlos de Bariloche* landete, war er der Lösung nicht näher gekommen als zu Beginn, aber es lenkte ihn von der Flugangst ab, die ihn immer plagte. Das *Xanax*, das er im Café eingenommen hatte, war auch hilfreich gewesen.

Während das Taxi vom Flughafenterminal zum Hotel raste, genoss Dominic die atemberaubende Aussicht, die *Bariloche* sowohl Besuchern als auch Einwohnern bietet. Im Osten bestaunte er die zerklüfteten Ebenen der patagonischen Steppe. Im Westen erstreckten sich die schneebedeckten Gipfel der Anden soweit das Auge reichte. Und rund um die Stadt, am Fuße der Berge, lag der glitzernde *Nahuel-Huapi-See*. Seine atemberaubende natürliche Schönheit machte *Bariloche* zu einem der beliebtesten Urlaubsziele für Argentinier und Touristen aus aller Welt.

Nach dem Einchecken im Hotel *Cristal* im Stadtzentrum rief Hana das Büro von Ramón Santos, dem Polizeichef von *Bariloche*, an. Nachdem sie ihre Verbindung zu seinem Kollegen in *Buenos Aires*, Carlos Portillo, bestätigt hatte, vereinbarte Santos' Assistent ein Treffen mit dem Polizeichef für den späteren Nachmittag.

In der Zwischenzeit schlug Dominic vor, einen Spaziergang durch die Stadt zu machen, um die hauptsächlich deutsche Architektur und den kulturellen Einfluss zu genießen. Zu seiner Überraschung verkaufte ein Kiosk an der Ecke vor dem Hotel tatsächlich Reiseführer zu Nazi-Sehenswürdigkeiten, da die Stadt aufgrund der historischen Verbindung mit den Tausenden von deutschen Auswanderern, die sich dort niedergelassen hatten, bekannt ist. Nachdem er einen gekauft hatte, ging er die Optionen durch.

„Hey, wir können am alten Haus von Prager vorbeigehen!", schwärmte er.

Hana verdrehte die Augen und grinste, aber da sie vor ihrem Treffen noch Zeit totzuschlagen hatten, hatte sie nichts dagegen einzuwenden.

Als sie ankamen, fanden sie ein malerisches Alpenhäuschen mit einem hohen, weißen Lattenzaun und einem gepflegten Blumengarten vor – bewacht von einer Meute bedrohlicher Dobermann-Pinscher, die im Hof patrouillierten und Passanten anbellten, um diejenigen abzuschrecken, die vielleicht verweilen und gaffen wollten.

Die Straße hinauf hielten sie an einer deutschen Bäckerei, die gleichzeitig als Souvenirladen diente und touristischen Schnickschnack wie Puppen von Wanderern in Lederhosen verkaufte, da Bergwandern bei deutschen Reisenden besonders beliebt war. Der Duft von frisch gebackenem Apfelstrudel ließ ihnen das Wasser im Mund zusammenlaufen, also kauften sie ein paar Stückchen, um sie mit ins Hotel zu nehmen.

Als sie den Strudel bezahlte, fragte Hana die Kassiererin, ob sie jemanden in der Stadt namens Christof Prager kenne.

„Oh ja, Herr Prager kommt oft hierher", sagte die rundliche, grauhaarige Frau und lächelte, als sie Hana das Wechselgeld gab. „Er liebt auch unseren hausgemachten Strudel. Er ist ein feiner junger Mann."

Hana war begeistert, diese Information zu erhalten. Sie versuchte ihr Glück erneut.

„Wohnt er in der Nähe, wissen Sie das?"

Das Lächeln der Frau verschwand schnell. „Tut mir leid. Selbst wenn ich es wüsste, würde ich es einem Fremden nicht sagen. Dies ist eine Kleinstadt, in der wir die Privatsphäre unserer Nachbarn schätzen."

Nun, es war einen Versuch wert, dachte Hana, als sie und Dominic sich von der Theke abwandten und die Bäckerei verließen.

ABGESEHEN VON DER ARGENTINISCHEN FLAGGE, die darüber wehte, und einer Gruppe von offiziellen Polizeifahrzeugen, die das Gebäude umgaben, war das Büro der *Policía Federal Argentina* kaum von den anderen Häusern an der Ecke des Blocks zu unterscheiden.

An der Tür des renovierten dreistöckigen Gebäudes aus weißem Backstein und Rotholz stand ein schmiedeeiserner Hahn, der die Besucher willkommen hieß. Dominic und Hana, die durch den Eingang zur Rezeption gingen, war dessen Bedeutung nicht bewusst. An der Wand hing ein großes Poster von Lionel Messi, dem legendären argentinischen Fußballspieler.

„Wir möchten bitte mit Polizeichef Herrn Ramón Santos sprechen. Wir sind Pater Michael Dominic und Hana Sinclair."

Die zierliche junge Rezeptionistin sah in ihrem Verzeichnis nach. „Ah, ja, *Señora* Sinclair, *el Jefe* erwartet Sie. Bitte folgen Sie mir."

Die Rezeptionistin führte sie die Treppe hinauf in den dritten Stock und stellte sie dem Polizeichef Santos vor. Er bot ihnen Plätze an, dann Mate, was sie höflich ablehnten. Es gab wenig Zeit für Formalitäten.

„Wir sehen nicht oft Priester in diesem Gebäude, Padre", sagte Santos mit einem Augenzwinkern, „aber ich bin sicher, dass es in unserem Gefängnis einige gibt, die gerne beichten würden, wofür wir jeden Tag beten."

Dominic lachte. „Ich stehe zu Ihren Diensten, Capitán.

Aber wir kommen mit einer Bitte um Informationen zu Ihnen." Er wandte sich an Hana, damit sie es dem Capitán erklärte.

„Zunächst einmal vielen Dank, dass Sie uns empfangen haben. Ihr Cousin, Capitán Portillo, war so freundlich, dieses Treffen zu arrangieren, daher werden wir Ihre Zeit so wenig wie möglich in Anspruch nehmen. Wir sind nur für ein paar Tage in Ihrer schönen Stadt und hatten gehofft, einen Ihrer Einwohner zu treffen, einen jungen Mann namens Christof Prager. Kennen Sie ihn?"

Als er den Namen hörte, veränderte sich Santos' Haltung augenblicklich von freundlich zu zurückhaltend.

„Ja, wir kennen Señor Prager. Seine Familie lebt seit zwei Generationen hier. Ich nehme an, Sie wissen von der dunklen Rolle seines Großvaters in der Geschichte?"

Hana sah Dominic an, als sie antwortete.

„Ja, *Jefe*, deshalb sind wir hier." Sie erklärte die grundlegendsten Details über das Rausch-Tagebuch und das Himmler-Journal sowie ihre Suche nach etwas, das für den Vatikan von Interesse sein könnte. Wieder rutschte Michael unruhig auf seinem Stuhl hin und her, beunruhigt durch die leichte Täuschung.

Während Hana sprach, warf der *Jefe* einen Blick über Dominics Schulter und sah einen Mann direkt vor seiner Bürotür stehen, mit dem Rücken zur Wand, der offensichtlich ihrem Gespräch lauschte.

„Julio!", rief Santos. „Hör auf, an der Tür herumzulungern, und komm rein, um unsere Gäste zu begrüßen."

Der uniformierte Beamte, der nicht damit gerechnet hatte, entdeckt zu werden, betrat den Raum und wurde knallrot im Gesicht.

„*Señorita* Sinclair, Padre Dominic – das ist mein stellvertretender Polizeichef, Julio Borges."

Dominic und Hana zuckten innerlich zusammen und hofften, dass ihre Reaktion nicht bemerkt wurde, als sie diesen Namen hörten. Dann standen sie auf und wandten sich dem Mann zu, um ihn zu begrüßen, aber Dominics sonst so freundliches Auftreten hatte sich schlagartig verändert. Als er ihm die Hand reichte, sagte er: „Ja, wir haben uns gestern in *Buenos Aires* getroffen, in Begleitung von Kardinal Dante." Er und Borges musterten sich misstrauisch.

Auch Hana verhielt sich zurückhaltend, als sie an der Reihe war, ihm die Hand zu geben.

„Es freut mich, Sie hier zu sehen", sagte Borges emotionslos. „Ich hoffe, ich störe nicht, *Jefe*. Darf ich mich zu Ihnen setzen?"

„Natürlich", sagte Santos, „diese Leute suchen Christof Prager, es geht um eine Angelegenheit, die für den Vatikan von Interesse ist."

„Ich habe Señor Prager heute Morgen gesehen, er ging mit einem anderen Mann die *Avenida Perito Moreno* entlang", sagte Borges. „Er ist groß und blond, man kann ihn leicht erkennen."

„Wissen Sie vielleicht, wo wir ihn erreichen können?", fragte Hana.

Santos griff nach einem Block und einem Stift. „Anstatt solche privaten Details preiszugeben, würde ich lieber Ihre Nummer notieren, Prager selbst kontaktieren und ihn bitten, Sie anzurufen. Wäre das in Ordnung?"

„Ja, natürlich", antwortete Hana. Sie gab Borges ihre Handynummer. „Bitte sagen Sie ihm, dass wir nur ein paar Fragen haben."

„Darf ich fragen", unterbrach Borges, „was Señor

Prager laut dem Vatikan besitzt, das eine Reise von Rom nach Argentinien rechtfertigt?"

Genau diese Frage würde Kardinal Dante stellen, dachte Dominic. *Und ich wette, die Antwort würde direkt zu ihm weitergeleitet werden.*

„SO SEHR SIE hier die Privatsphäre schätzen, Señor Borges, tut dies auch der Vatikan", sagte Dominic, „wir können die Angelegenheit selbst mit Prager besprechen, mit Dank für Ihr Verständnis."

„In der Zwischenzeit", fragte er, das Thema geschickt umgehend, „können Sie ein gutes Restaurant hier empfehlen, das Argentiniens weltberühmtes Rindfleisch serviert? Es ist einer der anderen Gründe, warum wir hier sind." Er schenkte dem Capitán ein breites Lächeln.

Santos lachte. „Ja, unser Rindfleisch hier ist das beste der Welt, von Rindern, die auf den fruchtbaren Ebenen Patagoniens grasgefüttert werden. Ich würde vorschlagen, dass Sie das *Familia Weiss* probieren, ein altes deutsches Restaurant, das seit über vierzig Jahren hier ist. Das Essen dort ist spektakulär. Jedes Taxi kann Sie dorthin bringen."

„Dann wird es das *Familia Weiss* sein, *gracias*", sagte Dominic und stand auf, um das Ende des Treffens anzudeuten.

Auch Hana stand auf, und sie alle verabschiedeten sich.

Als die Sonne über dem patagonischen Gebirge im Westen unterging, raste das Taxi, das Dominic gerufen hatte, durch die Straßen von *Bariloche*, als gäbe es keine Verkehrsregeln. Hana schnallte hastig ihren Sicherheitsgurt an, während Michael sich am Sitz vor ihm festhielt, so erschreckend war die Fahrt. Als sie etwa fünfzehn Minuten später im Restaurant ankamen, zahlte Hana den Fahrer mit zitternden Händen.

Es gab eine Schlange von Menschen, die darauf warteten, hineinzukommen, was Dominic als gutes Zeichen für die Küche wertete. Die Architektur erinnerte an ein großes bayerisches Skichalet: steile, a-förmige Dachkonstruktionen mit blanken, entrindeten Holzträgern, die die gewölbte Decke im Inneren stützten. Elfenbeinfarbene Vorhänge flossen anmutig zwischen massiven Holzpfosten herab, begleitet von einem lodernden Kaminfeuer und strategisch platzierten Lichtquellen, die den Raum in warmes Licht tauchten. Erfüllt von plaudernden Gästen, war dies unverkennbar ein Ort für gehobene Kulinarik.

Wenige Minuten später geleitete die Empfangsdame sie zu einem romantisch platzierten Tisch in Kaminnähe. Als sie Platz genommen hatten, warf Hana Michael einen verschmitzten Blick zu, und beide mussten leise lachen.

„Oh, wenn du nur kein Priester wärst", sagte sie und errötete im schwachen Licht.

Dominic sah sie mit einem aufrichtigen Lächeln an. „Um ehrlich zu sein, gibt es Zeiten, in denen ich mir wünsche, ich wäre es nicht."

Hana strich sich eine Haarsträhne hinters Ohr und ließ den Blick durch den Raum schweifen, um ihre Gedanken von dem zärtlichen Moment abzulenken, der nicht sein durfte.

Dabei glitten ihre Augen über die umliegenden Tische, um zu sehen, welche Speisen andere Gäste gewählt hatten. Die Gerichte wirkten verlockend, und die Düfte, die aus der Küche herüberwehten, machten ihr Appetit.

Erst als ihr Blick über das Essen hinaus zu den

Gesichtern der Gäste wanderte, traf sie die Erkenntnis wie ein Schock.

Einige Tische entfernt saß Jakob Rausch, ein Bier in der Hand, vertieft in ein Gespräch mit einem großen, blonden Mann, der ihm gegenübersaß. Zwei Fragen blitzten in ihrem Kopf auf.

Was tut Jacob Rausch in Bariloche? Und ist das Christof Prager an seiner Seite?

KAPITEL

NEUNZEHN

D ie Verwaltungsbüros der Kathedrale in Buenos
Aires waren zu dieser späten Stunde ruhig,
aber Kardinal Fabrizio Dante war noch lange in
seinem Büro geblieben, um sich um Angelegenheiten zu
kümmern, die wichtige Spender für den Betriebsfonds
seiner Gemeinde betrafen.

Es gibt nie genug Geld, grübelte er. *Es wird Zeit, ein paar
wohlhabende Seelen ... umzustimmen.*

Während er über das Finanzierungsproblem
nachdachte, klingelte sein privates Handy.

„Ja?", antwortete er barsch.

„Guten Abend, Eure Eminenz", sagte ein Mann
schüchtern. „Hier ist Julio Borges aus *Bariloche.* Ich dachte,
Sie möchten vielleicht wissen, dass Pater Dominic und
seine Begleiterin heute unseren Polizeichef besucht
haben."

„Und wer war diese Begleiterin, wissen Sie das?"

„Eine Señora Hana Sinclair."

Obwohl nicht überrascht, war Dante beunruhigt über ihre gemeinsame Anwesenheit in Argentinien.

„Also, Dominic und Sinclair sind zusammen hier", sagte er besorgt. „Was wollten sie, Julio?"

Borges berichtete ihm die wenigen Details, die er über die Mission des Priesters wusste.

„Sie suchen jetzt nach Christof Prager, dem Enkel des Nazi-Kriegsverbrechers. *El Jefe* hat angeboten, ein Treffen zu arrangieren. Wie gesagt, ich dachte, das möchten Sie vielleicht wissen."

„ Julio. Sie haben richtig gehandelt, mich zu informieren. Gute Nacht."

Dante beendete das Gespräch und dachte über diese neue Information nach. Noch immer das Telefon in der Hand, tätigte er einen weiteren Anruf.

„Michael, schau jetzt nicht dorthin, sondern warte einen Moment, dann sieh dir an, wer sieben Tische entfernt am Fenster sitzt, uns gegenüber."

Dominic wandte sich vom Lesen der Speisekarte ab und hob diskret den Kopf in diese Richtung. Seine Reaktion glich der von Hana.

„Jakob Rausch?!", flüsterte er. „Was zum Teufel macht er hier? Sagte er nicht, er sei in Chile?"

„Sieh doch, mit wem er zusammensitzt. Basierend auf Borges' Beschreibung, denkst du nicht, dass das Christof Prager sein könnte?"

„Es gibt nur einen Weg, das herauszufinden."

Dominic stand auf und ging zu Rauschs Tisch. Mehrere Köpfe drehten sich, um ihm zuzusehen, wie er durch den Raum ging, die Anwesenheit eines Priesters war in dem belebten Restaurant vermutlich ein seltener Anblick.

Als Dominic sich dem Tisch näherte, hörte Rausch auf

zu sprechen und blickte auf. Sein Gesicht wurde kreidebleich.

„Pa ... Pater Michael! Was für eine Überraschung, Sie hier zu treffen!", brachte Rausch hervor und verschüttete den Schaum seines überfüllten Biers, als er das Glas auf den Tisch stellte.

„Hana und ich haben gerade dasselbe gesagt, Jakob." Er drehte sich um, um auf sie an ihrem Tisch hinzuweisen. Jakobs Blick folgte seinem erhobenen Arm. Hana winkte ihm zu, den Kopf leicht gesenkt. Er winkte zurück.

„Ich dachte, Sie wären in Santiago", sagte Dominic und sah dann seinen großen, blonden Begleiter an. „Hallo, ich bin Michael Dominic." Er streckte seine Hand aus.

„Freut mich, Sie kennenzulernen, Pater. Ich bin Christof."

„Christof ..." Er summte, als würde er über etwas nachdenken. „Christof Prager, zufällig?"

Pragers Gesicht nahm einen vorsichtigen Ausdruck an. „Äh, ja, das ist mein Name."

„Was für ein Zufall!", sagte Dominic in gespielter Überraschung. „Hana und ich sind nach *Bariloche* gekommen, um Sie zu suchen." Er drehte sich um und sah sich im Raum um. „Es ist schade, dass es hier keine größeren Tische gibt, um zusammen zu essen. Würde es Ihnen etwas ausmachen, nach dem Abendessen mit uns in die Bar zu kommen? Wir laden Sie ein, alles, was Sie möchten."

Christof war verblüfft, unsicher, wie er reagieren sollte. Er sah Rausch flehend an.

„Ich denke, wir könnten zusammen etwas trinken, sicher", sagte Jakob und traf die Augen seines Freundes.

„Großartig! Dann sehen wir uns etwas später dort. Es

war sehr schön, Sie kennenzulernen, Christof. Ich freue mich darauf, mit Ihnen zu sprechen."

Dominic ging die zwölf Schritte zurück zu ihrem Tisch und setzte sich.

„Das ist er, ganz sicher", sagte er zu Hana und nahm die Speisekarte, um seine Ungeduld zu verbergen. „Wir treffen uns alle nach dem Essen in der Bar."

„Perfekt!", sagte Hana und blickte ebenfalls auf ihre Speisekarte. „Gut gemacht, Michael. Jetzt lass uns dieses berühmte argentinische Steak finden …"

Nachdem das Abendessen an beiden Tischen beendet war, trafen sich Michael und Hana mit Jakob und Christof in der Bar neben dem Restaurant. Nachdem sie Hana und Christof vorgestellt hatten, kam die Kellnerin, um die Getränkebestellungen aufzunehmen.

„Christof, dies ist Ihre Stadt. Was würden Sie empfehlen?", fragte Hana.

Christof war jetzt lebhafter. „Sie müssen *Legui* probieren, der perfekte Digestif, besonders nach Rindfleisch. Er ist nach Argentiniens größtem Jockey, *Irenaeus Leguizamo*, benannt und schmeckt nach Zimt, Anis und grünen Pfefferkörnern. Ein sehr beruhigender Likör, überhaupt nicht bitter."

Hana zeigte Überraschung, als die Kellnerin ging, um ihre Bestellung an der Bra aufzugeben. „Sie scheinen viel über Liköre zu wissen."

„Mein Vater ist ein lokaler Winzer, etwas außerhalb von *Bariloche*. Argentinische Weine gehören zu den besten der Welt, und unser Familienweingut ist bekannt, besonders für seinen Malbec und Pinot Noir. Ich bin damit aufgewachsen, solche Dinge zu lernen, natürlich, und dort arbeite ich auch."

Einen Moment später kehrte die Kellnerin mit vier

großen Gläsern Legui zurück. Nach einem Toast nahmen alle einen Schluck und bemerkten die süße Balance des Likörs. Nach etwas mehr Smalltalk kam Dominic zur Sache.

„Christof, hat Jakob Ihnen erzählt, dass er mich in Frankreich wegen des Tagebuchs seines Großvaters angesprochen hat?"

Prager stellte sich unwissend. Er sah zu Jakob hinüber und sagte: „Nein, ich wusste nicht einmal, dass er in Frankreich war. Aber ich nehme an, er reist viel."

„Woher kennen Sie beide sich?", fragte Hana.

Christof sah Jakob vorsichtig an. „Unsere Großväter waren während des Krieges gute Freunde", sagte er. „Unsere Familien blieben über die Jahre in Kontakt, und Jakob und ich haben uns besser kennengelernt."

Hana griff in ihre Tasche und holte ihr Handy heraus, öffnete die Fotos-App. Sie hielt es, während sie sprach.

„Als Jakob uns in Paris erstmals das Tagebuch seines Großvaters zeigte", begann sie, „war seine Hoffnung, ein Artefakt zu finden, das Heinrich Himmler einst besessen haben könnte. Wir haben in dieser Hinsicht viel recherchiert und sind auf ein Rätsel gestoßen, dessen Lösung uns zu diesem Artefakt führen könnte. Das Problem ist, dass wir nur zwei Fragmente eines anscheinend dreiteiligen Puzzles haben."

„Zwei?", Jakobs Augen weiteten sich.

„Ja, wir waren fleißig", sagte Hana und beließ es dabei.

Sie hielt das Handy kurz herunter, damit alle die beiden Bilder sehen konnten, die sie aufgenommen hatte: eines aus der Biografie von Bischof Hudal und eines von dem Dia, das sie im Nazi-Fundus von *Béccar* gefunden hatten.

Jakob und Christof starrten neugierig auf die Bilder,

jeder innerlich darauf bedacht, die zwei Fragmente zu besitzen, die sie brauchten, um das dritte zu vervollständigen, das Jakob aus dem Tagebuch seines Großvaters genommen hatte. Sie befanden sich in einer Zwickmühle, unfähig, Hana um vollständige Bilder zu bitten, ohne Verdacht zu erregen, und zugleich zögerlich, ihr eigenes preiszugeben, aus Angst, bei der Jagd nach dem Gewinn außen vor zu bleiben.

Hana ließ ihnen nur wenige Augenblicke Zeit, die Bilder zu sehen, nicht genug, um den Inhalt gut zu lesen. Sie zog ihr Handy zurück und steckte es in ihre Tasche.

Christof sah zu Jakob auf. Jakob erwiderte den Blick. Was tun?

„Ich möchte nicht unhöflich sein, aber dürfen wir einen Moment etwas besprechen?", fragte Jakob.

„Keineswegs", sagte Hana, die diese Reaktion halb erwartet hatte. „Wir werden hier sein, wenn Sie zurückkommen."

Er und Christof standen auf, gingen aus der Bar und steuerten auf die Toilette im hinteren Teil des Restaurants zu.

„Meiner Meinung nach ist ziemlich offensichtlich, dass sie darüber sprechen, wie sie das dritte Fragment mit uns teilen sollen", sagte Hana zu Dominic. „Ich wette, Jakob hat es. Ich würde wetten, dass das Fragment, das wir in *Béccar* gefunden haben, tatsächlich das war, das Himmler an Erich Prager gegeben hat. Gott weiß, wie es dort gelandet ist."

„Und ich wette, du hast recht", sagte Dominic, „weil du das meistens hast."

Einige Minuten später kehrten Jakob und Christof zum Tisch zurück, beide merklich selbstsicherer. Sie setzten sich.

„Zunächst einmal", sagte Jakob, „muss ich mich entschuldigen, dass ich Sie getäuscht habe. Ich habe tatsächlich das fehlende dritte Fragment."

Hana warf Dominic einen schnellen Blick zu, der mit einem kaum wahrnehmbaren wissenden Lächeln antwortete.

Jakob fuhr fort. „Der Grund, warum wir dieses Artefakt brauchen, ist einfach, aber sehr wichtig. Was auch immer es ist, wir glauben, dass ihm ein großer Wert beigemessen sein muss, besonders da Himmler – und übrigens auch Hitler – es verzweifelt für sich selbst wollten. Vorausgesetzt, es kann gefunden werden, ist unser Ziel, es zu verkaufen, um Christofs Vater zu helfen, sein Weingut zu halten, da er kurz davor steht, es zu verlieren, eine längere Geschichte, auf die ich nicht weiter eingehen werde. Ich habe bereits einen Käufer, der daran interessiert ist, das Objekt zu erwerben. Selbst mit den wenigen Details, die wir darüber wissen, ist dieser Käufer hochmotiviert."

„Ich sollte auch erwähnen", unterbrach Christof, „dass das zweite Fragment, das Sie gefunden haben, einst meinem Großvater gehörte. Ich weiß zufällig, dass er viele solcher Dinge einem Freund in *Béccar* gab, der ein Sammler von Nazi-Memorabilien war. Sie wissen offensichtlich von der Razzia im Haus dieses Mannes, eines Kunsthändlers, da ich vermute, dass Sie das Fragment in Polizeigewahrsam gefunden haben."

„Auf Umwegen, ja", sagte Hana.

„Wie auch immer", fuhr Jakob fort, „wir müssen eine Art Vereinbarung treffen, da wir jetzt alle zusammen drinstecken. Wenn wir unsere drei Fragmente zusammenlegen und das Rätsel lösen, das mein Großvater in seinem Tagebuch erwähnte, was wird dann aus dem

Artefakt? Wäre der Vatikan bereit, es zu kaufen, mit dem Erlös an uns?"

Dominic sah nachdenklich jeden am Tisch an, zuletzt Hana. Abgesehen von dem Abenteuer, überlegte er, war sie wegen der Geschichte dabei, also würde sie einem solchen Ausgang nicht widerstehen. Der Blick in ihren Augen bestätigte das ziemlich, sodass die Entscheidung bei ihm lag.

„Ich kann nicht über die Fähigkeit oder Bereitschaft des Vatikans sprechen, tatsächlich für etwas dieser Art zu zahlen – was auch immer das Artefakt sein mag. Schließlich weiß keiner von uns wirklich, womit wir es hier zu tun haben, noch was wirklich nötig sein könnte, um es zu finden."

Jakob wirkte nachdenklich. „Was schlagen Sie vor? Ich habe etwas preisgegeben, von dem ich weiß, dass es für die Kirche wichtig ist, und ich möchte das natürlich respektieren. Doch bitte, Sie müssen auch die Bedürfnisse meines guten Freundes verstehen. Und nur gemeinsam können wir das Rätsel lösen, richtig?"

Das stimmte natürlich. Dominic hatte keine Möglichkeit, einen finanziellen Ertrag für diese bemerkenswerte Entdeckung zu garantieren. Aber er hatte sicherlich das Ohr von Kardinal Petrini und den anderen in der Hierarchie, die erkennen würden, dass der Wert dieses Objekts es wert wäre, einem Bauern in Argentinien zu helfen.

Dominic entschied sich, ihnen zu vertrauen und preiszugeben, was sie für das Objekt hielten. „Obwohl ich nicht für den Vatikan sprechen kann, bin ich zuversichtlich, dass sie den Wert erkennen würden, Christof für seinen Beitrag zu entschädigen, ohne den dies sonst nie entdeckt worden wäre. Nun, was das Objekt betrifft, basierend auf Himmlers Tagebuchnotizen scheint er das Artefakt als das sogenannte ‚Schleier der Veronika' identifiziert zu haben." Er erklärte die Geschichte des Schleiers, wie er es zuvor für Hana getan hatte.

Jakob und Christof waren beide verblüfft, diese dramatische neue Information zu hören. Sie sahen sich an und nickten beide zustimmend.

„In Ordnung", sagte Jakob. „Lassen Sie uns morgen in Ihrem Hotel treffen. Ich bringe mein Fragment mit, und wir werden alle daran arbeiten, das Rätsel zu entschlüsseln."

Er sah Dominic direkt in die Augen. „Wenn wir das Rätsel lösen können, überlassen wir die Suche danach Ihnen, Pater Dominic, und vertrauen auf Ihr Wort, dass wir später entschädigt werden."

KAPITEL

ZWANZIG

G erade als die Glocken der nahegelegenen Kathedrale *Unserer Lieben Frau von Nahuel Huapi* elf Uhr vormittags schlugen, kamen Jakob und Christof im Hotel *Cristal* an. Sie machten sich auf den Weg zu Dominics Zimmer, wo Hana den Zimmerservice Rindfleisch-Empanadas und Mate hatte liefern lassen, damit sie während der Planung ihrer nächsten Schritte zu Mittag essen konnten.

Hana hatte das Business-Center des Hotels die zwei Fragmente von ihrem iPhone ausdrucken lassen, in etwa in ihrer Originalgröße. Alles, was sie jetzt noch brauchten, war Jakobs Stück, um das Rätsel zu vervollständigen.

„Nochmals, es tut mir leid, dass ich dies zurückgehalten habe", gestand Jakob, „aber ich hatte nicht erkannt, wie weit Sie mit Ihrer eigenen Forschung kommen würden. Also, lassen Sie uns jetzt sehen, was wir hier haben."

Damit zog er das dritte gefaltete Fragment aus seiner Brieftasche und legte es auf den Tisch neben die beiden, die Hana ausgedruckt und zugeschnitten hatte. Als sie richtig zusammengesetzt waren, war das Rätsel nun für alle offensichtlich.

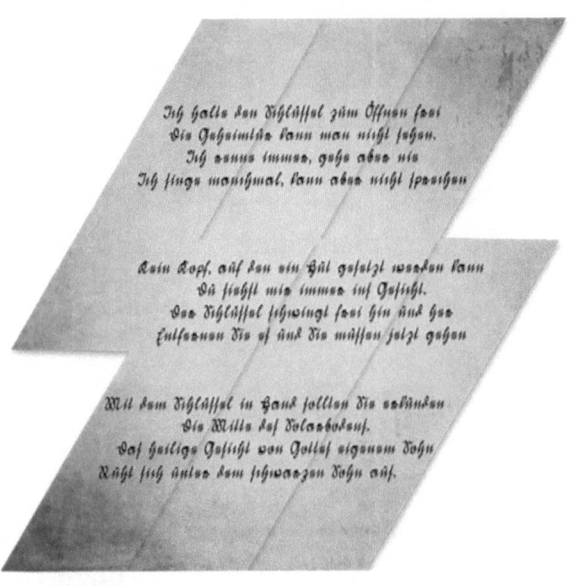

Hana holte ihr Notizbuch hervor und setzte den fehlenden Text ein. Nun hatten sie endlich etwas Vollständiges, mit dem sie arbeiten konnten:

Ich halte den Schlüssel, frei zu öffnen,
Die geheime Tür, die du nicht siehst.
Ich renne stets, doch geh' ich nie,
Ich singe manchmal, sprech' nicht dabei ...

Kein Kopf, auf dem ein Hut gesetzt werden kann,
Du schaust mir stets ins Angesicht.
Der Schlüssel schwingt frei hin und her,
Nimm ihn weg, und du gehst nun schwer ...

Mit dem Schlüssel in der Hand sollst du erforschen,
Das Zentrum des Sonnenbodens tief.
Das heilige Antlitz von Gottes Sohn,
Ruht unter der schwarzen Sonne allein.

Sie beugten sich alle über Hanas Notizbuchabschrift, aber sie las es trotzdem laut vor und las es danach noch einmal.

„Habt ihr bemerkt, dass es sich reimt?!", rief sie aus. „Himmler muss es zuerst auf Englisch als Reimrätsel geschrieben und dann ins Deutsche übersetzt haben. Was für ein seltsames Zusammenspiel. Warum hat er sich die Mühe gemacht?"

Jakob hatte eine Idee. „Himmler hatte eine Vorliebe für Codes, Chiffren und einfach für Wortspiele, und er lernte Englisch. Vielleicht war es, um andere über den Autor zu täuschen? Wenn gefunden, könnten die Fragmente so aussehen, als wären sie von einem Englischsprecher geschrieben und ins Deutsche übersetzt worden? Nur ein weiterer Trick innerhalb eines Rätsels, mehr kann ich nicht vermuten."

Hana fiel etwas ein, an das sie sich erinnerte.

„Eine Sache, die ich hier erkenne, ist die ,schwarze Sonne' – die, wie ich annehme, dasselbe Bild ist, das ich in Himmlers Biografie gefunden habe, das runenartige Mosaik, das in den Boden der *Generals-Halle* im Schloss *Wewelsburg* eingelassen ist. Es muss dieselbe Referenz sein. Aber wenn es einen Schlüssel gibt, um hineinzugelangen, ist der irgendwo in diesem Rätsel verborgen. Erkennt einer von euch die Bedeutung des Rests?"

Während Hana den *Mate* zubereitete und die *Empanadas* herumreichte, studierten sie das Rätsel schweigend, spielten es immer wieder in ihren Köpfen durch.

Dominic sprach als Erster. „Also, was ist es, das ein Gesicht hat, das wir ansehen können, aber keinen Kopf? Und während es nicht sprechen kann, kann es singen; und es rennt, aber kann nicht gehen. Was für ein bizarrer Gedanke. Wer hätte sich so etwas Absurdes ausgedacht?"

„Nun", dachte Jakob laut nach, „ein Hund hat ein Gesicht, kann aber keinen Hut tragen. Und er kann heulen, aber nicht sprechen... obwohl er *rennen und gehen* kann. Außerdem kann so ein Hund nicht mehr leben, es sei denn, es ist eine Statue ..."

Er merkte, dass er im Dunkeln tappte.

Hana, die unermüdliche Rätselmeisterin, war frustriert. Irgendetwas kam ihr *bekannt* vor, sie konnte es nur nicht genau benennen.

„Irgendetwas mit ‚der Schlüssel schwingt frei' hat mit dem Objekt zu tun. Was schwingt?"

Während sie die köstlichen Empanadas kauten und ihren Mate schlürften – anstatt ihren bereits angespannten Köpfen die Qual eines Rituals hinzuzufügen – schlugen die Glocken der Kathedrale Mittag.

Hana lauschte dem lieblichen Klang, doch genau das löste etwas in ihrem Geist aus. Jeder Gong der Glocken schien ihre Gedankengänge zu beleuchten.

Sie stand auf, um das Rätsel noch einmal zu lesen. Dann ließ sie ihre Empanada auf den Tisch fallen und blickte mit einem breiten Lächeln im Gesicht auf.

„Hört ihr das Singen?", fragte sie die anderen mit einem Ausdruck von Stolz.

„Welches Singen?", fragte Dominic.

„Das Singen der Uhr!", antwortete sie. „Oder vielmehr der Kirchenglocken, aber ein Glockenturm ‚singt' auch,

‚rennt', trägt keinen Hut, und wir können ihm ins Gesicht sehen!! Es ist eine Uhr!"

Die anderen standen auf und lasen das Rätsel erneut. Als jeder fertig war, sahen sie Hana mit neuer Bewunderung an.

„Und eine Standuhr hat ein Pendel, das hin und her schwingt. Der Schlüssel muss also in einer Standuhr sein, wahrscheinlich irgendwo im Schloss, und irgendwie am Pendel befestigt."

„Hana, das ist einfach genial!", rief Dominic, sichtlich erfreut über die Rätselfähigkeiten seiner Freundin.

„Michael", schwärmte sie, „das bedeutet, der Schleier – das heilige Antlitz von Gottes eigenem Sohn – ist unter dem Mosaik der Schwarzen Sonne in der *Wewelsburg* verborgen. Wie sollen wir hineingelangen, was ein Hindernis ist, und ein weiteres ist, tatsächlich das Zentrum des Sonnenmosaiks zu öffnen – vorausgesetzt, es gibt dort noch eine Standuhr und der Schlüssel ist noch darin – und dann den Schleier zu bergen, der offensichtlich in dem versteckten Gewölbe sein muss, von dem Himmler sprach? Und Jakob hat uns gesagt, dass die Burg heute eine Jugendherberge und ein Museum ist. Das sind ja schöne Aussichten! Irgendwelche Ideen?"

„Wow! Lass uns das Schritt für Schritt angehen." Dominic liebte ihren Enthusiasmus, und ihre Einschätzung der Hindernisse war zutreffend. Aber sie mussten logisch vorgehen. Er dachte über alles nach, was Hana gerade vorgeschlagen hatte. Er stand auf, ging im Raum umher, dachte nach, während er seinen Mate schlürfte, dann drehte er sich um und sah die Gruppe an.

„Ich habe ein oder zwei Ideen ..."

EINUNDZWANZIG

F eldwebel Dieter Koehl stand breitbeinig über dem jüngeren Soldaten, seine Haltung verriet unmissverständliche Dominanz. Mit einem spöttischen Lächeln zog er seinen Fuß zurück, senkte die Trainings-Hellebarde und streckte Dengler eine Hand hinunter, um ihn hochzuziehen. Der wuchtige Schlag gegen die Brust hatte Dengler fast bewusstlos werden lassen; jetzt drängten sich die anderen Soldaten näher, ihre neugierigen Blicke auf die beiden gerichtet, die Luft erfüllt von Schweiß und angespannter Erwartung.

„Platz machen!", rief der Ausbilder. „Gebt ihnen Raum!"

Doch Denglers Aufmerksamkeit galt allein dem Mann, der ihn so mühelos zu Boden geworfen hatte. Die stumpfe Klinge der Hellebarde schwebte noch immer bedrohlich vor seinem Gesicht, und er spürte den dumpfen Schmerz in seiner Brust, wo Koehls Stiefel gedrückt hatte. Seine Möglichkeiten waren begrenzt – doch er würde nicht aufgeben.

Als Koehl ihn hochzog, grinste Dengler anerkennend. „Guter Move, Dieter. Den hab' ich wirklich nicht kommen sehen."

„Das nennt man Erfahrung, Junge", antwortete Koehl mit einem Lächeln. Er klopfte ihm freundschaftlich auf die Schulter, und die Umstehenden applaudierten ihrem Feldwebel für seine taktische Meisterleistung.

Nächster Kampf: Lukas Bischoff trat gegen Dengler an, ein Judo-Test, während die Schweizergarde – die päpstliche Eliteeinheit – ihr tägliches Training fortsetzte.

Dengler nahm seine Kampfstellung ein: Körper seitlich gedreht, Knie leicht gebeugt, das linke Bein vorgesetzt. Seine Fäuste hielt er locker vor dem Gesicht, die Muskeln angespannt, aber nicht verkrampft. Die beiden Männer musterten einander, kreisten langsam im Ring der Zuschauer. Die Hitze des Raums lag schwer in der Luft, durchsetzt mit dem beißenden Geruch von Schweiß und Leder.

Mit blitzartiger Geschwindigkeit griff Dengler nach Lukas' Beinen, wirbelte ihn herum und presste ihn mit einem dumpfen Aufprall auf die Schaumstoffmatte. In einer fließenden Bewegung glitt er in die *Shime-waza*-Position – der rechte Arm schloss sich wie eine Schlinge um Lukas' Kehle. Mit präzisem Druck schnürte er die Halsschlagader ab, bis Lukas' Gesicht unter ihm purpurrot anlief. Ein paar Sekunden länger, und der Blutfluss zum Gehirn wäre kritisch gedrosselt worden. Als Lukas' Körper unter ihm erschlaffte, beugte sich Dengler vor und hauchte ihm ins Ohr: „Ich liebe dich." Ein ersticktes Kichern, dann klopfte Lukas kapitulierend gegen Denglers Arm.

Die Gruppe spendete eine weitere Runde Applaus, diesmal für Dengler, der Lukas von der Matte hochzog, ihn dann kurz umarmte und ihm in einer diskreten Geste der Zuneigung durch die Haare fuhr.

Unterstützt von der lokalen Gendarmerie im Trainingslager der Schweizergarde im Kanton Tessin, Schweiz, waren Karl Dengler, Dieter Koehl, Lukas Bischoff und einige andere Kameraden aus Rom eingeladen worden, als Ausbilder für die Frühjahrssession zur Ausbildung neuer Kandidaten für die Päpstliche Schweizergarde zu dienen. Sobald ihr Training abgeschlossen war – bestehend aus 176 Stunden taktischer Militär- und Selbstverteidigungstechniken sowie rigorosen Schießübungen mit einer Vielzahl von Waffen – würden die Rekruten am 6. Mai vom Papst selbst in die Eliteeinheit aufgenommen werden, in einer traditionellen Zeremonie, die jedes Jahr an diesem Datum seit der Plünderung Roms 1527 stattfindet, als 147 Schweizergardisten starben, um Papst Clemens VII. gegen die eindringenden Soldaten Kaiser Karls V. zu verteidigen.

„Dengler! Bischoff! Vorne und Mitte!", rief der Ausbilder.

Die beiden jungen Männer eilten nach vorne zur Gruppe und standen prompt stramm, ihre Brustkörbe hoben und senkten sich nach dem anstrengenden Training unter schweißnassen T-Shirts. Lukas war noch etwas wackelig von dem Würgegriff.

„Meine Herren", verkündete der Ausbilder der Gruppe, „wie Sie gerade gesehen haben, führte Feldwebel Dengler eine perfekte *Shime-waza* in Sekundenschnelle aus, besonders bemerkenswert, da er der kleinere Mann war. Sobald er die Kontrolle über den Hals seines Gegners hatte und den arteriellen Fluss von Blut und Sauerstoff zum Gehirn einschränkte, hatte Gefreiter Bischoff keine Chance. Bei korrekter Anwendung wird Ihr Gegner normalerweise in weniger als fünfzehn Sekunden bewusstlos, oft in der Hälfte der Zeit.

„Du hast mir heute fast die Lichter ausgeknipst, Karl", sagte Lukas, während sie beide in einem nahegelegenen Gasthaus Bier genossen und die Aktivitäten des Tages Revue passieren ließen. „Aber es wird Vergeltung geben, wenn du es am wenigsten erwartest – wie bei Cato und Inspektor Clouseau."

„Versprechungen, nichts als leere Versprechungen", neckte Dengler seinen Partner mit einem warmen Lächeln, genoss den Schlagabtausch und den Hinweis auf die Pink-Panther-Filme.

Ein eingehender Anruf ließ das Handy in Denglers Tasche vibrieren.

„Es ist Pater Dominic!", sagte er zu Lukas und tippte auf den grünen Knopf. „Hey, Michael! Wie geht's dir?"

„Karl, es ist so schön, deine Stimme zu hören", sagte Dominic. „Hana und ich sind im Moment in Südargentinien, aber wir reisen morgen ab."

„Argentinien?! Was hat euch dorthin verschlagen?"

„Es ist eine lange Geschichte, aber eine, die ich dir erzähle, wenn wir uns treffen. Du bist noch beim Training in der Schweiz, oder?"

„Ja, morgen ist unser letzter Tag, und Lukas und ich haben danach noch ein paar freie Tage, also dachten wir daran, nach Paris zu fahren, um Freunde zu besuchen."

„Karl, Hana und ich sind auf eine ziemlich aufregende Jagd nach einem Artefakt gestoßen, und wir könnten wirklich deine Hilfe gebrauchen. Statt Paris fürs Erste, wie wäre es, wenn ihr uns im auf der *Wewelsburg* in Büren, Deutschland, trefft? Ich sorge dafür, dass es sich für euch lohnt."

„Warte, lass mich mit Lukas reden …"

Nach einer kurzen Diskussion stimmte Lukas zu, erfreut, ihren Freunden helfen zu können.

„Abgemacht, Michael. Lukas und ich treffen euch dort, sagen wir, gegen Mittag übermorgen? Wir sind mit dem Training fertig und können mit meinem Jeep hinfahren. Wir können auf dem Rückweg in Paris haltmachen."

„Fantastisch, Karl, vielen Dank. Wir fliegen morgen zum Flughafen Dortmund in der Nähe von der *Wewelsburg* und suchen uns ein Hotel. Ich schicke dir Anweisungen, wo wir uns treffen, wenn wir ankommen. Ich bin wirklich dankbar, mein Freund. Und ich verspreche dir ein aufregendes neues Abenteuer."

„Wir sind immer bereit für mitreißende neue Erlebnisse", sagte Karl und sah Lukas an. „Bis dann, Michael."

ZWEIUNDZWANZIG

Die Sonne war vor Stunden untergegangen, und die große, dunkle Scheune auf einem privaten Anwesen am Stadtrand von *Bariloche* füllte sich langsam mit Menschen, überwiegend Männern, fast alle mit blondem Haar und blauen Augen, und alle von deutscher Abstammung. Unter einem schwachen Licht über dem Eingang überprüften zwei bewaffnete Wachen die Ausweise jeder sich nähernden Person, verglichen Gesichter und Namen auf einer Checkliste, die einer der jungen Wachen, Günther Fischbein, in der Hand hielt, bevor sie ihnen erlaubten, das Gebäude zu betreten und sich der Versammlung anzuschließen.

In dem Versammlungsraum waren hundert Metallklappstühle aufgestellt worden, die meisten inzwischen besetzt. Mehrere lange, rote Banner säumten die Wände der Scheune, jedes mit einem großen, weißen Hakenkreuz in der Mitte. Eine Atmosphäre der erwartungsvollen Spannung lag in der Luft, während die

Anwesenden mit ihren Nachbarn flüsterten und auf den Beginn der Versammlung warteten.

Als die Anwesenheitsliste vollständig war und alle registrierten Gäste anwesend waren, schlossen die Wachleute die Scheunentore und blieben draußen, um das Gelände zu bewachen.

Pünktlich um neun Uhr betraten Jakob Rausch und Christof Prager die provisorische Bühne. Alle verharrten einen Moment reglos an ihrem Platz, bis das Gemurmel erstarb. Dann stampften sie kräftig mit den Füßen, erhoben die Arme zu einem gestreckten Handgruß und riefen: „Heil Hitler!" Die Anwesenden sprangen auf, streckten die Arme empor und wiederholten den Gruß an den Führer: „Heil Hitler!"

Das Treffen der Nazi-Kinder der *Ahnenerbe*-Organisation hatte begonnen.

„Und deshalb ist unsere aktuelle Mission so wichtig", fuhr Rausch in seiner Ansprache an die Versammlung fort. „Als Kinder unserer geehrten Vorväter werden wir diejenigen sein, die Herrn Himmlers kostbaren Schleier mit dem wahren Bild Jesu Christi bergen. Ein solches Objekt wird entscheidend sein, um die Vorherrschaft unserer arischen Rasse zu fördern, wie Herr Hitler es gewünscht hat."

Als Jakob fertig war, überließ er das Wort Christof, der vortrat. „Wir stellen gerade ein Team zusammen, um das Artefakt in zwei Tagen aus der *Wewelsburg* in Westfalen zu holen, mit Unterstützung lokaler Kollaborateure in Deutschland. Uns ist bewusst, dass ein Vatikanpriester und seine Kollegin dasselbe tun, aber wir hoffen, ihnen zuvorzukommen. Der Schleier muss zu unserem Volk zurückkehren, und wir werden ihn unter Einsatz aller verfügbaren Mittel auch bekommen. Das *Ahnenerbe* hat wichtige Pläne dafür."

Der Raum brach in Applaus und wiederholte Rufe von „Sieg Heil! Sieg Heil!" aus.

„Christof, Günther und ich werden morgen nach Deutschland aufbrechen, um unser Team bei dieser schwierigen Aufgabe zu führen", sagte Jakob kühn. „In ein paar Tagen werden wir mit dem Artefakt zurückkehren, damit die eigentliche Arbeit beginnen kann. Steht dann an unserer Seite, wie ihr heute Abend an unserer Seite steht. Heil Hitler!"

Auf Kommando erhoben sich alle Versammelten und wiederholten den Gruß, dann noch einmal und ein drittes Mal. An diesem Punkt wurde die Versammlung beendet.

Während die hundert Anwesenden plaudernd zum Ausgang drängten, schritt ein hochgewachsener Mann im schwarzen Trenchcoat und Filzhut auf Jakob und Christof zu, die eben von der Bühne gestiegen waren. Seine kantigen Züge hoben sich über dem strengen Priesterkragen ab, der seinen Hals umrahmte.

„Eine ausgezeichnete Rede, von euch beiden", lobte er sie. „Wie ihr wisst, kannte ich eure Großväter in ihren späteren Jahren. Sie wären stolz auf euch."

„Danke, Eminenz, ich fühle mich geehrt, dass Sie an unserem Treffen teilnehmen konnten, nachdem Sie den weiten Weg von *Buenos Aires* gekommen sind."

„Es war es wert", sagte Kardinal Dante. „Ich habe mit meinem guten Freund Capitán Portillo in *Béccar* über die störenden Aktivitäten von Pater Dominic gesprochen, und ich freue mich sehr auf eure Rückkehr mit dem Schleier. Wenn es etwas gibt, womit ich helfen kann, müsst ihr nur fragen."

KAPITEL

DREIUNDZWANZIG

Z wei Stunden vor Mitternacht herrschte Ruhe im Zigeunerlager außerhalb der französischen Stadt *Les Pèlerins*. Die meisten seiner Bewohner hatten sich für die Nacht in ihre Zelte zurückgezogen, und die Feuer in den Metalltonnen, auf denen sie ihre Abendmahlzeiten gekocht hatten, waren erloschen. Nur glühende Glut und Schwaden von Holzrauch schwebten noch in der Abendluft des Waldlagers.

Gunari Lakatos, der *Voivode* oder Häuptling der Roma-Gemeinschaft, las in seinem Zelt ein Buch, als sein Handy klingelte.

Überrascht, so spät einen Anruf zu erhalten, antwortete er vorsichtig.

„*Bonsoir, Voivode*", sagte Pater Dominic mit einem Lächeln in der Stimme. „Entschuldigung, dass ich so spät anrufe, aber es ist wichtig, dass wir uns über eine dringende Angelegenheit unterhalten."

„Pater Michael!", antwortete Gunari erfreut. „Was für

145

ein großes Vergnügen, Ihre Stimme zu hören, trotz der späten Stunde. Wie kann ich Ihnen helfen?"

„Erinnern Sie sich an den Gefallen, den Sie mir beim letzten Treffen angeboten haben?"

Gunari hielt einen Moment inne. „Wie Sie mich gerade erinnert haben, ja, ich erinnere mich jetzt an dieses Versprechen", sagte er freundlich, „und natürlich werde ich es einlösen, wann immer es Ihren Zwecken dient. Soll ich annehmen, dass dies der Grund ist, warum Sie mich heute Nacht anrufen?"

„Ja, Gunari, ich brauche die guten Dienste Ihrer talentierten Söhne, Milosh und Shandor, für eine spezielle Operation, die wir in Westdeutschland planen. Es ist nicht allzu weit von Ihrem Standort entfernt, und wir werden natürlich alle Kosten übernehmen, einschließlich der Transportkosten."

„Ach, aber Milosh hat immer noch seinen geliebten BMW-Roadster – ich glaube, Sie erinnern sich an das Auto, das er bei unserem letzten gemeinsamen Abenteuer ‚verlassen' gefunden hat, ja? – und ich bin sicher, sie würden es vorziehen, damit zu fahren, anstatt den Zug zu nehmen. Was die anderen Kosten betrifft, überlasse ich das Ihnen."

Dominic lächelte bei der Erwähnung des „verlassenen" Autos. Die Roma-Söhne waren maßgeblich daran beteiligt gewesen, Michael bei einem früheren Abenteuer zu unterstützen. Das Auto war eine übrig gebliebene Beute der Situation gewesen, und Michael hatte ein Auge zugedrückt, was seinen Ursprung oder die Methode der Brüder, es zu erwerben, anging. Nun gab Michael ihm die notwendigen Details, einschließlich wann und wo sie sich treffen sollten, sowie eine kurze Zusammenfassung der anstehenden Aufgabe. Dem Zigeunerführer dankend, beendete er das Gespräch.

VIERUNDZWANZIG

A ls das Flugzeug von *Buenos Aires* nach Dortmund, Deutschland, abhob, lehnte Dominic seinen Sitz zurück, um ein kurzes Nickerchen zu machen, unterstützt durch die Wirkung des Xanax, die jetzt einsetzte. Hana hatte darauf bestanden, Erste-Klasse-Tickets für den langen Flug mit mehreren Zwischenstopps zu bezahlen, wogegen Michael nichts einzuwenden hatte, angesichts seiner lästigen Platzangst. Er hatte in der Nacht zuvor nicht viel geschlafen, da er damit beschäftigt war, ihren Plan auszuarbeiten, irgendwie in die *Wewelsburg* einzubrechen und den Schleier zu bergen. Mit einem der Computer im Business-Center des Hotels hatte er gründliche Recherchen über die Burg selbst angestellt, einschließlich verfügbarer Grundrisse, Anforderungen für die Unterbringung in der Jugendherberge, dem Layout des angrenzenden Museums und anderen Details des Gebäudes, um sich auf die Operation vorzubereiten. Er druckte alle Informationen aus, um sie später an sein Team weiterzugeben.

Er fand heraus, dass die große Generals-Halle im Wesentlichen nur Teil der Führung für Schlossbesucher war und selten für andere Zwecke genutzt wurde. In einem der Fotos, die er im Internet fand, waren er und Hana begeistert, eine Standuhr an der Wand nahe dem Mosaik der Schwarzen Sonne entdeckt zu haben, und vermuteten, dass dies die Uhr aus dem Rätsel sein musste. Sie mussten zugeben, dass die Chancen gering waren, aber das wäre ihr erstes Ziel, das Pendel nach einer Art Schlüssel für eine Bodenöffnung zu untersuchen – falls es überhaupt eine „Bodenöffnung" gab. Beim genauen Betrachten des Fotos der Schwarzen Sonne konnten sie sich nicht vorstellen, wo sich eine solche Öffnung befinden könnte, geschweige denn die Möglichkeit, dass sie längst entdeckt worden war. Oder wie man sie privat zugänglich machen könnte, ohne Verdacht bei den aktuellen Bewohnern zu erregen. Es gab so viele Variablen in dem Plan, jede stützte sich auf die nächste.

„Sind wir verrückt, das überhaupt zu versuchen?", hatte er Hana gefragt, bevor sie das Hotel zum Flughafen verließen. Ihm war nicht gerade wohl dabei, diesen heimlichen Ansatz zu verfolgen, aber wer auch immer das Schloss jetzt besaß, wäre vielleicht nicht so bereit wie Jakob, der Kirche den Besitz des Schleiers zu überlassen, selbst wenn eine Entschädigung angeboten würde.

„Zweifellos", antwortete sie nüchtern. „Aber was ist das Schlimmste, was passieren kann, außer möglicher Gefängniszeit wegen Einbruchs?"

„Das wird eine lange Reise", sagte Dominic mit einem Seufzer.

Nachdem sie am nächsten Tag um sechs Uhr abends in Dortmund ankamen, hatten sie einen Mietwagen für die einstündige Fahrt zur *Wewelsburg* und dem nächstgelegenen Hotel organisiert, das als ihre Basis diente würde. Bevor sie *Buenos Aires* verließen, hatte Hana Vorkehrungen für die vier anderen in ihrem Team – Karl, Lukas, Milosh und Shandor – getroffen, um in der Jugendherberge im Schloss zu übernachten. Dies war ein entscheidender Bestandteil von Dominics Plan, der ihnen einen leichteren Zugang zur Generals-Halle, der Standuhr und der *Schwarzen Sonne* verschaffte.

Nun brauchten sie nur noch Glück. Und zwar, sehr viel davon.

KAPITEL

FÜNFUNDZWANZIG

Dengler und Lukas warteten in der Lobby des Hotels *Walz* auf die Ankunft von Dominic und Hana, als Dengler zwei junge Männer durch den Eingang kommen sah, die wirkten, als wäre ein solcher Ort völlig fremd für sie. Sofort erkannte er sie – es waren die zwei Zigeuner, mit denen sie vor vielen Monaten im Skigebiet *Chamonix*, Frankreich, zusammengearbeitet hatten.

„Milosh!", rief der Gardist mit einem breiten Grinsen.

Als sie ein freundliches Gesicht sahen, eilten die beiden Roma zu Dengler und umarmten ihn beide herzlich. Dengler stellte seinen Partner Lukas vor, und die vier nahmen Platz, um auf Dominic und Hana zu warten.

„Also, wir werden in der Jugendherberge im Schloss selbst übernachten", erklärte Dengler den Neuankömmlingen, „wo wir bessere Chancen haben, die Aufgabe zu erledigen. Pater Michael wird uns mehr Anweisungen geben, wenn sie hier sind, aber das ist alles, was ich bisher weiß."

Die vier plauderten gut gelaunt in der nächsten halben Stunde, bis sie Hana und Dominic die Lobby betreten sahen.

Alle begrüßten sich, woraufhin Hana eincheckte und die Zimmerschlüssel holte. Anschließend versammelten sie sich in Michaels Zimmer, um die Operation durchzugehen.

Dominic hatte den Grundriss des Schlosses ausgebreitet, der zeigte, welche Bereiche öffentlich zugänglich und welche abgesperrt waren. Die Generals-Halle war als eingeschränkter Bereich markiert, was Vor- und Nachteile hatte: gut, weil wahrscheinlich niemand anderes dort sein würde, während sie ihre Mission durchführten; schlecht, weil sie, wenn sie erwischt würden, den Gesetzen des Schlossbesitzers und dem Landkreis Paderborn, unterlägen. Die 400 Jahre alte Burg galt als historisches Denkmal, und das Historische Museum des Fürstbistums Paderborn wurde als nationaler Schatz betrachtet, trotz – oder vielleicht als Tribut an – seine schändliche Vergangenheit.

„Karl", begann Dominic, „du, Lukas, Milosh und Shandor werdet im Ostflügel der Jugendherberge übernachten. Das Haus schließt um 22:30 Uhr, also sollten bis dahin alle Gäste in ihren Zimmern sein. Um 22:45 müsst ihr alle vom Ostflügel im zweiten Stock die Feuertreppe hier nehmen" – er zeigte auf die Karte auf dem Tisch – „und euch dann zur Generals-Halle hier begeben" – er bewegte seinen Finger, nun auf die Halle zeigend – „wo Milosh das Schloss knacken muss, um die Tür zu öffnen und alle reinzulassen. Hast du deine Werkzeuge dabei?"

Milosh grinste und zog ein mehrfach gefaltetes Öltuch

hervor, in dem mehrere professionelle Dietrich-Werkzeuge ausgelegt waren.

„Gut. Lukas, du stehst Wache vor der Tür. Wenn einer vom Personal dich sieht, sag einfach, du hättest die Küche für einen nächtlichen Snack gesucht oder so. Tu, was nötig ist, um sie von der Halle wegzulocken.

Nun, für den Rest von euch ..."

Dominic gab jedem detaillierte Aufgaben für den Rest der Operation. Jeder Mann verstand seine Rolle und dass Zeit von entscheidender Bedeutung war.

„Ihr solltet jetzt besser losgehen, um in der Jugendherberge einzuchecken", sagte Hana und schaute auf ihre Uhr. „Seht, ob ihr eine Führung durch die Burg bekommen könnt und versucht, wenn möglich, die Generals-Halle zu inspizieren. Das wäre unglaublich hilfreich, um einen Vorgeschmack auf das zu bekommen, was euch erwartet. Aus offensichtlichen Gründen können Michael und ich euch nicht begleiten, also seid ihr auf euch allein gestellt."

„Wenn ihr fertig seid", fügte Dominic hinzu, „geht zurück in eure Zimmer, schickt mir eine Textnachricht mit einem Update und schlaft etwas. Checkt morgens aus und trefft uns hier als Erstes wieder. Wenn ihr Probleme habt, findet einen Weg, uns hier anzurufen." Er öffnete eine Schublade, zog ein Blatt des Hotelbriefpapiers heraus, schrieb ihre Zimmernummer darauf, und gab es Karl. „Außerdem habt ihr meine Handynummer."

Damit verließen die vier jungen Männer das Hotel im Wrangler Jeep und machten sich auf den Weg zur fünf Kilometer entfernten Jugendherberge *Wewelsburg*.

SECHSUNDZWANZIG

urz nach neun Uhr abends erreichten Dengler und sein Team die imposante Burg, deren wuchtige Silhouette in der mondlosen Nacht die Skyline beherrschte. Nachdem die vier jungen Männer ihren Jeep auf dem Gästeparkplatz abgestellt hatten, näherten sie sich zu Fuß. Zwei hohe Türme flankierten eine mittelalterliche Brücke und ein Torhaus, unter dem eine breite Steinbrücke über einen unvollendeten Graben führte, den Himmler vor Kriegsende hatte fertigstellen wollen. Ein schwaches Licht schimmerte durch die Fenster eines kleinen Balkonzimmers, das über dem Eingang lag. Der Innenhof hinter dem Bogentor war so schmal, dass er nur Fußgänger ihn begehen konnten.

Dengler führte sein Team über die schmale Steinbrücke, durch den gewölbten Sandsteinbogen in das grell erleuchtete Foyer der Jugendherberge. Ein kräftiger Deutscher Schäferhund erhob sich von seinem Platz. „Da haben wir ja den Wachposten", scherzte jemand.

Der Rüde streckte seine schwarze Schnauze vor und

gab ein leises, bittendes Winseln von sich. Einer nach dem anderen ließ den Hund an seiner Hand schnuppern, während Frau Schneider erklärte: „Das ist unser Fritzi, der eigentliche Chef hier."

Lukas ging in die Hocke. „Schön dich kennenzulernen, Kamerad", sagte er mit der vertrauten Stimme eines Hundeprofis. Seine Hände fanden sofort die richtigen Stellen hinter den Ohren.

Auf dem Tresen entdeckte er eine Schüssel mit Hundekeksen. Mit routiniertem Griff ließ er einen Leckerbissen in Fritzis Fang gleiten. Die restlichen Kekse verschwanden in seiner Jackentasche – alte Gewohnheit aus seiner K-9-Zeit.

Nachdem sie die Pässe überprüft, das Fahrzeug auf dem Parkplatz notiert und die Bezahlung für zwei Schlafsäle – zwei Männer pro Raum – entgegengenommen hatte, gab Frau Schneider jedem von ihnen Zimmerschlüssel und eine Karte der Burg, auf der sie die Lage der Zimmer einkreiste. Dann erklärte sie die Hausregeln – Ausgangssperre um 22:30 Uhr, kein Rauchen, keine Partys oder laute Musik – und absolut keine Erkundungsgänge durch die Burg ohne ein Personalmitglied. Morgen könnten sie eine Führung bekommen, wenn sie wollten, aber heute Abend sei es zu spät, da sie die Einzige im Dienst sei.

Obwohl enttäuscht, dass sie keine Führung bekommen konnten, nahm Dengler ihre alleinige Anwesenheit als gutes Zeichen, dass ihre Aktivität wahrscheinlich nicht gestört werden würde. Der Turm, in dem sich die Generals-Halle befand, war weit genug vom Büro entfernt, dass sie sie ohnehin nicht hören würde.

Nachdem das Team ihr Büro verlassen hatte, ging Frau

Schneider zurück, um im Hinterzimmer fernzusehen, Fritzi folgte ihr.

Nachdem sie ihre angrenzenden Zimmer gefunden hatten, nahmen Dengler und Lukas eines, während Milosh und Shandor das andere bezogen. Sie richteten sich ein, bis die vereinbarte Zeit kam.

„Ein bisschen bequemer als unser Zelt im Wald, nicht wahr, Milosh", bemerkte Shandor. Sein Bruder nickte, während er sich auf eines der weichen Betten legte, um es zu testen.

„So leben also die *Gorger*", sagte Milosh, womit er Nicht-Roma meinte. Sie hatten selten Gelegenheit, irgendwo außerhalb ihrer Zigeunerlager zu schlafen, da Roma oft unterwegs waren, wenn lokale Behörden sie zwangen, ihre derzeitigen Wohnplätze zu verlassen. Das war das Los nomadischer Stämme in ganz Europa, das einzige Leben, das die beiden jungen Brüder seit ihrer Kindheit kannten. Das Bett war ein Luxus, den sie selten erlebt hatten.

Um 22:45 klopfte es leise an der Tür. Shandor öffnete sie, und Karl und Lukas kamen herein. Karl hatte einen roten Rucksack über der Schulter hängen.

„Bereit?", fragte er. Die anderen drei nickten angespannt.

Dengler schaute in den schwach beleuchteten Flur, um sicherzustellen, dass er frei war, führte die anderen aus dem Zimmer, und sie machten sich leise auf den Weg zur Feuertreppe am nördlichen Ende des Flurs.

Vorsichtig die Tür öffnend, stiegen sie die Treppen hinab, zwei Stockwerke tiefer, und traten dann in einen breiten, runden Flur, der zur Generals-Halle führte.

Als sie den Eingang erreichten – zwei große Holztüren, reich mit Reliefschnitzereien verziert – zog Milosh seine

Werkzeuge hervor und machte sich sofort an dem Schloss zu schaffen, während die anderen Wache hielten. Innerhalb einer Minute sprang das Schloss auf. Alle außer Lukas schlüpften hinein. Er schloss und verriegelte die Tür hinter sich und blieb im dunklen Flur auf Wache.

Die gewaltige Generals-Halle war ein luftiger, runder Raum mit Marmorboden, etwa neun Meter hoch und zwanzig Meter breit, mit zwölf Granit- und Ziegelsteinsäulen vom Boden bis zur Decke, die zwölf Fensternischen einrahmten, die alle das eingelegte Marmor-Mosaik der *Schwarzen Sonne* in der Mitte umgaben – dasselbe runenartige schwarze Sonnenmosaik, das Hana ihnen auf dem Foto gezeigt hatte. Denglers erster Eindruck war, dass der Raum eher wie ein Ballsaal aussah als alles andere. Doch das Wissen um die seltsamen rituellen Nazi-Zeremonien, die hier einst stattgefunden hatten, jagte ihm Schauer über den Rücken.

Nach der Standuhr Ausschau haltend, entdeckte er sie an der Wand nahe einer Tür, die zum Westflügel führte. Während Dengler sie untersuchte, war die Aufgabe von Milosh und Shandor, herauszufinden, welche Art von spezieller „Öffnung" das Schwarze-Sonne-Mosaik haben könnte.

Auf den ersten Blick bot sich nichts als glatter, flacher Marmor, scheinbar undurchdringlich. Sie aktivierten ein grünes, militärtaugliches Chemielicht, das Dengler ihnen zur Beleuchtung gegeben hatte, und knieten nieder, um die Fliesen genauer zu untersuchen. Vielleicht gab es Risse, die man nutzen könnte, um die Platten anzuheben. Trotz sorgfältiger Inspektion schien nichts darauf hinzudeuten, wie man irgendeinen Teil des Mosaiks zugänglich machen könnte.

Als sie das Chemielicht näher an die Mitte hielten,

bemerkte Shandor einen winzigen Fleck verdichteten Schmutzes an einer Seite der inneren runden Fliese, der eindeutig nicht zum Design gehörte.

„Milosh, gib mir eines deiner Werkzeuge – eine kleine Nadel oder einen Schraubendreher."

In seinem Öltuch nach etwas Passendem suchend, zog Milosh einen schlanken Dietrich hervor und reichte ihn seinem Bruder. Shandor stocherte am Schmutz und kratzte ihn vorsichtig ab, sodass der Schmutz in kleinen Staubflocken herabfiel. Nun war offensichtlich, dass es sich um ein Loch handelte, das über viele Jahre mit verdichtetem Schmutz verstopft worden war, fest verschlossen durch weiteren Schutt, der sich in den Ritzen des Mosaiks angesammelt hatte.

Er wiederholte den Schabevorgang, grub tiefer und entfernte nach wenigen Minuten den gesamten Schmutz, wodurch ein rundes Loch von etwa zwölf Millimetern Tiefe freigelegt wurde.

Schräg über die mittlere Fliese vom Loch aus spähend, entdeckte er eine ähnliche runde Schicht verdichteten Schmutzes und begann denselben Säuberungsvorgang. Bald waren zwei zwölf Millimeter tiefe Löcher freigelegt.

Shandor sah Milosh an und lächelte, während beide ihre Entdeckung still feierten.

In der Zwischenzeit hatte Dengler keine Probleme, die hohe Glastür der Standuhr mit nur dem Dietrich seines Schweizer Taschenmessers zu öffnen. Die Uhr benötigte lediglich einen standardmäßigen Dietrichschlüssel, mit dem sie leicht zu knacken war, ein Trick, den ihm einige Monate zuvor sein Schweizergarde-Kollege für Spezialoperationen, Dieter Koehl, gezeigt hatte.

Dann knackte er eines der Chemielichter, das hellgrün aufflammte. Mit der nun geöffneten Tür hielt er das Licht hinein und suchte nach etwas, das wie ein Schlüssel aussah. Da er nichts Offensichtliches fand, untersuchte er das Innere des Pendelmechanismus genauer. Er musste vorsichtig sein, die hängenden Gewichte nicht zu bewegen, um unerwünschte klirrende Geräusche zu minimieren.

Die Uhr zeigte 22:57, als Dengler das Pendelgewicht zum Stillstand brachte.

Es gab fünf Pendelstangen, die am großen Pendelgewicht unten befestigt waren – dem untersten dekorativen Teil der Uhr, der hin und her schwang. Als er seine Hand über die Rückseite jeder Stange gleiten ließ, stellte er fest, dass jede flache Strebe glatt war, ohne dass etwas wie ein Schlüssel daran befestigt war. Seine Hand glitt über zwei Metallknöpfe an der mittleren Stange – jeder etwa sechs Millimeter rund, zwölf Millimeter lang und eine Handbreite auseinander – aber er dachte sich nichts dabei, da er annahm, es sei lediglich ein Fertigungsgriff, sicherlich kein Schlüssel.

Als seine Frustration wuchs, trat er zurück und betrachtete den gesamten Mechanismus, ob etwas offensichtlich Ungewöhnliches herausstechen würde. Wo konnte der Schlüssle sein?

Als er sich umdrehte, sah er Milosh und Shandor auf den Knien, wie sie sich ansahen und lächelten.

„Psst!", flüsterte er. „Habt ihr da drüben etwas gefunden?"

Die Brüder standen auf und eilten zu Dengler.

„Karl", flüsterte Milosh aufgeregt, „wir haben zwei Löcher im Marmor gefunden, jedes zwölf Millimeter tief, etwa sechs Millimeter Durchmesse und rund und vielleicht zweihundert Millimeter auseinander. Das muss die Schlüsselaussparung sein! Du musst also nach etwas mit zwei Vorsprüngen suchen, wahrscheinlich aus Metall, das verwendet wird, um die Marmorplatte in der Mitte des Mosaiks zu drehen."

Dengler dachte einen Moment nach – die zwei Knöpfe, über die seine Hand geglitten war! Das würde ungefähr den Maßen entsprechen, die Milosh beschrieben hatte. Er schob seine Hand zurück zu dieser Stelle hinter der mittleren Pendelstange und fühlte sie erneut. Das musste es sein!

Das Licht höher haltend, griff er nach dem Haken, an dem die Stangen befestigt waren, und stellte fest, dass jede Stange unabhängig von der Aufhängungsfeder oben entfernt werden konnte. Den Mechanismus analysierend, erkannte er, dass die mittlere Stange überhaupt keinen Zweck für die Funktion der Uhr erfüllte! Ein spezieller Haken war allein für die mittlere Stange gemacht worden, ihr Aussehen durch die benachbarten Pendelstangen getarnt. *Brillant*! dachte er, als er die mittlere Stange vorsichtig aushakte, sie behutsam vom Rest der Baugruppe löste und aus dem Gehäuse zog.

Er sah die beiden Brüder an. Alle grinsten zufrieden, als sie sich zurück zur Schwarzen Sonne begaben.

KAPITEL
SIEBENUND-
ZWANZIG

Vor der Tür zur Generals-Halle stand Lukas immer noch im dunklen Flur, den Rücken zum Eingang gewandt. Von Natur aus ein geduldiger Mann, wurde er umso nervöser, je länger er Wache stand, unsicher, wie viel Zeit seine Freunde noch brauchen würden. Da er nichts anderes zu tun hatte, wurde er nervös.

Dann hörte er ein Geräusch, und es war kein willkommenes. Es begann als leises Knurren, das vom anderen Ende des Flurs aus den Schatten kam. Sofort wurde Lukas auf die Anwesenheit eines großen Tieres aufmerksam. Was auch immer es war, es näherte sich ihm langsam in der Dunkelheit, leise knurrend, während es näher kam. Es musste ein Hund sein. Er wagte einen Versuch.

„Fritzi?"

Das Knurren hörte auf. Einen Moment später kam Fritzi aus den Schatten hervor, sein Schwanz wedelte. Lukas griff in seine Jackentasche und zog ein paar der

Hundeleckerlis heraus, die er aufbewahrt hatte. Er beugte sich hinunter, um dem Hund den Nacken zu kraulen.

Dann hörte er Schritte, die sich näherten, und das Licht einer kleinen Taschenlampe, das durch die Schatten des Flurs schnitt. Es war Frau Schneider.

„Was machen Sie hier?", fragte sie in tadelndem Deutsch.

„Ich, äh, habe nach der Toilette gesucht und, ähm, mich verlaufen", antwortete Lukas lauter als nötig, damit seine Kollegen ihn hören könnten. „Ich bin froh, dass Fritzi mich gefunden hat, aber ich bin nicht sicher, ob er mir den Weg zeigen könnte. Können Sie mir helfen?"

Frau Schneider sah ihn skeptisch an, dann leuchtete sie mit ihrer Taschenlampe auf die Türen der *Generals-Halle*. Sie ging vorwärts, rüttelte am Türgriff, um sicherzustellen, dass sie verschlossen waren, und schaute dann wieder zu Lukas.

„Ich zeige Ihnen, wo die Toilette ist. Bitte folgen Sie mir."

Während sie Lukas von den Türen wegführte, Fritzi gehorsam an seiner Seite trottend, versuchte er, ein Gespräch mit der Frau zu führen, um etwaige Verdächtigungen zu zerstreuen.

„Ich bin jetzt Schweizergardist im Vatikan, aber ich war früher in der Schweizer Armee und hatte einen Deutschen Schäferhund genau wie Ihren für unsere K-9-Einheitsmissionen. Das ist wahrscheinlich der Grund, warum Fritzi mich mag."

„Er mag jeden", fauchte sie. „Was für ein Wachhund." Dann wurde ihr Ton weicher. „Sie helfen also, den Heiligen Vater in Rom zu schützen?"

„Ja", antwortete Lukas, „es ist eine große Ehre, in der Päpstlichen Schweizergarde zu sein."

„Ich bin selbst Katholikin", sagte sie, „und würde gerne eine Audienz bei Seiner Heiligkeit haben. Ist das etwas, das Sie arrangieren könnten?" Sie blickte lächelnd zu Lukas auf, offensichtlich scherzend.

Er kicherte. „Nun, ich kann mit Sicherheit sagen, dass Sie herzlich willkommen sind, sich den Gläubigen auf dem Petersplatz anzuschließen ..."

Frau Schneider ließ ein kurzes, raues Lachen hören.

„Ja, das habe ich mir gedacht", erwiderte sie, nun etwas freundlicher. Sie hatten endlich den Ostflügel erreicht, wo sie auf die Herrentoilette deutete.

„Hier ist die Toilette, mein Herr. Jetzt kein Erkunden mehr. Gehen Sie schlafen."

Damit kehrte sie mit Fritzi zu ihrem Büro zurück, während Lukas die Toilette betrat. Das war knapp, dachte er bei sich.

Nachdem er einige Minuten gewartet hatte, spähte er zurück in den Flur, schlich dann zurück zum Westflügel und zur Generals-Halle.

Ein paar Minuten zuvor hatten Dengler und die beiden Zigeunerbrüder gehört, wie jemand von der anderen Seite an der Türklinke rüttelte, und Stimmen waren zu hören. Alarmiert zerstreuten sie sich schnell und leise und versteckten sich hinter einer der großen Steinsäulen in der Halle. Nervös warteten sie darauf, dass der Eindringling sie entdecken und die Operation auffliegen lassen würde.

Nach ein paar Minuten verstummten die Stimmen. Offensichtlich hatte Lukas die Situation unter Kontrolle, was auch immer los war. Als sie nichts mehr hörten, kamen sie aus ihrem Versteck hervor und setzten ihre Arbeit fort.

Nachdem der Pendelschlüssel endlich aus der

Standuhr entfernt worden war, begab sich das Team in die Mitte der *Schwarzen Sonne*.

Dengler bückte sich, den Schlüsselstab in der Hand, und richtete die beiden Stifte auf die passenden Löcher im Marmorboden aus. Sie passten! Er benutzte den Stab als Hebel und drehte ihn mit mäßiger Kraft gegen den Uhrzeigersinn, in der Annahme, dass die mittlere Fliese eine Art Schraubverschluss war. Sie bewegte sich nicht.

Als er die runde Fliese in der Mitte untersuchte, bemerkte er einen Kreis aus Schmutz, der die Fliese umgab, und wies Milosh und Shandor darauf hin. Die Brüder machten sich mit den Pickelwerkzeugen an die Arbeit und kratzten den alten, festgebackenen Schmutz und Dreck von dem nun deutlich sichtbaren kreisförmigen Ring um die Fliese in der Mitte. Jahrzehntelanger Schmutz hatte sich in den Ritzen festgesetzt, und es kostete einige Mühe, alles zu entfernen.

Als sie mit der Reinigung des Rings zufrieden waren, versuchte Dengler erneut, die Stange zu verwenden, um die Fliesenabdeckung zu öffnen.

Diesmal gab sie nach. Es war ein aufregender Moment für alle. Sie waren jetzt so nah dran!

Dengler drückte und zog an der Stange, um das Schraubengewinde zu lösen. Langsam, aber sicher kam er voran, indem er sie hin und her bewegte. Schließlich löste sich der Schmutz und er konnte eine vollständige 360-Grad-Drehung ausführen. Noch vier weitere Umdrehungen, und der Deckel löste sich aus den inneren Schraubengewinden.

Alle blickten erwartungsvoll zu den anderen auf. Dengler hob den Marmordeckel ab, wahrscheinlich zum ersten Mal, seit Himmler die *Wewelsburg* verlassen und sich 1945 das Leben genommen hatte.

Sie legten den Deckel und die Schlüsselstange beiseite, hielten ihre Chemielichter hoch und spähten in das Loch.

Darin befand sich ein kleiner, aufrecht stehender Safe. Glücklicherweise kein Zahlenschloss, sondern ein gewöhnliches Schlüsselschloss. Milosh grinste, denn er wusste, dass er damit schnell fertig werden würde.

Er faltete seine Wachstuchdecke auseinander, legte seine Werkzeuge bereit und holte einen Schlangenrechen und einen halben Diamanten hervor, zwei der Werkzeuge, die er für dieses Schloss für notwendig hielt. Er begann, sie in das Schlüsselloch einzuführen und zu manipulieren.

Dengler fragte flüsternd, wo er das Knacken von Schlössern gelernt habe.

„Ich bin Zigeuner ... das liegt uns im Blut!", sagte Milosh stolz. „Eigentlich habe ich es von einem anderen Roma gelernt, einem sehr erfahrenen Voivode. Er hat mir einmal gesagt, dass Dietrichwerkzeuge wie Angelköder sind, aber dass sie dazu dienen, den Fischer zu fangen, nicht den Fisch."

Ein paar Augenblicke später klickte der innere Schließmechanismus, und der Deckel sprang aus seinen Verriegelungen. Sie hoben den Deckel ab.

Darin befand sich ein einziger Gegenstand, ein weißes Alabasterkästchen. Dengler nahm es vorsichtig heraus und stellte es auf den Marmorboden. Er leuchtete mit seiner Taschenlampe in den Safe und sah, dass sich sonst nichts mehr darin befand.

Er öffnete den Deckel.

In dem Kästchen befand sich ein Bündel aus einem durchsichtigen Stoff in verschiedenen Farben. Er wagte nicht, es anzurühren, denn Dominic hatte ihm gesagt, er solle den Schleier nicht anfassen, wenn sie ihn finden würden, sondern nur überprüfen, ob er da war.

Er setzte den Deckel wieder auf, legte das Alabasterkästchen in seinen Rucksack und schützte es mit einem dicken Handtuch, das er mitgebracht hatte.

„Lass uns hier verschwinden", sagte er zu den Brüdern. „Wir sind hier fertig."

Dengler verschloss den Safe wieder, setzte den Deckel auf das runde Loch und schraubte ihn fest. Dann nahm er den Stabschlüssel und befestigte ihn wieder an seinen Platz in der Uhr. Sobald er ihn dort verstaut hatte, schwang er das untere Pendelgewicht, um die Uhr wieder in Gang zu setzen, stellte die Zeiger auf die aktuelle Uhrzeit, 11:28 Uhr, und schloss die Glastür.

Nachdem sie sich vergewissert hatten, dass nichts mehr darauf hindeutete, dass sie hier gewesen waren, gingen sie leise zur Tür und klopften zweimal leicht, um Lukas zu signalisieren, dass sie bereit waren, herauszukommen, in der Hoffnung, dass Lukas noch da war. Zwei Klopfzeichen von der anderen Seite signalisierten, dass alles in Ordnung war.

Dengler öffnete die Tür und alle drei verließen den Saal. Dann schloss er die Tür und verriegelte sie, um sicherzugehen, dass sie fest verschlossen war.

Als sie sich entfernten, hörten sie die Standuhr im Flur hinter sich die halbe Stunde schlagen, und der Klang hallte laut durch den leeren Marmorraum. Nun konnten sie aufatmen und kehrten leise in ihre Schlafräume zurück.

Nachdem er sich in seinem Zimmer eingerichtet hatte, schrieb Dengler Dominic eine SMS, dass ihre Mission erfolgreich war. Sie würden sich am nächsten Morgen als Erstes treffen.

ACHTUNDZWANZIG

F rüh am nächsten Morgen hatte sich das Team in Denglers Zimmer versammelt, um abzureisen. Als sie im Büro der Jugendherberge ankamen, war Frau Schneider gerade dabei, ihre Schicht zu beenden, um Platz für den alten Herrn Becker zu machen, der den Tag übernahm.

Als Fritzi zu Lukas lief, um ein weiteres Leckerli zu bekommen, gaben Karl und Milosh die Zimmerschlüssel zurück und holten die Pässe aller ab.

„Wohin geht's jetzt, Jungs?", fragte die Frau. „Erkundet ihr nur unsere Schlösser?"

„Nein, leider ist unsere Urlaubszeit vorbei", sagte Karl. „Wir fahren jetzt zurück nach Rom und zu unseren Jobs im Vatikan."

Sie schaute mit hochgezogener Augenbraue auf die beiden langhaarigen Zigeunerjungen. Dengler folgte ihrem Blick.

„Oh, unsere Freunde hier leben in Frankreich. Wir

haben uns nur für einen kurzen Roadtrip in Deutschland mit ihnen getroffen."

Das schien Frau Schneider zu beruhigen. „Okay, dann. Auf Wiedersehen, Jungs. Kommt bald wieder und besucht uns. Komm, Fritzi, lass uns nach Hause gehen." Sie und der Hund verließen das Büro.

Nachdem sie sich von Herrn Becker verabschiedet hatten, verließen die Männer das Büro und gingen über die Brücke zum Parkplatz. Es war ein warmer Morgen, und sie waren alle gut gelaunt, da ihre Mission erfolgreich war, und freuten sich darauf, ihren Schatz mit Dominic und Hana im Hotel zu feiern.

Als sie die breite Steinbrücke überquerten, kamen ihnen vier Männer entgegen. Beim Vorbeigehen lächelte Dengler, grüßte kurz und sagte „Guten Tag", was die drei jüngeren Männer – alle groß, blond und athletisch – freundlich erwiderten.

Dengler fiel auf, dass der vierte Mann deutlich älter war, nicht der Typ, der üblicherweise in einer Jugendherberge übernachtet, und die Haltung eines Soldaten hatte. Zudem trug er einen Trenchcoat, ungewöhnliche Kleidung für einen warmen Frühlingstag.

Nachdem sie ihr Gepäck in den Wrangler-Jeep geladen und es sich bequem gemacht hatten, fuhr Dengler vom Parkplatz los und steuerte auf das wenige Kilometer entfernte Hotel Walz zu.

„Guten Tag", sagte Jakob Rausch zu dem alten Mann hinter der Rezeptionstheke des Herbergsbüros. „Wir möchten eine Führung durch die Burg, wenn möglich jetzt."

Herr Becker blinzelte hinter dicken Brillengläsern und

schaute zur Uhr an der Wand. „Nun, die erste Führung des Tages beginnt in etwa einer Stunde. Der Führer ist noch nicht hier. Sie können gerne warten."

„Unser Hauptinteresse gilt der Generals-Halle", sagte Rausch, das Statement des Mannes ignorierend. „Es gibt etwas, das wir suchen, das sehr wichtig ist. Könnten Sie die Halle nicht einfach für uns öffnen?"

Becker blieb standhaft. „Ich fürchte, nein, junger Mann. Ich muss hier im Büro bleiben, und es gibt niemanden, der Sie begleiten könnte. Das sind die Regeln."

Der ältere Mann im Trenchcoat trat vor und zog eine Brieftasche aus seiner Tasche, klappte sie auf und zeigte einen Polizeiausweis und eine Identifikation. Das *Ahnenerbe* hatte seine Tentakeln in ganz Deutschland ausgebreitet, sogar in die Strafverfolgung, was in Situationen wie dieser nützlich war.

„Ich bin Kommissar Jäger von der Bundespolizei. Ich muss darauf bestehen, dass Sie die Generals-Halle jetzt für uns öffnen, bitte. Dies ist eine Angelegenheit von staatlichem Interesse."

Becker schaute nervös auf den Ausweis. „Ja, Herr Kommissar, natürlich werde ich kooperieren, wenn es so wichtig ist."

Er ging um die Theke herum, stellte ein Schild in mehreren Sprachen mit der Aufschrift „Bin gleich zurück" auf und führte die Männer in die Burg und die Treppen hinunter zum Ostflügel und zur Generals-Halle.

„Ich bin sicher, dass Sie dort nichts finden werden", erklärte Becker. „Die Halle ist seit Jahrzehnten so, wie sie ist. Leer. Wir nutzen sie kaum."

Niemand antwortete auf Beckers Kommentar. Sie gingen schweigend zu ihrem Ziel. Als sie die Holztüren der Halle erreichten, suchte Becker nach dem passenden

Schlüssel an einem großen Schlüsselring. Als er den richtigen fand, öffnete er die Türen für seine ungewöhnlichen Besucher.

Rausch ging voran, gefolgt von Christof, Günther und ihrem deutschen Polizeikomplizen. Die Männer verteilten sich in der nun hell erleuchteten großen Halle und betrachteten alles. Zwei Dinge fielen Rausch ins Auge. Das erste war eine Infrarot-Sicherheitskamera, die oben an einer der entfernten Säulen angebracht war. Dann schaute er auf die *Schwarze Sonne* und inspizierte sie genau.

„Herr Becker, wird der Boden in diesem Raum oft gefegt oder poliert?"

„Ja, er wird stets in perfektem Zustand gehalten. Warum fragen Sie?"

„Ich bemerke hier etwas Schmutz auf der Schwarzen Sonne. Würden Sie sagen, das ist normal?"

Becker schlurfte zum Mosaik und betrachtete es genau. Seine Augenbrauen schossen hoch.

„Nein, das ist sehr ungewöhnlich. Ich kann es mir nicht erklären. Ich muss das mit dem Wartungsleiter klären."

Rausch kniete sich hin und bemerkte zwei kleine Löcher auf beiden Seiten der mittleren Fliese, und dass die mittlere Fliese deutlich unabhängig vom umgebenden Mosaik erschien. Er schaute zu dem alten Mann auf.

„Haben Sie zwei Schraubendreher, die wir benutzen könnten?", fragte er ruhig.

Becker blinzelte, während er die Bitte überdachte. „Es sollte welche in unserem Hausmeisterschrank direkt draußen im Flur geben. Ich werde nachsehen."

In der Zwischenzeit ging Rausch zur Standuhr und suchte nach einem Zeichen des Schlüssels, der in Himmlers Rätsel erwähnt wurde.

„Der Schlüssel schwingt frei hin und her", erinnerte er

sich. Das grenzt es auf das Pendel ein. Er stoppte die Bewegung der Uhr, betrachtete jede der Stangen und fuhr mit der Hand an jeder von oben nach unten. Als er entdeckte, dass die mittlere Stange zwei hervorstehende Knöpfe auf der Rückseite hatte, vermutete er, dass dies der Schlüssel sein könnte – passend große Stifte, im richtigen Abstand zueinander für die Bodenplatte. Nach oben schauend, bemerkte er den Haken an der Aufhängung und hob die Stange aus ihrer Ruheposition.

Als er dies tat, kehrte Becker mit zwei Schraubenziehern zurück.

„Die brauchen wir jetzt nicht, danke. Jäger, können Sie die Videoaufzeichnungen auf Aktivitäten in den letzten zwei Tagen überprüfen?" Er zeigte auf die Sicherheitskamera. „Beginnen Sie mit heute und gehen Sie rückwärts. Ich habe das Gefühl, dieser Schmutz ist frisch."

„Herr Becker, bitte zeigen Sie mir Ihre Videoaufzeichnungsausrüstung", sagte Kommissar Jäger. Die beiden machten sich auf den Weg zum Büro der Jugendherberge.

Rausch brachte die Stangenschlüssel zum Mosaik, kniete sich hin und steckte ihn in die Löcher. Er begann, die Stange gegen den Uhrzeigersinn zu drehen, um die Fliesenplatte zu öffnen. Nach vier Umdrehungen löste sich der Deckel. Der Safe war nun sichtbar, aber verschlossen.

Rausch schaute zu Christof und dem anderen Mann auf. „Ich bezweifle, dass Becker oder irgendjemand davon weiß, also hätten sie keinen Schlüssel. Offenbar waren Dominic und seine Leute schon hier, wenn man den Schmutz betrachtet. Ich kann nur annehmen, dass er und seine Leute das geknackt haben müssen. Schauen wir uns die Videoaufzeichnungen an."

Die drei Männer rannten aus der Halle, die Treppen hinunter und zurück zum Büro der Jugendherberge, wo

Becker gerade die aufgezeichneten Videos auf dem Computer lud, um sie anzusehen.

„Hätte der Nachtwächter nicht Aktivitäten in der Generals-Halle auf diesem Monitor sehen müssen?", fragte der Kommissar.

Becker war unbeeindruckt. „Nein, wir überwachen keine Live-Sicherheitsfeeds, sie werden nur für Archivierungszwecke auf dem Server aufgezeichnet. Das hier ist nicht die Deutsche Bank."

Als die Bilder auf dem Monitor erschienen, zog Becker die Zeitleiste rückwärts, zunächst ihre eigene Aktivität in der Halle beobachtend, alles rückwärts, dann eine Zeitspanne, in der keine Aktivität zu sehen war.

Dann zeigte es drei Männer, die rückwärts von der Tür zum Mosaik gingen, wo sie sich hinknieten und über dem Mosaik beschäftigt schienen. Ihre Gesichter waren im schwachen Licht nicht erkennbar, selbst nicht mit dem nachtsichtfähigen Infrarot.

„Lassen Sie mich übernehmen", sagte Rausch bestimmt. Er setzte sich, bewegte den Schieberegler zum scheinbaren Beginn der Aktivität der Männer und drückte die PLAY-Taste.

Alle sahen zu, wie die drei Männer die Fliesenabdeckung mit dem Stangenschlüssel öffneten. Dann fummelte einer von ihnen, ein langhaariger jüngerer Mann, mit irgendeinem Werkzeug am Safe herum, offensichtlich das Schloss knackend, dachte Rausch. Der Safe sprang auf, und einer der Männer holte etwas heraus, das wie eine weiße Schachtel aussah, die er auf den Boden stellte und später in einen roten Rucksack packte.

Rausch stoppte die Wiedergabe.

Wütend schlug er mit der Faust auf den Schreibtisch, was Herrn Becker erschreckte.

„Ich wusste nicht einmal, dass es unter diesem Mosaik einen Safe gibt, geschweige denn ein Loch im Boden. Es muss sehr alt sein", murmelte der alte Mann vor sich hin.

Rausch überdachte die Situation. Weder Dominic noch Hana Sinclair waren im Video aufgetaucht. Diese Männer müssen jedoch ihre Komplizen sein. Der Zeitstempel auf dem Video zeigte das Ereignis als letzte Nacht spät, also könnten sie noch in der Gegend sein. Vielleicht haben sie sogar in der Jugendherberge eingecheckt.

Dann erinnerte er sich daran, wie sie beim Hereinkommen die Brücke überquerten und vier Männern begegneten, von denen einer Rauschs Team grüßte und denselben Rucksack trug, der im Video zu sehen war. Das waren sie! Er hatte ein gutes Gedächtnis für Gesichter und würde das eine, das sie gegrüßt hatte, nicht vergessen.

„Herr Becker, können Sie mir bitte sagen, wer diese Männer waren, die eingecheckt haben, und welches Auto sie fuhren?"

„Diese Informationen sind privat! Wir können nicht—"

„Ähem...", unterbrach Kommissar Jäger ihn und erinnerte den alten Mann daran, dass dies „offizielle Angelegenheiten" waren.

„Ah, ja, nun dann... lassen Sie mich mal sehen...", Becker öffnete das Gästeregister. „Die Herren Karl Dengler, Lukas Bischoff, Milosh Lakatos und Shandor Lakatos waren die eingetragenen Namen. Das einzige aufgeführte Fahrzeug ist ein Jeep Wrangler unter dem Namen Herrn Dengler."

„Los geht's", sagte Rausch zu den anderen.

KAPITEL
NEUNUNDZWANZIG

*I*hr habt es geschafft!", sagte Dominic aufgeregt, als Dengler und Lukas ins Hotelzimmer kamen. „Ich bin so stolz auf euch, Karl, und auf dich, Lukas. Wo sind Milosh und Shandor?"

„Sie haben beschlossen, nach Hause zurückzukehren, da der Job erledigt war", antwortete Dengler. „Milosh hat gesagt, ich soll dir seine Grüße ausrichten und dich anrufen, wenn du jemals wieder ihre Hilfe bei etwas brauchst. Sie waren ziemlich begeistert, Teil dieser Operation zu sein."

„Ich werde später ihren Vater kontaktieren, um sie für ihre Bemühungen zu belohnen", sagte Dominic. „Nun, lasst uns sehen, was wir hier haben."

Er holte ein Paar weiße Konservierungshandschuhe aus seinem Rucksack, während Dengler das Alabasterkistchen vorsichtig aus seinem Rucksack nahm und sie auf das Bett stellte. Alle starrten sie an, als ob sie mystische Eigenschaften ausstrahlte.

„Der Alabaster ist für zweitausend Jahre alt in

174

bemerkenswertem Zustand", bemerkte Hana. „Er hat eine surreale Transparenz."

„Wahrscheinlich ist es orientalischer Alabaster, der in Ägypten abgebaut wurde", erklärte Dominic, während er die Schatulle genau untersuchte. „Die Alten verwendeten diese Art von Stein oft für heilige und sepulkrale Objekte, zur Herstellung großer Sarkophage und sogar kleiner Parfümfläschchen. Archäologen haben tatsächlich Alabastergefäße im Grab von König Tutanchamun gefunden, dreizehnhundert Jahre vor Christus. Es hält sich bemerkenswert gut über die Zeit."

Mit angezogenen Handschuhen öffnete Dominic vorsichtig den bronzenen Verschluss und hob den Deckel, der auf zwei steinernen Scharnieren auf der gegenüberliegenden Seite sanft aufglitt.

In der Alabaster-Schatulle lag der feinste Stoff, den Dominic je gesehen hatte. Er schien in hervorragendem Zustand zu sein, aber so durchsichtig, dass er befürchtete, jeder Versuch, ihn herauszunehmen, könnte ihn beschädigen. Er stupste den Stoff leicht an, um seine Widerstandsfähigkeit zu testen. Zuversichtlich, dass er die Handhabung aushalten könnte, hob er ihn vorsichtig aus der Alabaster-Schatulle.

„Dieses Material ist zweifellos Byssus", stellte er fest. „Byssusfasern stammen von mediterranen Meeresmuscheln – vielleicht kennt ihr sie als die ‚Bärte' an Miesmuscheln – und wenn in großen Mengen geerntet, werden die Filamente zu einem weichen Stoff wie diesem fein verwoben, bekannt als Meeresseide. Es war ein mühsamer Prozess, und Stoffe wie dieses Exemplar sind äußerst selten."

Vorsichtig den Schleier in die Hände nehmend, ließ er ihn sich auf natürliche Weise entfalten. Der Stoff war überraschend geschmeidig und war offenbar nicht viel Licht oder Berührung ausgesetzt gewesen.

Er zeigte deutlich das Gesicht eines Mannes, an einigen Stellen offensichtlich geschlagen, mit langem, strähnigem Haar, einer markanten Nase, einem Bart und Augen mit einen surreal ruhigen Blick – und was wie Überreste von Blut an verschiedenen Stellen des Stoffes aussah.

Im Raum herrschte absolute Stille, als alle das Bild betrachteten.

Dominic selbst war jenseits von Worten gerührt. Als er den Schleier hielt, zitterten seine Hände, und er sprach ein stilles Gebet. Von all den unglaublichen Artefakten, mit denen er über die Jahre in Berührung gekommen war, übertraf dieses allein jede Erwartung, die er gehabt haben könnte. Er konnte die Augen nicht davon abwenden. Es war, als ob Christus selbst in seine Seele blickte.

Hanas Reaktion war viszeraler, Tränen liefen sanft über ihre Wangen, während sie das heilige Bild betrachtete. Sowohl Karl als auch Lukas knieten nieder, bekreuzigten sich, ihre Lippen bewegten sich in leisem Gebet über gefalteten Händen.

Nach einigen respektvollen Momenten – sein aktiver Geist arbeitete immer noch die Eigenschaften eines solchen Artefakts und das Geheimnis der göttlichen Übertragung aus – bemerkte Dominic einige Dinge.

„Obwohl dies wie ein Gemälde aussehen mag, glaubt man, dass Byssus Eigenschaften hat, die verhindern, dass Substanzen wie Pigmente oder Öle seine natürlichen Fasern beeinflussen, sodass der Stoff nicht bemalt werden kann. Es gibt einige hitzige Diskussionen darüber in begrenzten wissenschaftlichen Kreisen, also kommt es vorerst auf eine Frage des Glaubens an.

Tatsächlich erinnere ich mich, dass dieses Bild fast identisch mit dem ist, das ich das Privileg hatte, in der *Santuario del Volto Santo*, der Kapuzinerkirche in *Manoppello* in Italien, zu sehen, die behauptet, den Schleier der Veronika seit etwa vierhundert Jahren zu besitzen. Es gibt auch eine starke Ähnlichkeit mit dem Gesicht auf dem Turiner Grabtuch."

„Nun, wie auch immer", fügte Hana hinzu, schniefend, „das ist eine unglaublich bewegende Erfahrung, zumindest für mich."

„Wie auch für mich", sagte Lukas andächtig und sah

Karl an, der zustimmend nickte. „Ich kann nicht glauben, dass wir das Gesicht und das Blut unseres Herrn sehen."

„In Ordnung", sagte Dominic leise nach einigen ehrfürchtigen Momenten, „lasst uns zusammenpacken und zurück nach Rom fahren. Ich muss den Schleier in der Riserva sichern, bis wir Spezialisten hinzuziehen können, um ihn zu analysieren."

Er schaute seine Freunde an. „Ich möchte euch allen für euren Mut danken, dass ihr das möglich gemacht habt. Es gab große Risiken, und ihr zwei" – er wandte sich an Karl und Lukas – „verdient besonderes Lob, zusammen mit Milosh und Shandor. Ich muss Gunari anrufen, um ihm meine Wertschätzung für die Bemühungen seiner Söhne auszudrücken."

Hana hatte eine nagende Sorge gehegt, die sie schließlich aussprach.

„Ich weiß, das kommt viel zu spät", sagte sie, „aber glaubst du, dass wir Probleme bekommen könnten, weil wir es einfach so aus einem Museum genommen haben?"

„Ich habe darüber nachgedacht", antwortete Dominic. „Niemand wusste überhaupt von dem Safe, beziehungsweise müssen wir das annehmen, da Himmler selbst das Artefakt vor etwa fünfundsiebzig Jahren dort versteckt hat. Wenn sie es früher entdeckt hätten, hätte es sicher Schlagzeilen gemacht oder hätte heute einen Ehrenplatz im Museum selbst und wäre nicht immer noch unter dem Boden verborgen. Meiner Meinung nach haben wir es einfach von den Nazis befreit."

Nachdem er seine Rechtfertigung kühn dargelegt hatte, bemerkte Dominic Hanas immer noch fragenden Blick. *Hatte er das Richtige getan?* fragte er sich nun. *War dies wirklich „nur" eine Frage des Findens und Beschlagnahmens von Nazi-Beute – oder war es Diebstahl?* Fürs Erste musste er diese Gedanken beiseiteschieben.

Dann kam ihm ein praktischerer Gedanke. „Karl, hast du irgendwelche Sicherheitskameras in der Generals-Halle bemerkt?"

Dengler überlegte kurz. Dann, mit einem verlegenen Blick, gab er zu: „Nun, um ehrlich zu sein, habe ich nicht einmal danach gesucht. Aber der Raum war völlig dunkel, außer unseren Chemielichtern."

„Hmm", überlegte Dominic. „Ich schätze, wir müssen einfach abwarten und sehen. Hoffentlich wird niemand etwas merken."

Als er das sagte, klingelte sein Telefon. Überrascht, dass es Milosh war, nahm er ab.

„Milosh! Ich hatte noch keine Zeit, mich zu bedan—"

„Pater Michael!", unterbrach der junge Zigeuner, „Sie müssen uns helfen. Shandor und ich wurden von der Polizei auf dem Weg nach Hause in Marburg verhaftet!"

KAPITEL

DREISSIG

W as war das Problem?", fragte Dominic.
„Wir haben keine Fahrzeugzulassung für
den BMW. Sie denken, wir hätten ihn
gestohlen! Wir brauchen dich, um uns
auszulösen. Kannst du kommen?"

„Natürlich", sagte der Priester, wohl wissend, dass die
Zigeuner das Auto vor ein paar Monaten tatsächlich
gestohlen hatten, sodass sie unmöglich die Zulassung
haben konnten. „Wie weit ist Marburg entfernt?"

„Es hat nur eine Stunde gedauert, hierher zu kommen,
deshalb haben sie mich angehalten. Ich glaube, ich war zu
schnell …"

„Ich sehe euch in etwa neunzig Minuten. Bleibt bis
dahin, wo ihr seid."

„Als ob wir eine Wahl hätten", erwiderte Milosh
düster.

Dominic wandte sich den anderen zu und erklärte die
neue Entwicklung, während er sein schwarzes Hemd und
den Priesterkragen anzog.

„Karl, kann ich dein Auto benutzen, während ihr hier wartet?"

„Du gehst nicht ohne mich", sagte Hana entschieden.

Dominic nickte.

„Klar, Michael", sagte Dengler und warf ihm die Schlüssel zu. „Lukas und ich werden hier auf dich warten. Du solltest in drei oder vier Stunden zurück sein, schätze ich, also verlängern wir das Zimmer für den Tag."

„Sorgt dafür, dass der Schleier sicher ist. Legt ihn in den Zimmersafe oder so."

„Er ist in meinem Rucksack gut aufgehoben. Lukas und ich kommen zurecht, falls es darauf ankommt."

„In Ordnung, bis bald."

Dominic und Hana machten sich im Jeep auf den Weg nach Süden in die gotische Stadt Marburg.

Im gemieteten schwarzen Mercedes G-Klasse SUV, noch auf dem Parkplatz der *Wewelsburg*, hatte Jakob Rausch die letzten dreißig Minuten damit verbracht, Hotels in der Umgebung nach einem Gast namens Pater Michael Dominic abzusuchen. Da Büren eine kleine Stadt war, gab es nicht viele anzurufen, und schließlich fand er seine Beute im Hotel *Walz* in der nahegelegenen Stadt Salzkotten. Der Rezeptionist sagte, Dominic sei noch eingecheckt.

Rausch wandte sich an Jäger, der am Steuer saß, und gab ihm die Adresse. „Paderborner Straße 21, etwa fünfzehn Minuten entfernt."

„KARL, HAST DU HUNGER? ICH VERHUNGERE", sagte Lukas zu seinem Partner. „Warum hole ich uns nicht ein paar Currywürste von dem Imbisswagen die Straße runter?"

„Mmm, ja", sagte Karl, dem bei dem Gedanken an das

traditionelle deutsche Streetfood das Wasser im Mund zusammenlief. „Nimm auch extra Curryketchup mit. Und ein paar Cola."

„Frühstück der Champions! Alles klar. Bin gleich zurück", sagte Lukas, schnappte sich seine Schlüsselkarte und verließ das Zimmer.

Als er vom Hotel wegging, achtete Lukas nicht auf den schwarzen SUV, der auf den Parkplatz fuhr.

Nachdem er das Auto unter einer dichten grünen Erle geparkt hatte, schaltete Jäger den Motor aus, während Jakob, Telefon in der Hand, das Hotel anrief und bat, mit Pater Dominics Zimmer verbunden zu werden. Die Vermittlung stellte die Verbindung her, und Dengler nahm den Hörer ab.

„Ja?"

„Guten Morgen, mein Herr. Hier ist der Zimmerservice, ich bestätige nur, dass Ihre Frühstücksbestellung bald oben sein wird."

„Aber wir haben keinen Zimmerservice bestellt!", sagte Karl.

„Ist das nicht Zimmer 237?", fragte Rausch.

„Nein, es ist 224. Sie haben das falsche Zimmer."

„Entschuldigung für die Störung, mein Herr. Einen guten Morgen noch." Rausch legte auf. „In Ordnung, sie sind in 224. Los geht's."

Die vier Männer – Jakob, Christof, Jäger und Günther – stiegen aus dem SUV und machten sich auf den Weg ins Hotel, nahmen die Treppen in den oberen Stock. Als sie Zimmer 224 erreichten, klopfte Rausch an die Tür.

Als er die Tür öffnete, sagte Dengler gerade: „Ich hätte nicht gedacht, dass du so schnell zurück bist—" als er plötzlich und heftig von Günther auf den Boden gestoßen wurde. Die anderen kamen herein und schlossen die Tür.

„Was zum Teufel!", rief Dengler.

Jäger zog seine Glock 17 und richtete sie auf Denglers Kopf.

„Gib uns einfach den Schleier, und du wirst nichts vor uns zu befürchten haben", sagte Rausch ruhig.

„Ich habe keine Ahnung, wovon du sprichst", sagte Dengler so überzeugend wie möglich und stand auf.

„Günther, schnapp ihn."

Als er versuchte, sich mit Günther, der ihn festhielt, aufzurichten, schlug Jäger den Kolben seiner Waffe auf Denglers Kopf. Blut begann hinter seinem Ohr hervorzusickern, als er auf das Bett fiel und bewusstlos liegen blieb.

„Such nach etwas, das wie diese weiße kleine Kiste aussieht", befahl Rausch. „Durchsucht die Rucksäcke."

Die Männer begannen, Schubladen, Schränke und die Rucksäcke zu durchsuchen, bis Christof, der in Denglers roten Rucksack griff, rief: „Gefunden!"

Er zog sie heraus und reichte sie Rausch, der den Verschluss öffnete, um den Inhalt zu überprüfen.

„Das ist es. Lasst uns hier verschwinden."

Lukas näherte sich gerade dem Eingang, als Rausch und sein Team eilig durch die gläserne Drehtür des Hotels kamen, was ihn daran hinderte, einzutreten, bis sie alle durch waren. Er sah sie misstrauisch an und dachte, er kenne sie von irgendwoher. Dann fiel es ihm ein – ihre beiden Gruppen waren sich gestern auf der Brücke der *Wewelsburg* begegnet. Ein seltsamer Zufall, dachte er.

Als sie vorbeigingen, gerade als er die Drehtür betrat, hörte Lukas den Anführer murmeln: „Dante wird das sofort sehen wollen ..." Die Drehtür schloss sich hinter ihm, bevor er mehr hören konnte.

Dante?! Es konnte unmöglich derselbe Dante sein. In

höchster Alarmbereitschaft blickte er zurück aus dem Fenster, aber die Männer waren schon außer Sicht.

Die Treppen zwei Stufen auf einmal nehmend, während er die Tüten mit Essen trug, erreichte Lukas endlich das Zimmer. Er öffnete die Tür mit seiner Schlüsselkarte und ließ, als er Dengler auf dem blutigen Bett sah, die Tüten auf den Boden fallen.

„Karl!!" Er rannte zu seinem Partner, überprüfte Puls und Atmung, dann inspizierte er die Kopfwunde. Sie war nicht zu tief, aber er musste die Blutung stoppen. Er rannte ins Badezimmer, holte ein feuchtes Tuch, riss dann seinen Rucksack auf und nahm ein kleines Erste-Hilfe-Set heraus. Die Blutung stillend, sprach er leise mit Karl, während er Druck auf die Wunde ausübte.

„Ich bin für dich da, Liebster", sagte er leise, dringlich. „Komm schon, wach jetzt auf, Karl. Du musst aufstehen. Kein Herumliegen mehr."

Lukas war am Boden zerstört, fühlte sich schuldig, das Zimmer verlassen zu haben, aber seine volle Aufmerksamkeit galt nun Karl, um ihn aufzuwecken. Wenn er eine Gehirnerschütterung hatte, musste er bei Bewusstsein sein. Er dachte daran, die 112 anzurufen, wusste aber, dass die Wunde nicht so schlimm war, dass sie Notfallhilfe erforderte. Es sei denn, er hatte wirklich eine Gehirnerschütterung. Er war hin- und hergerissen, seine Gedanken überschlugen sich.

Gerade dann kam Karl zu sich, stöhnte, sein Arm hob sich langsam, offenbar versuchte er, seinen Kopf zu erreichen.

„Es ist okay, Karl, ich bin hier", sagte Lukas mit Tränen in den Augen.

Die Wunde blutete nicht mehr. Während Karl dalag,

seine Augen flackernd öffneten, wusch Lukas die Wunde sanft mit warmem Wasser und Seife und trocknete sie ab, holte dann ein dickes Stück Gaze und lange Streifen chirurgisches Klebeband aus seinem Set. Nach der Vorbereitung legte er den Verband vorsichtig auf Karls Kopf und wickelte chirurgisches Klebeband um seinen Schädel, um ihn vorerst zu sichern.

Als Karl zu sich kam, atmete Lukas erleichtert auf, besonders als er zu sprechen begann, zunächst leise, aber mit wachsender Wut in seiner Stimme.

„Diese Bastarde ... Sie kamen wegen des Schleiers." Sofort versuchte er, sich aufzusetzen, besorgt, ob er noch da war.

Lukas drückte ihn zurück, schaute zu Karls rotem Rucksack, alle Gegenstände auf dem Boden verstreut zusammen mit der Currywurst und den verschütteten Colas, die er fallengelassen hatte – die Alabasterschatulle war weg.

„Ich fürchte, sie haben sie mitgenommen, Karl", sagte er. „Aber ich habe sie aus dem Hotel kommen sehen. Es waren dieselben Typen, die wir gestern auf der Brücke bei der Burg gesehen haben. Wenn ich raten müsste, würde ich sagen, es war Jakob Rausch. Er ist der Einzige, der das Rätsel kannte, wie Hana uns erzählt hat. Und ich habe ihn etwas sagen hören, dass ‚Dante das sofort sehen will.' Es muss der Schleier sein!"

„Sie müssen zur Burg gegangen sein und versucht haben, ihn selbst zu finden", murmelte Dengler, während er sich an seinen Partner lehnte. „Ich habe es vermasselt, Lukas. Ich hätte auf Michaels Rat hören und es in den Safe legen sollen."

„Gib dir nicht die Schuld. Woher sollten wir wissen,

dass Leute hinter uns her waren? Bleib hier und steh nicht auf. Ich gehe den Flur runter, um Eis zu holen."

„Ich wüsste im Moment keinen anderen Ort, wohin ich gehen könnte, danke."

EINUNDDREISSIG

E ineinhalb Stunden später betraten Dominic und Hana die Polizeistation Marburg, nur wenige Straßen entfernt vom berühmten gotischen Schloss *Landgrafenpalast* und der Universität Marburg. Da Marburg eine Universitätsstadt war, war die Polizei daran gewöhnt, junge, feiernde Studenten aufzulesen, die bis spät in die Nacht unterwegs waren, aber sie hatten selten mit Roma wegen irgendwelcher Vergehen zu tun – Roma, die immer noch das Stigma unerwünschter Einwanderer in Deutschland trugen.

Als sie sich der Empfangstheke näherten, stellte Dominic sich vor.

„Ich bin hier, um meine zwei jungen Schützlinge, Milosh und Shandor Lakatos, freizubekommen. Ich habe gehört, sie sind hier in Schwierigkeiten geraten?"

Der Beamte am Schalter blätterte in den Unterlagen, bis er die Akten der Jungen fand.

„Herr Pfarrer, die beiden wurden wegen überhöhter Geschwindigkeit und Fahrens ohne gültige Zulassung festgenommen. Zudem besteht der Verdacht auf illegalen Aufenthalt."

„Das kann ich mit Sicherheit ausschließen, Herr Inspektor." Dominic wählte bewusst die höfliche Anrede. „Diese Jugendlichen leben mit ihrem Vater in Frankreich. Ich fungiere hier lediglich als ihr Vormund während unserer besonderen ... Mission in Ihrem Land." Da dies durchaus der Wahrheit entsprach, überließ er es dem Polizeibeamten, sich darunter eine Art kirchlichen Auftrag vorzustellen.

„Was die Zulassung betrifft, können wir sie Ihnen faxen oder per E-Mail zusenden, sobald wir nach Frankreich zurückkehren. Und ich werde jede Strafe für das Geschwindigkeitsdelikt bezahlen. Wäre das akzeptabel, Herr Inspektor?" Dominic schenkte ihm sein entwaffnendstes Lächeln und griff an seinen Kragen, um seine ehrenhaften Absichten zu unterstreichen. Hana stand neben ihm, die Hände vor sich gefaltet, als wäre sie eine betende Akoluthin.

Der Diensthabende schaute beide ernst an, dann drehte er sich um und blickte auf die Lakatos-Jungen in der Arrestzelle.

„Die Strafe für das Geschwindigkeitsdelikt beträgt hundert Euro." Als Dominic nach seinem Portemonnaie griff, schrieb der Beamte etwas auf eine Karte. „Und dies ist unsere Faxnummer. Wenn Sie nach Frankreich zurückkehren, senden Sie uns bitte die Fahrzeugzulassung, und die Angelegenheit ist erledigt."

Dominic legte fünf Zwanzig-Euro-Scheine auf den Tresen. „Danke schön, Herr Inspektor, für Ihre Freundlichkeit in dieser Angelegenheit. Es wird nicht wieder vorkommen."

Mit seinem Schlüsselbund ging der Polizeibeamte zur

Arrestzelle und schloss sie auf. Die beiden Jungen kamen mit gesenkten Köpfen heraus.

„Es tut mir so leid, Pater Michael", sagte Milosh, als er sich ihm näherte, „dass Sie den ganzen Weg hierher kommen mussten."

Der Beamte ließ Dominic ein Freilassungsformular unterschreiben und übergab dann die Schlüssel für den BMW.

„Das ist ein zu schönes Auto für solche Leute", betonte er.

Das Vorurteil ignorierend, entschärfte Dominic die Spannung. „Ich werde dafür sorgen, dass sie die Geschwindigkeitsbegrenzungen in Zukunft einhalten, Herr Inspektor. Auf Wiedersehen." Er verließ zusammen mit den anderen das Polizeirevier.

Draußen wandte sich Dominic an die Jungen: „Wir hatten da drinnen echt Glück. Achtet auf dem Rückweg auf eure Geschwindigkeit, okay?" Beide nickten.

Als Dominic das sagte, klingelte sein Handy. Es war Lukas.

„Michael!", flehte er, offensichtlich verzweifelt. „Sie haben Karl verprügelt und ihn bewusstlos zurückgelassen!"

„Was?! Wer?"

„Ich glaube, es waren Jakob Rausch und seine Männer, insgesamt vier. Ich bin kurz raus, um Essen zu holen, und bin ihnen bei meiner Rückkehr begegnet, wie sie eilig aus dem Hotel kamen. Es kann nur er sein, Michael. Er ist der Einzige, der wusste, dass wir hinter dem Schleier her waren!"

„Langsam, Lukas. Wie geht's Karl?"

„Ihm geht's gut. Ein bisschen verwirrter als sonst. Ich

habe die Wunde versorgt und lasse ihn im Zimmer ruhen. Wie bald seid ihr zurück?"

„Wir fahren jetzt los und werden in etwa eineinhalb Stunden bei euch sein. Haben sie ihn mitgenommen? Den Schleier?"

Lukas schwieg einen Moment. „Ich fürchte, ja, Michael. Er ist weg."

Dominic war am Boden zerstört. Nach all der Arbeit, der Planung und Ausführung. Und von Jakob benutzt und verraten zu werden! Er fühlte, er hätte es besser wissen müssen als diesem Mann zu vertrauen, aber er hatte seine Geschichte glauben wollen. Das Beste in den Menschen glauben wollen. Stille Wut ergriff ihn.

„In Ordnung, Lukas. Kümmere dich gut um Karl, wir sehen uns bald."

„Noch eine Sache, Michael", sagte Lukas. „Der Anführer, ich glaube Jakob, sagte: ‚Dante wird das sofort sehen wollen.' Es kann nur der Schleier sein."

Schon wieder Dante! dachte Dominic, seine Wut wuchs weiter.

„Das ist das Letzte, was ich erwartet hätte zu hören", sagte er zu Lukas. „Okay, wir sind bald da."

Als er den anderen erklärte, was passiert war, konnten sie ihre Wut nicht zurückhalten. Die Zigeuner fluchten auf Romani, und auch Hana ließ ihren Gefühlen freien Lauf, besonders als sie hörte, dass ihr Cousin Karl verletzt worden war.

„Was können wir tun, um zu helfen, Pater Michael?", wollte Milosh wissen. „Wir tun alles, was du willst. Wir sind dir jetzt was schuldig, aber wir würden dir sowieso helfen diese Bastarde zu erwischen."

Dominic dachte einen Moment nach. „Ich weiß nicht, ob irgendjemand von uns im Moment etwas tun kann,

Milosh. Wir müssen zurück, sehen, wie es Karl geht, und unsere nächsten Schritte überlegen.

In der Zwischenzeit fahrt ihr zwei nach Hause. Wenn ihr helfen könnt, lasse ich es euch wissen. Versprecht mir, dass ihr nicht zu schnell fahrt, okay?" Er reichte ihm die Karte, die der Polizeibeamte ihm gegeben hatte. „Und lasst euren Vater sein Netzwerk nutzen, um das Fahrzeugzulassungsdokument zu erstellen, und lasst es an die Polizei faxen. Ich bin dafür verantwortlich, also lasst mich bitte nicht hängen."

Nach Miloshs herzlichem Versprechen, verabschiedeten sie sich mit Umarmungen und warmen Worten.

Im Jeep sahen Dominic und Hana sich an.

„Und jetzt?", fragte sie leise.

„Ich bin mir nicht sicher. Vielleicht kommt uns auf der Rückfahrt eine Idee. Jakob muss zur Rechenschaft gezogen werden, und wir brauchen den Schleier zurück. Und dann wäre da noch Dante."

Mit diesen Gedanken startete er den Motor, lenkte den Wagen die Straße hinauf zur Autobahn und jagte nordwärts in Richtung Hotel.

ANGESICHTS DER KOMMENDEN Herausforderungen zog Hana ihr Telefon hervor und wählte die Nummer ihres Großvaters, Armand de Saint-Clair. Sie brauchten flexible Transportmittel und schnellen Zugang zu Visa für die gesamte Gruppe.

KAPITEL

ZWEIUNDDREISSIG

I n der Wartehalle der Kinderklinik von *Bariloche* saß Hilda Fischbein, von Unruhe erfüllt. Nicht ihre Schwangerschaft – mit vierundzwanzig Jahren im fünften Monat mit ihrem ersten Kind – beunruhigte sie. Es war die Klinik selbst, ihre Atmosphäre und die Menschen, die dort arbeiteten, allen voran der rätselhafte Direktor, Dr. Kurtz. Dazu kam die unnachgiebige Überzeugung ihres Mannes Günther, dass ihr Kind hier zur Welt kommen müsse. Wäre er nicht geschäftlich unterwegs, würde er jetzt an ihrer Seite sein.

Während sie wartete, drifteten ihre Gedanken zu den Ereignissen, die sie hierhergeführt hatten. Vor fünf Monaten waren sie und Günther von Berlin in dieses argentinische Alpendorf gezogen. Zunächst hatte sie *Bariloche* gemocht: die kleine, überschaubare Stadt, die freundlichen Nachbarn, die alle Deutsch sprachen, die malerische Umgebung und die Architektur, die an ihre Heimat erinnerte. Die Geschäfte ähnelten denen in Berlin, und vertraute Lebensmittel waren leicht zu finden. Doch die spanische Sprache und die fremde Kultur stellten eine Herausforderung dar, auch wenn Hilda sich schneller eingewöhnte, als sie gedacht hatte.

ABER HIER GAB es etwas Verschwommenes, etwas Verstecktes oder Unnatürliches, das sie nicht genau benennen konnte. Und obwohl sie sicher war, dass Günther wusste, was es war, wich er dem Thema aus, wann immer sie es ansprach. Er war schließlich ein strenger Mann und sehr rigide in seinen Ansichten über Leben und Politik. Aber er hatte auch Geheimnisse. Das wusste sie einfach. Es gab Abende, an denen er stundenlang zu privaten Treffen mit dieser *Ahnenerbe*-Gruppe verschwand, wo andere Männer in der Stadt über ihr angestammtes Erbe diskutierten, so wurde ihr gesagt. Damals dachte sie nicht weiter darüber nach.

Hildas Unbehagen wuchs mit jedem Besuch in der Klinik. In den Stunden, wenn Günther bei der Arbeit oder abends unterwegs war, hatte sie gründlich recherchiert. Je mehr sie im Internet über die Geschichte der Klinik und das *Ahnenerbe* erfuhr, desto stärker wurde ihre Beklemmung.

Die Kinderklinik lag in einem unscheinbaren Backsteingebäude am Stadtrand von *Bariloche*, weit abseits der Straße. Kein Schild wies auf ihren Namen oder Zweck hin; sie war nur einer kleinen Gruppe im überwiegend deutschen Viertel bekannt. Zugang gab es nur nach Terminvereinbarung, und dieser wurde ausschließlich „qualifizierten" Eltern gewährt. Günther hatte ihr versichert, dass sie diese Kriterien erfüllten, und alle

Vorkehrungen selbst getroffen. Seine stolze Zufriedenheit über ihre Aufnahme irritierte Hilda zunehmend.

Obwohl die Klinik nahezu alle Annehmlichkeiten eines Krankenhauses bot, war sie vor allem eine Entbindungsstation. Deutsche Geburtshelfer und Hebammen dominierten das Personal, und die Neugeborenenstation war auffallend groß. Hilda entdeckte, dass die Klinik einzig und allein der Geburt und Nachsorge diente. Die Gründe für ihre Geheimhaltung lagen auf der Hand: Sie war Teil des *Lebensborn*-Programms, das darauf abzielte, arische Kinder zu gebären und aufzuziehen. Von Geburt an wurden die Kinder hier mit größter Sorgfalt betreut. Speziell geschulte Kindermädchen überwachten ihre Entwicklung, unterstützt durch Bildungsprogramme in ausgewählten Privatschulen. Diese Kinder waren dazu ausersehen, „Rote Falken" zu werden – eine neonazistische Entsprechung von Pfadfindern und Jungmädeln, deren Geist von Anfang an geformt wurde.

1935 initiiert, war *Lebensborn*, wörtlich „Quelle des Lebens", ein von der SS ins Leben gerufenes Programm mit einem einzigen Ziel: die Geburtenrate rassisch reiner Säuglinge im Einklang mit den Gesundheits- und Hygieneideologien der Nazis zu erhöhen. Angeblich 1945 mit dem Ende des Krieges aufgelöst, hatte Hilda in privaten deutschen Chatrooms entdeckt, dass viele solcher Kliniken weiterhin existierten, diskret und mehrdeutig unter Tausenden anderer schwangerer Frauen in ihrer Lage diskutiert – von denen die meisten zugaben, strenge, überhebliche Ehemänner mit rechtsextremen politischen Ideologien zu haben.

Was soll ich tun?!, sorgte sie sich. Günther verlassen? Ich will nicht, dass mein kleiner Junge als Nazi aufwächst!

„Frau Fischbein?", rief die stämmige Krankenschwester mit einem Klemmbrett den Frauen im Wartezimmer zu.

Mit einem Knoten im Magen stand Hilda auf, griff nach ihrer Handtasche und folgte der Schwester pflichtbewusst in den Untersuchungsraum.

KAPITEL

DREIUNDDREISSIG

Als sie das Hotelzimmer in Büren betraten, eilten Dominic und Hana zu Karl, der auf dem Bett lag. Lukas saß an seiner Seite.

„Karl, es tut mir so leid, dass ich dich in dieses Chaos gebracht habe", sagte Dominic und drückte mitfühlend die Schulter seines Freundes. Hana beugte sich vor und gab ihrem Cousin einen Kuss auf die Stirn, während sie seine Hand ergriff.

„Mach dir keine Sorgen, Michael", antwortete Dengler. „Wir stecken da alle zusammen drin, komme, was wolle. Wir kennen die Risiken. Aber ich möchte definitiv ein persönliches Gespräch mit deinem Freund Jakob Rausch führen, wenn ich ihn wiedersehe. Und mit einem der Schläger, den sie Günther nannten. Er war derjenige, der mich festgehalten hat, während der andere mich mit der Pistole niederschlug."

„Er ist kein Freund von mir – aber ich stimme zu, Jakob muss sich jetzt wirklich verantworten. Wir werden sie finden, Karl. Bist du in der Zwischenzeit reisefähig?"

„Oh, sicher. Lukas hat gut für mich gesorgt. Mir geht's gut."

„Gut. Dann lasst uns aufbrechen. Es sind sechs Stunden Fahrt nach Paris, wo Hana arrangiert hat, dass wir den Jet ihres Großvaters nutzen können. Wir fliegen zurück nach Buenos Aires, um uns zuerst um Dante zu kümmern. Ich habe mit Kardinal Petrini über meine Notwendigkeit deiner Hilfe gesprochen, und er wird deinen verlängerten Urlaub mit deinem Kommandanten klären."

MIT DEM TEAM nun an Bord der Dassault Falcon 900 hob der Jet des Barons sanft vom Flughafen *Paris–Le Bourget* für den Transatlantikflug ab. Er machte einen kurzen Stopp zum Auftanken in der Dominikanischen Republik, dann ging es südwärts nach Buenos Aires. Durch seine diplomatischen Beziehungen hatte Hanas Großvater beschleunigte argentinische Visa für das Team organisiert, was die übliche Wartezeit hilfreich umging.

Die beiden jungen Schweizergardisten waren noch nie in einem Privatjet geflogen und staunten über die Effizienz, die solch luxuriöses Reisen bot, besonders angesichts der Dringlichkeit ihrer neuen Mission. Doch sie waren alle ziemlich müde, und mit einem langen Flug vor sich suchten beide bequeme Plätze, um etwas Ruhe zu finden.

Außer Dominic. Die Wut hatte ihn so im Griff, dass er in keiner Position Trost finden konnte. Er stand auf und ging die Kabine entlang, hin und her, immer wieder. Selbst das Gehen und Beten dämpften seine Emotionen nicht. Dass er überhaupt auf Jakobs ganze Geschichte hereingefallen war, so historisch überzeugend sie auch war, erschütterte ihn. *Warum sollte er den Schleier stehlen und*

197

dabei einen von uns verletzen, wo wir ihn doch als Teil unseres Teams betrachtet haben? Ich hatte ihm versichert, dass sie gut entlohnt würden. Was war seine wahre Absicht?

Dominic bezweifelte inzwischen, dass es etwas so Einfaches war wie der Verkauf des Artefakts, um Christofs Vater zu helfen, sein Weingut zu retten. Vernünftige Menschen handelten nicht auf diese Weise. Nein, hier ging etwas anderes vor sich.

Er setzte sich auf den Ledersitz gegenüber von Hana. Sie hatte aus dem Fenster gestarrt, ihren eigenen Gedanken über die Ereignisse des Tages nachhängend, als ihr Blick sich Michael zuwandte.

„Ich kaufe es ihm nicht ab", sagte sie entschieden. „Jakobs Geschichte, dass er den Schleier verkaufen wollte, um Christofs Vater zu helfen."

„Das wollte ich auch gerade sagen", antwortete er. „,Große Geister denken gleich."

„– obwohl Narren selten unterschiedlich denken", ergänzte Hana das Sprichwort. „Wie konnten wir uns so täuschen lassen, Michael? Ich dachte, wir wären beide klüger als das."

„Jakob hatte eine glaubwürdige Geschichte. Und ich vermute, er hat uns viel mehr erzählt, als er wahrscheinlich beabsichtigte. Aber was ist sein Endziel? Was haben sie mit dem Schleier vor? Und wie ist Dante involviert?! Immer noch zu viele Fragen."

„Könnte Kardinal Petrini uns hierbei helfen?"

Dominic dachte einen Moment nach. „Wir haben noch nicht genug, um ihm etwas Konkretes vorzulegen, damit er wirklich nützlich sein kann. Er wird aber bereit sein, wenn wir ihn brauchen."

Es war sieben Uhr abends, als die Dassault auf dem

internationalen Flughafen *Ezeiza* in *Buenos Aires* landete. Nach dem Aussteigen ging Hana voraus zum VIP-Bereich in Terminal A, wo Zoll und Passkontrolle für Privatjet-Ankünfte abgewickelt wurden. Sie hatte einen Limousinenservice organisiert, der sie alle zurück zum *Alvear Palace Hotel* brachte, wo sie in drei reservierte Zimmer eincheckten, wobei Karl und Lukas sich eines teilten.

„Warum bestellen wir nicht jeder einfach den Zimmerservice zum Abendessen und schlafen dann bis morgen?", schlug Hana vor, während sie im Aufzug hinauffuhren. Alle nickten schweigend zustimmend, müde von der langen Reise.

Als sie aus dem Aufzug stiegen und zu ihren Zimmern gingen, bemerkte Hana einen auffallend gutaussehenden Mann, der in ihre Richtung kam. Definitiv militärisch, dachte sie und bewunderte die Fitness in seinem Schritt. Als sie aneinander vorbeigingen, suchte der Mann direkten Augenkontakt mit ihr.

„Bonjour", sagte er freundlich im Vorbeigehen.

Hana errötete, als sie den Gruß erwiderte. Französisch. Nett.

Beim Frühstück im Speisesaal des Hotels am nächsten Morgen legte Dominic die Tagesagenda fest.

„Zuerst möchte ich mich wieder mit Javier Batista treffen, um zu sehen, was er noch über diese *Ahnenerbe*-Organisation weiß. Dann sollten wir versuchen, Dante zu sehen und ihn direkt nach seinen Verbindungen zu dieser Gruppe und speziell zu Christof Prager zu fragen. Ich erwarte nichts anderes als seine verdrehte Version der Wahrheit, aber es könnte den Aufwand wert sein."

Er wandte sich an die beiden Schweizergardisten.

„Karl, warum genießt ihr beide heute nicht etwas Freizeit, erkundet die Stadt und seht euch die Sehenswürdigkeiten an, während Hana und ich uns um diese Dinge kümmern? Ihr seid schließlich noch im Urlaub."

Dengler grinste und schaute Lukas an. „Ich hatte irgendwie gehofft, dass das unser Auftrag hier sein würde. Zumindest, bis ihr uns für etwas braucht."

Nach dem Frühstück machten sich Karl und Lukas zu Fuß auf, um die Stadt zu erkunden, während Dominic einen Anruf beim lokalen Interpol-Büro von Batista tätigte. Nach einem kurzen Gespräch mit seinem Assistenten beendete er den Anruf.

„Javier kann uns in einer Stunde empfangen. Danach werden wir einfach unangemeldet in Dantes Büro vorbeischauen, in der Hoffnung, dass er da ist. Ich möchte ihm lieber keinen Hinweis geben, dass wir kommen."

„Das ist sicher klug", sagte Hana. „Er weiß wahrscheinlich ohnehin schon, dass wir hier sind, angesichts seiner Vorliebe für Spione."

Nachdem sie sich in ihren Zimmern frisch gemacht hatten, trafen sie sich wenige Minuten später in der Lobby, und der Portier rief ein Taxi für sie.

„Danke, dass Sie uns so kurzfristig empfangen, Javier", sagte Dominic und begrüßte den Agenten herzlich. „Wir sind wegen derselben Mission wie zuvor nach Argentinien zurückgekehrt, obwohl seit unserem letzten Treffen viel passiert ist."

Er schilderte Batista, wie sie nach mühsamer Suche alle drei Fragmente aufgespürt hatten – ohne ins Detail zu gehen – und schließlich das heilige Artefakt fanden, das sie so lange gesucht hatten. Er erwähnte auch den Vorfall, bei dem Karl verletzt wurde, als das Objekt gestohlen wurde, vermutlich von Jakob Rausch und Christof Prager mit zwei Komplizen. Dies ließ vermuten, dass das Artefakt für finstere Zwecke nach Argentinien zurückgebracht worden war.

„Das ist eine unglaubliche Geschichte, Padre", sagte Batista. „Nach all Ihrer Mühe, dieses Artefakt zu finden, tut es mir leid, das zu hören. Wie kann ich Ihnen helfen?"

„Javier", begann Dominic, „was können Sie uns noch über Jakob Rausch und seinen Komplizen Christof Prager sagen? Es gab auch jemanden namens Günther, Nachname unbekannt, und einen vierten Mann, über den wir nichts wissen. Wir wollen keine Rache. Wir wollen nur die Rückgabe des Artefakts, das wir gefunden haben und das uns brutal gestohlen wurde."

Batista stand auf, schloss die Tür seines Büros, setzte sich wieder und zog die Tastaturschublade unter seinem Schreibtisch hervor. Er tippte eine Reihe von Wörtern in ein Formular auf dem Bildschirm, und wenige Augenblicke später erschien Jakob Rauschs Akte auf der Anzeige der Interpol-Datenbank für Einzelpersonen. Wenn Rausch jemals irgendwo auf der Welt mit der Polizei zu tun gehabt hätte, würde es hier erscheinen.

„Es scheint, dass unser junger Señor Rausch eine saubere Weste hat. In unserer Datenbank sind keine bekannten Verbrechen verzeichnet."

Batista betrachtete den Bildschirm genauer, überflog die kleineren notierten Details und lehnte sich dann in seinem Stuhl zurück.

„Wie Sie vielleicht wissen, lebt Jakob in Paris, besitzt aber auch ein Haus in *Bariloche*. Er hat Millionen von seinem Großvater, dem SS-Oberst Walther Rausch, geerbt. Solche Fälle sind, wie Sie sich denken können, äußerst verwickelt. Die strenge Geheimhaltung der Schweizer Bankgesetze nach dem Krieg hat selbst Interpol daran gehindert, die Herkunft vieler zweifelhafter Vermögen zu klären, obwohl für Außenstehende offensichtlich ist, dass diese oft aus dem Besitz von Juden und anderen Opfern des Nazi-Regimes stammen.

Laut diesen Notizen hat Oberst Rausch ein beträchtliches Vermögen in Gold angehäuft, das Jakob vor wenigen Monaten bei einer Schweizer Bankfiliale in Santiago in Chile, eingefordert hat."

„Ja", sagte Dominic nickend, „Jakob hat das erwähnt, als wir uns das erste Mal trafen, dass er Geld von seinem Großvater geerbt hatte und sich zu der Zeit um dessen Nachlass kümmerte. Er glaubte auch, dass die Gelder von zweifelhafter Herkunft seien, distanzierte sich jedoch davon, es weiter zu untersuchen. So fing alles an, tatsächlich. Die Existenz der Fragmente und des Artefakts kam ihm durch die Hinterlassenschaften seines Großvaters zu Ohren."

„Es gibt hier noch etwas, das mir Sorgen bereitet, das ich zuvor nicht bemerkt hatte", sagte Batista und zeigte auf den Bildschirm. „Der junge Rausch scheint mit einem aktiven Ableger der Organisation *Ahnenerbe* verbunden zu sein, den wir erst kürzlich zu untersuchen begonnen haben."

Batista stand auf und ging langsam in seinem Büro auf und ab, rieb sich mit beiden Händen das Gesicht, während er über etwas nachdachte. Er blieb vor einem gesicherten Aktenschrank stehen, drehte das Kombinationsschloss mehrmals und öffnete die oberste Schublade.

„Dies ist ein kürzlich freigegebenes CIA-Dokument, das deutsche nationalistische und neonazistische Aktivitäten in Argentinien behandelt, etwas, das Sie wissen müssen. Es gibt zwei Absätze, die ich Sie besonders lesen lassen möchte."

Er reichte Dominic und Hana das Papier . Sie lasen die beiden Abschnitte, die Batista hervorgehoben hatte.

CENTRAL INTELLIGENCE AGENCY
GEHEIM

… Die Situation in Argentinien ist besonders günstig für eine solche Wiederbelebung. Eine gut etablierte Stay-behind-Organisation wurde vor dem Rückruf oder der Ausweisung deutscher Beamter und bekannter Nazi-Agenten eingerichtet. Sowohl die neonazistische Bewegung in Argentinien als auch die radikalen und nationalistischen Organisationen in Deutschland leiden unter mangelnder Einheit und dominierender Führung. Sie werden jedoch im Allgemeinen von einem einzigen grundlegenden Ziel geleitet, nämlich die demokratische Marktwirtschaft zu zerstören oder zu delegitimieren … durch die Einrichtung starker totalitärer Regierungen.

Die verstreuten Neonazis teilen auch einen gewissen Optimismus hinsichtlich der Zukunft und scheinen über reichliche finanzielle Unterstützung zu verfügen. Hinweise auf die Absicht, nazistische Aktivitäten fortzusetzen, und den Glauben an eine Wiederbelebung des Nationalsozialismus in vielen Teilen der Welt sind unter Deutschen in Argentinien seit 1946 erkennbar. Ein beträchtlicher Strom deutscher Einwanderung, einschließlich Veteranen der Wehrmacht und SS, Nazi-Ökonomen, Propagandisten, Geheimdienstagenten, Wissenschaftlern und militärischen Spezialisten, ist seit 1945 nach Argentinien geflossen …

„Was ich Ihnen jetzt sage, muss absolut vertraulich behandelt werden. Wir haben schon seit einiger Zeit den

Verdacht, dass ein neonazistisches Element in unserem Land, speziell in *Bariloche*, in ein Eugenik-Programm verwickelt ist, um Kinder reiner arischer Abstammung zu produzieren. Es gibt hier keine spezifischen Gesetze dagegen, aber was uns natürlich Sorgen bereitet, sind ihre langfristigen Absichten. Ein derart abscheuliches Konzept wurde während des Zweiten Weltkriegs von Dr. Josef Mengele, dem ‚Todesengel' von Auschwitz, stillschweigend durchgeführt, mit katastrophalen Folgen für seine Versuchspersonen.

Die Kinderklinik, wie sie genannt wird, hat strenge ‚Mitgliedschafts'-Voraussetzungen, bei denen die Ausgewählten erbliche Dokumente vorlegen müssen, die germanische oder nordische Abstammung über viele Generationen hinweg belegen. Und offenbar werden diese Nachweise sorgfältig überprüft.

Wir versuchen, jemanden in diese Klinik einzuschleusen, um ihre Aktivitäten objektiver zu überwachen", schloss Batista beiläufig. „Aber wir hatten bisher wenig Erfolg. Genauer gesagt, gar keinen.

Nun, lassen Sie uns diesen Prager überprüfen."

Zurück an seinem Platz, gab Batista die nötigen Informationen ein, um die Datenbankdetails zu Christof aufzurufen. Bestätigend, was Batista bereits wusste, war auch er eng mit der *Ahnenerbe*-Bewegung verbunden, deren Einzelheiten seine Assistentin, Rosa Cruz, bei ihrem letzten Treffen bereits Dominic und Hana erläutert hatte.

„Hmm … das ist interessant", sagte Batista, während er auf den Bildschirm starrte. „Christof Prager scheint ebenfalls mit der Kinderklinik verbunden zu sein. Das sind einige gut finanzierte, lokal einflussreiche Leute. Da diese Operation von einem meiner Kollegen bearbeitet wurde, wären solche Informationen bisher nicht über meinen Schreibtisch gegangen."

Er hielt inne, dachte einen Moment nach und wandte sich dann an Dominic und Hana.

„Glauben Sie, dass das Interesse an Ihrem Artefakt etwas mit dem Eugenik-Programm des *Ahnenerbes* zu tun haben könnte?"

KAPITEL

VIERUNDDREISSIG

„E ugenik?", rief Hana aus und hinterfragte den Zusammenhang mit dem Schleier. „Wie könnte das überhaupt damit zusammenhängen?"

Im Raum herrschte Stille, während Dominic und Hana über die Frage nachdachten.

Als ihnen die Möglichkeiten dämmerten, wandten sie sich einander zu, ihre Gesichter kreidebleich.

„Denkst du, was ich denke?", fragte Hana mit Angst in den Augen.

„Könnte es das Blut sein?", überlegte er nervös und hielt Hanas Blick fest.

„Das ist einfach nicht möglich! Kann DNA überhaupt so lange überdauern?", erwiderte sie, ihr Verstand raste.

Dominic nickte, seine Stimme wurde dringlicher. „Ja, das ist möglich. Wir wissen, dass DNA bis zu einer Million Jahre überdauern kann."

Batista spürte, dass gerade etwas Bedeutendes passiert war. „Moment! Was verschweigen Sie mir?", drängte er. „Welche DNA?"

Nun war es an Dominic, aufzustehen und im Raum auf und ab zu gehen. Er holte tief Luft.

„Das Einzige, was wir Ihnen bisher nicht verraten haben, Javier, war die Natur des Artefakts. Nicht aus Angst, dass man Ihnen nicht trauen könnte, glauben Sie mir. Es schien bis jetzt einfach nicht notwendig. Dank Ihnen beginnen sich Teile von Jakobs Plan zusammenzufügen.

Haben Sie je vom Schleier der Veronika gehört? Dem *Sudarium*, dem Schweißtuch, das eine Frau aus der Menge der Zuschauer Jesus reichte, als er das Kreuz zu seiner Kreuzigung trug? Das Tuch, auf dem sein heiliges Antlitz in allen Details übertragen wurde und das der Legende nach in den Besitz von Maria Magdalena gelangte?"

„Ja, natürlich, uns allen wurde als Kind die Geschichte vom Schleier erzählt."

„Das ist das Artefakt, das wir gefunden haben, Javier, und das uns von Rausch und Prager gestohlen wurde! Es war in einem geheimen Nazi-Tresor in einer Burg in Deutschland versteckt, die einst von Heinrich Himmler genutzt wurde. Wir haben es erst vor wenigen Tagen wiederentdeckt, nachdem wir alle drei Fragmente eines Ortsrätsels gefunden hatten, das Himmler 1945 geschrieben hatte."

Dominic gab Batista weitere Hintergründe über die ursprüngliche Förderung der französischen Expedition von 1937 durch die *Ahnenerbe*, die zu Otto Rahns Entdeckung des Schleiers führte, sowie die Details ihrer eigenen kürzlichen Unternehmungen auf der *Wewelsburg*.

„Als wir die Alabasterschatulle öffneten und den Schleier betrachteten, gab es klare Anzeichen von Blut darauf – Blut, aus dem möglicherweise DNA extrahiert werden könnte. Das Blut und die DNA von Jesus Christus!"

Dominic sprach jetzt schnell, wurde immer lebhafter.

„Adolf Hitler selbst war überzeugt, dass Jesus ein ‚arischer Kämpfer' war, der von einer langen Linie alter Israeliten abstammte, Nachkommen von Abraham, Jakob und Isaak. Rausch und Prager hätten das natürlich gewusst, was offensichtlich ihren Entschluss bestärkte, den Schleier um jeden Preis zu bekommen .

Aber sein potenzieller Einsatz in einem arischen Eugenik-Programm ist undenkbar!"

„Ein Grund mehr, ihn zurückzubekommen", betonte Hana. „Javier, wir könnten Ihre Hilfe wirklich gebrauchen."

„Das ist nicht etwas, das Interpol allein tun kann, fürchte ich. Wir sind im Wesentlichen ein Koordinator für Strafverfolgungsinformationen, keine Polizeibehörde. Aber wenn wir lokale Behörden dazu bringen können, mit uns zusammenzuarbeiten, haben wir bessere Chancen."

„Wir haben vor zwei Wochen den Polizeichef von *Bariloche*, Ramón Santos, getroffen, als wir hier waren", fügte Hana hinzu. „Er schien damals hilfsbereit. Ich bin sicher, wir könnten uns auf ihn verlassen."

„Sie müssen bedenken", warnte Batista, „dass in einer kleinen Stadt wie *Bariloche* – mit einer so großen und einflussreichen deutschen Bevölkerung – Sie auf Widerstand stoßen könnten, wenn es darum geht, eine ihrer legitimen Einrichtungen zu durchsuchen. Wir wissen nicht, wie tief die Verbindungen der *Ahnenerbe* dort reichen, aber wir müssen davon ausgehen, dass sie nicht ohne mächtigen politischen Einfluss sind."

„Dann müssen wir vielleicht auf eigene Faust handeln", sagte Dominic mit einem Hauch von Wut in der

Stimme, als er sich setzte. „Wenn das tatsächlich ihr Plan ist, ist es ein unverzeihliches Unterfangen."

„Ich stimme zu, dass etwas getan werden muss, Michael", sagte Hana und legte ihre Hand auf seine Schulter, um ihm Zuspruch zu geben. „Wenn die lokalen Behörden nicht können oder nicht bereit sind zu helfen, sollten wir die Sache selbst in die Hand nehmen. Dieser Schleier sollte im Vatikan sein, nicht im Besitz von Neonazis mit einem solchen profanen Plan. Vielleicht können mein Großvater und seine Team-Hugo-Kollegen uns helfen."

„Team Hugo" bezog sich auf das Triumvirat aus Baron Armand de Saint-Clair, dem französischen Präsidenten Pierre Valois und dem vatikanischen Staatssekretär Kardinal Enrico Petrini – alle enge Kameraden im Kampf während des Zweiten Weltkriegs im Maquis, einem Spezialoperationszweig der französischen Widerstandsbewegung.

Da Saint-Clair Hanas Großvater war, Valois ihr Pate und Petrini Michael Dominics Mentor während seines ganzen Lebens, hatten sie Zugang zu einer mächtigen Armee kombinierter Ressourcen.

Dominic fühlte sich plötzlich ermutigt.

„Ja! Pierre Valois kennt sicher den Präsidenten von Argentinien, wenn es darauf ankommt. Und die Macht, den Vatikan offiziell hinter uns zu haben, wäre unschätzbar, obwohl ihre Beteiligung völlig diskret bleiben müsste. In diesem Stadium wollen wir keine Publicity über die Existenz des Schleiers, bis er einer gründlichen Analyse unterzogen wurde, damit die Kirche nicht als töricht dasteht."

„Javier", fragte Hana, „Max Colombo erwähnte einmal, dass Sie enge Verbindungen zum Mossad haben. Wäre diese Art von Aktivität nicht etwas, das die Israelis unterdrückt sehen wollen? Eine Produktionslinie von Neonazis mit dem Blut Abrahams in ihren Adern?"

„Nun, wenn Sie es so ausdrücken, ist es in der Tat eine erschreckende Vorstellung", gab der Agent zu. „Ich denke, wir können darauf zählen, dass der Mossad unsere Bemühungen unterstützt, obwohl, wie bei der Kirche, Diskretion oberstes Gebot wäre. Der Mossad sucht weder Anerkennung noch Publicity für seine Aktionen und arbeitet weitgehend im Verborgenen.

Was das betrifft", fragte Batista, „was denken Sie, sollten unsere nächsten Schritte sein?"

„Das erfordert sorgfältiges Nachdenken. Wir reisen morgen für ein paar Tage nach *Bariloche*. Können Sie uns begleiten? Wir haben unser eigenes Flugzeug, also ist die Transportfrage geklärt."

„Ich muss ein paar Dinge umorganisieren, aber ja, ich kann mitkommen. Wir können in der Zwischenzeit einen Plan ausarbeiten."

Dominic stand auf und schaute beide an.

„Lasst uns einfach beten, dass wir das richtig hinbekommen. Die Italiener haben ein Sprichwort: Quando Dio vuole castigarci, ci manda quello che desideriamo."

Hana hob nachdenklich die Augenbrauen und übersetzte es für Batista. „Wenn Gott uns bestrafen will, erfüllt er unsere Wünsche."

FÜNFUNDDREISSIG

Auf den Kopfsteinpflasterstraßen von *San Telmo*, dem ältesten und lebendigsten Viertel *Buenos Aires'*, schlenderten Karl und Lukas durch einen pulsierenden Straßenmarkt. Hunderte Händler boten Krimskrams, Kunst und Antiquitäten feil, während Imbissstände den Duft von *Asado*, *Empanadas* und anderen regionalen Köstlichkeiten verströmten. Ein elegantes Paar in bunter, festlicher Kleidung tanzte Tango zu den Klängen eines *orquesta típica* – zwei Violinen, Flöte, Klavier, Kontrabass und zwei *Bandoneons* –, die die Luft mit leidenschaftlicher Musik erfüllte.

Für die Schweizergardisten, deren Pflichten im Vatikan allgegenwärtig und einschränkend waren, war dies ein seltener Genuss. Zwar kannte Rom ähnliche Freiluftfeste, doch in der romantischen Atmosphäre Argentiniens wirkte alles besonders magisch.

Karl zog Lukas sanft in Richtung der nächsten Bushaltestelle. „Die Metropolitan-Kathedrale ist ganz nah,

Lukas. Lass uns die Kirche unseres Heiligen Vaters besuchen!"

Die Busfahrt dauerte kaum zehn Minuten. Am Ziel begrüßte sie ein Bauwerk, das eher an einen griechischen Tempel als an eine Kathedrale erinnerte: Zwölf neoklassizistische Säulen, goldgekrönt und die Apostel Christi symbolisierend, trugen ein wuchtiges, mit Flachreliefs verziertes Giebeldreieck.

Durch eine der beiden Haupttüren traten sie ein und wurden sogleich vom Anblick der mächtigen Walcker-Orgel von 1871 gefesselt, die mit über 3.500 Pfeifen über dem Altarraum thronte. Der Boden, geschmückt mit religiösen Symbolen und venezianischen Mosaiken, zog ihre Blicke an, während sie den einundvierzig Meter hohen Gewölberaum betraten.

Erstmals 1593 erbaut, war die *Catedral Metropolitana de Buenos Aires* wirklich das architektonische und historische Kronjuwel der Stadt.

Zu dieser Tageszeit waren überraschend wenige Menschen in ihr, was Karl und Lukas eine gute Gelegenheit bot, eine Kerze anzuzünden und Zeit zur Besinnung zu verbringen. Sie bewegten sich zum vorderen Bereich des Hauptaltars und knieten schweigend im Schatten einer großen Marmorsäule, die Köpfe im Gebet gesenkt.

Nach einigen Momenten setzten sich beide jungen Männer in die Bank zurück, still die heilige Pracht des Raumes aufnehmend, als sie leises Sprechen von hinten hörten, Stimmen, die sich dem Mittelschiff entlang näherten. Es klang, als ob jemand eine Führung gab.

Neugierig warf Karl einen Blick über die Schulter, um die kleine Gruppe von Männern zu sehen, vier an der

Zahl, die sich dem Altarraum näherten. Er erstarrte, als er sah, wer es war.

„Lukas!", flüsterte er und nickte mit dem Kopf in Richtung der Gruppe, als Lukas sich zu ihm wandte.

Instinktiv duckten sich Karl und Lukas, als wollten sie tiefes Gebet vortäuschen, während Kardinal Dante Jakob Rausch, Christof Prager und Günther zu einer verborgenen Tür am südlichen Querschiff führte und diese hinter sich schloss.

„Als ob wir noch mehr Beweise für Dantes Verrat bräuchten!", zischte Karl, seine Wut loderte auf. „Gott hat uns aus einem Grund hierhergeführt, Lukas. Komm, wir müssen die anderen warnen."

Sie huschten den schattigen nördlichen Seitengang des Mittelschiffs entlang, verließen die Kathedrale durch die Haupttür und eilten zurück zum Hotel.

„Aber Eminenz", stammelte Jakob, „Dominic und seine Leute werden alles tun, um den Schleier zurückzubekommen. Sie müssen ausgeschaltet werden! Gibt es niemanden im Vatikan, der sie zurückrufen könnte?"

„Ich fürchte, Dominic hat mehr Einfluss, als ich dort ausrichten kann", knurrte Dante. „Sie müssen das auf Ihre Weise regeln. Mein Segen ist Ihnen gewiss. Ihre Priorität ist, den Schleier zu sichern und die DNA-Extraktion zu beginnen." Gereizt fuhr er fort: „Muss ich denn jede Entscheidung selbst treffen?"

„Der Schleier ist sicher, Eminenz", versicherte Christof ihm. „Und nein, wir erwarten keineswegs, dass Sie diese Entscheidungen treffen. Wir hatten nur gehofft, es gäbe einen weniger gewaltsamen Weg, die Probleme, die diese

Schweine machen, zu beseitigen. Aber wir werden uns selbst darum kümmern."

Dominic und Hana stiegen vor den Verwaltungsbüros der Metropolitan-Kathedrale aus dem Taxi, die sich auf der gegenüberliegenden Seite des Gebäudes befanden, von der Karl und Lukas gerade herausgekommen waren.

Durch die vergoldeten Barocktüren gingen sie zum Empfangstisch.

„Mein Name ist Pater Michael Dominic, Präfekt des Vatikanischen Apostolischen Archivs. Würden Sie mich bitte bei Kardinal Dante anmelden?"

„Haben Sie einen Termin bei Seiner Eminenz, Pater Dominic?", fragte die ältere spanische Nonne.

„Nein, ich fürchte, ich habe keinen."

„Lassen Sie mich bitte seinen Sekretär anrufen und nachfragen."

„Natürlich", sagte Dominic. Er und Hana nahmen im Wartebereich Platz.

Es klopfte kurz an der Tür, woraufhin Dantes Sekretär sein Büro betrat und ein kleines Stück gefaltetes Papier überreichte. Er reichte es dem Kardinal schweigend und wartete auf Anweisungen.

„Es sieht so aus, als müsste unser Treffen enden, meine Herren. Pater Dominic und vermutlich Hana Sinclair warten darauf, mich zu sehen, während wir sprechen. Bitte verlassen Sie das Gebäude durch denselben Eingang, den wir benutzt haben, zurück durch die Kirche, und versuchen Sie, nicht gesehen zu werden."

„Ich wusste es! Sie sind bereits hier", knurrte Christof. „Wir fahren jetzt zurück nach *Bariloche*, Eminenz. Falls nötig, können Sie uns dort erreichen."

Dantes Sekretär, der große und schlaksige Pater

Vannucci, kam aus Dantes Büro und näherte sich Dominic und Hana im Wartezimmer.

„Trotz fehlendem Termin wird Seine Eminenz Sie jetzt empfangen." Er streckte eine knochige Hand aus, die beide zum Büro des Kardinals wies, und blieb hinter ihnen, als sie sich der geschlossenen Tür näherten. Er trat vor, öffnete die Tür und bat sie höflich hinein.

„Soll ich bleiben und Notizen machen, Eminenz?", fragte Bruno.

„Nein, Bruno, sie werden nicht lange bleiben. Nun, Pater Dominic, Frau Sinclair – welchem, ähem, Anlass verdanke ich Ihren Besuch?"

„Dürfen wir uns setzen, Eminenz?", fragte Dominic.

„Natürlich, aber ich habe nicht viel Zeit." Dante nahm hinter seinem Schreibtisch Platz, legte die Fingerspitzen aneinander und wartete darauf, den Grund ihres Besuchs zu erfahren.

„Das wird nur ein paar Minuten dauern", begann Dominic. „Wir wissen, dass Sie Männer namens Jakob Rausch und Christof Prager kennen und irgendwie mit ihnen involviert sind. Darf ich fragen, ob diese Information korrekt ist und worum es bei diesem Geschäft gehen könnte?"

„Ich treffe im Laufe meiner täglichen Angelegenheiten viele Menschen, Pater Dominic. Diese Namen sagen mir nichts, aber natürlich ist es immer möglich, dass wir uns begegnet sind. Ich finde es jedoch ziemlich anmaßend, dass Sie nach meinen Geschäften fragen. Können Sie mir die Ehre erweisen, die Natur dieser Inquisition zu erläutern?"

Dominic beugte sich in seinem Stuhl vor. „Diese beiden Männer haben uns etwas von erheblicher Bedeutung gestohlen – ein Artefakt, das möglicherweise das Blut Jesu

Christi enthält. Und wir haben guten Grund zu glauben, dass sie DNA, die aus diesem Blut extrahiert wurde, in einer abscheulichen Kampagne verwenden werden, um arische Kinder zu produzieren."

Dante brach in schallendes Gelächter aus. „Das können Sie nicht ernst meinen! Das ist das Absurdeste, was ich je gehört habe, und dass es von einem Mann Gottes kommt, macht es noch lächerlicher. Haben Sie den Verstand verloren, Dominic?"

Hana fuhr entschlossen dazwischen. „Ob Sie es glauben oder nicht, Eminenz, unsere Worte sind wahr, so ungeheuerlich sie klingen und so unfassbar der Plan dieser fanatischen Ideologen erscheint. Als Mann Gottes hätte ich von jemandem wie Ihnen zumindest ein Mindestmaß an Vertrauen in Pater Dominic erwartet, der stets in gutem Glauben für die Kirche gehandelt hat."

„Ich könnte über diesen letzten Punkt diskutieren", entgegnete Dante spöttisch, „aber sei's drum – was hat das alles mit mir zu tun? Ich bin bloß ein einfacher Gemeindepriester in den abgelegenen Winkeln Südamerikas."

Dominic sprang auf und schlug mit der Faust auf den Schreibtisch.

„Verdammt, Dante! Sie wissen verdammt gut, dass diese Leute mit dem Werk des Teufels herumspielen, und Sie haben die Macht, es zu stoppen!"

„Sparen Sie sich diesen Ton, junger Mann!", fuhr Dante auf und sprang von seinem Stuhl. „Ich lasse mich nicht derart belehren. Verlassen Sie sofort meine Kirche!"

„Das ist noch nicht vorbei", drohte Dominic und deutete auf den Kardinal. „Seine Heiligkeit wird von Ihrer Verbohrtheit erfahren. Sie halten sich hier für sicher in der Provinz? Warten Sie es ab."

Mit diesen Worten nahm Dominic Hanas Arm und führte sie aus dem Büro, den Flur entlang und aus dem Gebäude. Schweigend schritten sie die Straße hinunter, Dominic noch immer erhitzt von der Auseinandersetzung.

Nach einigen Minuten brach Hana das Schweigen. „Wir haben es versucht, Michael. Aber wir haben ohnehin wenig von ihm erwartet, oder? Wir werden das allein lösen. Javier wird uns helfen, und mein Großvater mit seinen Kontakten wird alles tun, was in seiner Macht steht – das weißt du."

„Meine Wut auf Dante hat sich schon eine Weile aufgestaut", gestand er, „und das hat mir die Gelegenheit gegeben, Dampf abzulassen, wenn schon nichts anderes. Ich fühle mich jetzt viel besser." Er sah sie an, seufzte und lächelte.

„Er hat das verdient, und noch viel mehr", gab sie zu. „Es ist sinnlos, sich auf ihn für irgendetwas zu verlassen. Kannst du ihn wirklich in ein anderes ‚Hinterland' versetzen lassen, wie er es nannte?"

Er sah sie an. „Das hängt davon ab. Wenn der Schleier nie wieder gefunden wird und seine Existenz bestritten wird, gäbe es keine Grundlage für irgendeine Vergeltung. Aber Kardinal Petrini kann den Mann selbst nicht ausstehen, und sobald der Papst erfährt, was passiert, würde ich Dantes Karriere nicht viel Hoffnung geben. Das setzt voraus, dass der Schleier überhaupt wieder gefunden werden kann."

„Lass uns zum Hotel zurückkehren, zu Abend essen und morgen nach *Bariloche* aufbrechen. Vielleicht sind Karl und Lukas zurück, und sie können sich uns anschließen. Alles, was wir durchgemacht haben, wird umsonst gewesen sein, wenn wir diesen Schleier nicht zurückbekommen."

KAPITEL
SECHSUNDDREISSIG

Das *Alvear Palace Hotel* war voller Betrieb, mit Reisenden, die ein- und auscheckten. Als Hana und Dominic die Lobby betraten, hörten sie, wie ihr Name aus dem angrenzenden Salon gerufen wurde. Sie drehte sich um.

„Hana!" Karl stand auf und winkte von einem Tisch in der Bar. Sie gingen hinüber, um sich zu ihm und Lukas zu setzen.

„Wir haben auf euch gewartet, mit Neuigkeiten. Aber zuerst, was wollt ihr trinken?" Die Kellnerin war gerade angekommen und wartete auf ihre Bestellungen.

„Ich nehme einen Dirty Martini, danke", sagte Hana, während sie ihre Jacke auszog.

„Und ich nehme ein Bier – äh … *Quilmes*, bitte", sagte Dominic.

„Lukas und ich haben heute die *Metropolitan-Kathedrale* besucht, und ratet, wen wir gesehen haben!"

Hana ging auf das Spiel ein. „Es wäre nicht abwegig zu sagen, Kardinal Dante, oder?"

„Nicht nur Dante, sondern er sprach mit Jakob und Christof, und Günther war auch da! Direkt im Mittelschiff, während wir beteten."

Lukas sprang ein. „Es hat mich all meine Kraft gekostet, Karl davon abzuhalten, Günther direkt dort, im Haus Gottes, anzugehen!"

„Tatsächlich kommen wir gerade von dort", sagte Hana grinsend. „Michael hat sich in Dantes Büro wirklich mit ihm angelegt. Noch eine Minute länger, und es hätte Blutvergießen gegeben. Aber die anderen haben wir nicht gesehen, sie müssen gegangen sein, gerade als wir ankamen."

„Kein Wunder, dass er uns ins Gesicht gelogen hat", warf Dominic ein, „und behauptet, er kenne sie nicht."

„Nun, wenn man auf seine sorgfältig gewählten Worte achtet – dass ‚diese bestimmten Namen mir nichts bedeuten' – war das nur ein cleveres Ausweichen vor der Wahrheit."

„Mit Javier Batista hatten wir allerdings mehr Glück", sagte Dominic. „Er hat uns einen zuvor geheimen CIA-Bericht gezeigt, der die wachsende neonazistische Präsenz in Argentinien bestätigt. Batista hat weiter erklärt, dass er glaubt, ihr Ziel sei es, die Bruderschaft durch die sogenannte Kinderklinik – die arische Geburtenoperation der *Ahnenerbe* in *Bariloche* – zu erweitern. Wahrscheinlich gibt es weltweit Dutzende solcher Kliniken, könnte ich mir vorstellen.

Aber unser unmittelbares Ziel ist es, den Schleier von Jakob und seinen Leuten zurückzubekommen. Hana hat vorgeschlagen, dass wir Hilfe von Team Hugo in Anspruch nehmen – wenn sie einer solchen Mission gewachsen sind, natürlich – und Javier hat sogar angedeutet, dass der Mossad Unterstützung bieten könnte.

Jetzt müssen wir nur noch einen soliden Plan entwickeln, sobald wir wissen, wo der Schleier aufbewahrt wird, und die Verstärkung hinzuziehen."

„Fürs Erste", sagte Hana, „lasst uns essen und uns für die Nacht zurückziehen. Ich habe den Piloten informiert, dass wir morgen früh nach *Bariloche* aufbrechen."

SIEBENUND-DREISSIG

E s war kurz vor Mittag, als der Jet am Flughafen *San Carlos de Bariloche* landete. Der große SUV, den Hana organisiert hatte, holte das Team und ihr Gepäck ab und fuhr sie zum Hotel *Cristal* im Stadtzentrum.

„Reisen Sie immer so stilvoll, Señorita?", fragte Batista sie.

Hana lachte. „Nein, Javier, ganz und gar nicht. Mein Großvater nutzt den Jet nicht allzu oft, bezahlt aber trotzdem die Crew. Also zieht er es vor, etwas aus seiner Investition herauszuholen. Und da wir auf dieser Reise viele Transportanforderungen haben, macht es uns das Leben leichter, anhalten und losfliegen zu können, wann und wo wir wollen."

„Ich bin schon oft nach *Bariloche* geflogen, aber noch nie in solchem Luxus. Daran könnte ich mich gewöhnen."

Beim Einchecken an der Rezeption bemerkte Batista zufällig einen alten Priester, der in der Lobby saß.

„Pater Castillo!", rief er aus und ging auf den älteren Mann zu. „Was machen Sie hier?"

„Señor Batista! Dasselbe könnte ich Sie fragen! Was führt Sie nach *Bariloche*?", rief der Priester erfreut.

„Nur ein paar Geschäfte mit Freunden. Kommen Sie, ich stelle Sie vor."

Batista stellte die Gruppe vor, jeden einzelnen mit Namen. „Und dies ist mein alter Freund, Pater Juan Castillo. Er leitet eine kleine Gemeinde am südlichen Rand von *Bariloche*, passend genannt *Unsere Liebe Frau von den Schneefeldern*. Eine bescheidene Kirche mit einem schwarzen Turm, eingebettet zwischen Pinien, mit Blick auf den See und die schneegekrönten Anden im Hintergrund. Ein wahrhaft malerisches Heiligtum."

Dominic trat vor. „Es freut mich sehr, hier einen weiteren Mann des Klerus zu treffen, Pater", sagte er und schüttelte die Hand des Priesters. „Ich würde Ihre Kirche gerne sehen, während wir hier sind."

Das Gesicht des alten Mannes leuchtete auf, als er eine Gelegenheit witterte.

„Tatsächlich, Pater Dominic, könnte ich Ihre Hilfe gebrauchen, wenn Sie Zeit haben." Dann verdüsterte sich der Ausdruck des alten Priesters. „Entschuldigung, Pater, ich war voreilig zu fragen. Außerdem sind die meisten unserer Gemeindemitglieder Deutsche, und die Hilfe, die ich bräuchte, würde Kenntnisse ihrer Sprache erfordern."

„Aber ich spreche fließend Deutsch. Sagen Sie mir einfach, wie ich helfen kann."

Das wettergegerbte Gesicht des alten Mannes hellte sich auf, und seine Augen strahlten vor Dankbarkeit. „Oh, welch göttliche Fügung! Nun, da Ostern nur noch wenige Tage entfernt ist, kommen meine Schäfchen scharenweise zur Beichte, um all ihre Sünden für diesen einen besonderen Feiertag des Jahres aufzusparen, wie sie es meistens tun. Und bei so vielen anderen Vorbereitungen würde ich kaum etwas anderes schaffen, wenn ich tagelang im Beichtstuhl säße. Vielleicht könnten Sie heute Abend helfen, Beichten zu hören? Ich hoffe, das ist keine zu große Zumutung für Ihre Zeit hier."

Er schaute zu Hana und den anderen. „Meint ihr, ich könnte ein paar Stunden von unserer Arbeit freibekommen, um Javiers Freund zu helfen?"

Javier sprach für sie. „Ich würde sie gerne zum Abendessen ausführen, Pater Michael, damit Sie Zeit haben, Gottes Werk zu tun."

Dominic wandte sich dem Priester zu. „Pater Castillo, Ihr Timing ist perfekt", sagte er eifrig. „Bei all den Reisen in letzter Zeit habe ich meine priesterlichen Pflichten vernachlässigt. Also ja, es wäre mir eine Ehre, Ihnen später zu helfen."

„Ausgezeichnet! Dann sehen wir uns um fünf Uhr."

Nach dem Einchecken ging das Team auf seine Zimmer, um auszupacken und sich frisch zu machen, und traf sich eine halbe Stunde später wieder in der Lobby.

„Ich kann euch nicht sagen, wie aufgeregt ich bin, heute Abend wieder im Beichtstuhl zu sitzen", meinte Dominic zur Gruppe. „Es ist eine Weile her, seit ich das gemacht habe."

„Nun, bis dahin", wies Javier darauf hin, „haben wir Arbeit zu erledigen. Wie wäre es, wenn wir mit dem Polizeichef, Ramón Santos, anfangen und schauen, was wir aus ihm herausbekommen?"

„Wir fünf zusammen könnten einschüchternd auf ihn wirken", bemerkte Hana. „Michael, warum nimmst du nicht mit Javier ein Taxi, um Santos zu besuchen, und ich nehme Karl und Lukas im SUV mit, um zu sehen, ob wir etwas finden, das wie diese Kinderklinik aussieht?"

„Klingt nach einem guten Plan", stimmte Dominic zu. „Erweckt nur kein Aufsehen, wenn ihr sie findet. Und versucht, nicht von Jakob und seinesgleichen gesehen zu werden, falls sie schon aus *Buenos Aires* zurück sind."

Mit einem Hauch von Verärgerung verzog Hana die Lippen und neigte den Kopf, während sie Michael tadelte. „Ich glaube, das habe ich im Griff."

Sie bestellten im Hotel ein Taxi, und Dominic und Batista machten sich auf den Weg zum Polizeipräsidium von *Bariloche*. Hana, Karl und Lukas hingegen schlugen, bewaffnet mit einer Liste von Krankenhäusern und Kliniken sowie dem GPS ihres Wagens, einen anderen Weg ein.

„Schön, Sie wiederzusehen, Capitán", sagte Dominic und schüttelte dem Polizeichef die Hand. „Darf ich Ihnen meinen Begleiter von Interpol, Javier Batista, vorstellen?"

Batista zog seinen Ausweis aus der Manteltasche und reichte ihn dem Chef.

„Interpol?", wiederholte Santos überrascht. „Was führt Interpol in meine Stadt? Gibt es eine Ermittlung, von der ich wissen sollte?" Mit einer einladenden Geste deutete er auf die Stühle.

„Tatsächlich, Capitán, untersuchen wir eine internationale Organisation, die als *Ahnenerbe* bekannt ist. Haben Sie diesen Namen schon einmal gehört?"

Der Chef rutschte unruhig auf seinem Stuhl hin und her, ihm war die Frage sichtlich unangenehm. „Und warum fragen Sie nach dieser Gruppe?"

„Wir haben Grund zu der Annahme", erklärte Dominic, „dass bestimmte Mitglieder der *Ahnenerbe* in den Diebstahl eines Artefakts verwickelt sind, das rechtmäßig

224

dem Vatikan gehört und das uns vor wenigen Tagen in Deutschland gestohlen wurde.

Als wir das letzte Mal hier waren – ich war damals mit meiner Kollegin Hana Sinclair hier – haben wir, wie Sie sich vielleicht erinnern, nach einem Ihrer Bürger, Christof Prager, gefragt. Er ist steht direkt mit diesem Verbrechen in Verbindung, und wir müssen ihn finden und das Objekt zurückholen. Können Sie uns helfen, ihn zu lokalisieren?"

Santos verzog das Gesicht, während er seine Worte sorgfältig abwog.

„Wir kennen diese *Ahnenerbe*-Gruppe, aber soweit ich weiß, ist sie nichts weiter als eine harmlose Vereinigung, vergleichbar mit dem Rotary Club. Ihre Mission dreht sich, glaube ich, um die Förderung von Kindern oder etwas Ähnliches."

Dominic und Batista tauschten einen Blick. Er ist der Wahrheit näher, als er ahnt, dachte Dominic.

„Das Einzige, was an ihnen auffällt, sind ihre strengen Mitgliedsbedingungen", fuhr Santos mit einem Schnauben fort. „Sie haben mich nicht einmal aufgenommen! Man muss Deutscher sein und junge Kinder haben oder eines erwarten, um beitreten zu dürfen. Ich erfülle keines dieser Kriterien."

Er wechselte zu einem formelleren Ton. „Was Señor Prager angeht: Wenn Sie Beweise für ein Verbrechen haben, würde ich diese gerne sehen. Ohne konkrete Anhaltspunkte können wir ihn nicht verhaften. Haben Sie solche Beweise? Und was ist dieses Objekt, das Sie als gestohlen bezeichnen?"

Da ihre Beweislage dünn war, versuchte Batista es mit Einschüchterung.

„Capitán, falls nötig, werde ich Interpol veranlassen, einen internationalen Haftbefehl für die sofortige

Verhaftung dieses Mannes auszustellen", sagte er. „Ihre Kooperation in dieser Angelegenheit würde günstiger wirken, als hinderlich zu erscheinen, und sobald die Angelegenheit geklärt ist, wäre sie abgeschlossen."

„Ich versichere Ihnen, meine Herren, ich tue nur meinen Job. Zeigen Sie mir Ihre Beweise, und ich werde verpflichtet sein, Ihrem Antrag nachzukommen."

Batista wurde ungeduldig. „Sie meinen, Sie halten das Wort eines Vatikanpriesters, von dem dieses Objekt gestohlen wurde, für unwahr?"

„Wie ich sagte, wenn Sie mir zeigen können ..."

„Ich denke, wir sind hier fürs Erste fertig", unterbrach Dominic den Chef und stand auf, um zu gehen. „Vielen Dank für Ihre Zeit, Capitán, wir werden sicher wieder in Kontakt treten."

„Und jetzt?", fragte Dominic, während das Taxi sie zurück zum Hotel brachte.

„Ich glaube, Santos hat Angst", erwiderte Batista. „Die deutsche Gemeinde hier scheint Einfluss auf ihn zu haben. Wer weiß, vielleicht steckt er sogar mit der *Ahnenerbe* unter einer Decke. Korruption ist im argentinischen Polizeisystem keine Seltenheit, besonders in kleineren Städten wie *Bariloche*, wo kaum Kontrolle besteht. Wir sind hier wohl auf uns gestellt, Michael."

„Ich fürchte, Sie haben recht." Dominic seufzte und warf einen Blick auf seine Uhr. „Javier, setzen Sie mich doch bitte bei Pater Castillos Kirche ab, es ist ohnehin fast fünf. Wir treffen uns später."

KAPITEL
ACHTUNDDREISSIG

„Segnen Sie mich, Vater, denn ich habe gesündigt. Es ist etwa ein Jahr her seit meiner letzten Beichte …" Der junge Latino-Mann auf der anderen Seite des Beichtstuhls beschrieb eine Reihe kleinerer Vergehen – nicht jeden Tag gebetet, Gebrauch von Flüchen, Respektlosigkeit gegenüber Frauen – keines davon rechtfertigte mehr als minimale Buße.

Und so ging es weiter, mit mindestens zwei Dutzend Büßern, die geduldig in den Kirchenbänken direkt vor dem Beichtstuhl in der Kapelle *Unsere Liebe Frau von den Schneefeldern* warteten, während stündlich weitere hinzukamen.

Das Sakrament der Versöhnung war eines der von Dominic am meisten geschätzten Riten als Priester. Er war ein guter Zuhörer und glaubte, Menschen zu helfen, sei eine seiner heiligsten Pflichten, sowohl als Priester als auch als Mensch.

Es gab nur wenige Dinge, die ihn bei Beichten je überraschten. Ja, die Menschen erzählten ihm, was sie getan oder nicht getan hatten, aber er versuchte stets, tiefer zu graben, herauszufinden, was eine Person antrieb, was sie motivierte, die Handlungen zu begehen, die sie ihm in der Anonymität des dunklen kleinen Beichtstuhls beichteten.

Dominic hörte, wie die Tür des Beichtstuhls geöffnet und geschlossen wurde. Die nächste Büßerin war eine junge Deutsche, die offensichtlich mit Spanisch kämpfte. Ihren teutonischen Akzent hörend, versicherte ihr der Priester, dass sie auf Deutsch sprechen könnte, wenn sie wollte, und er spürte sofort ihre Erleichterung, in ihrer Muttersprache beichten zu können.

Er hörte auch ihr Schluchzen, als sie nach Worten rang.

„Bitte, nehmen Sie sich Zeit, mein Kind", sagte er tröstend. „Hier gibt es keine Uhr."

Sie ließ ein nervöses kleines Lachen hören, holte dann tief Luft, wischte sich die Tränen ab und begann zu sprechen. Sie fing mit der Beichte einiger kleinerer Sünden an, wie es die meisten tun, brach dann aber erneut zusammen, offensichtlich in tiefer Trauer. Ihre Stimme senkte sich zu einem Flüstern, als sie zugab, was wirklich auf ihrem Herzen lag.

„Vater, es tut mir so leid. Ich habe niemanden, an den ich mich damit wenden kann. Ich bin jetzt im fünften Monat schwanger mit meinem ersten Baby, aber ich habe bereits Angst um das Leben meines Kindes. Mein Mann Günther ist in eine Organisation verwickelt, die unsere Kinder als Neonazis erzieht! Sie nennen sich *das Ahnenerbe*. Ich habe darüber recherchiert, Vater, und ..."

Während sie weitersprach, war Dominic fassungslos über die Erwähnung des Namens ihres Mannes – Günther – und ihren Hinweis auf die *Ahnenerbe*-Organisation.

Könnte es derselbe Kerl sein, der mit Karl gerungen und den Schleier gestohlen hat?!

„… sie ziehen diese Kinder in speziellen Schulen groß, wo sie Gott weiß wozu indoktriniert werden. Sie nennen die Kinder *Rote Falken*. Können Sie sich das vorstellen, Vater? Nazi-Kinder?! Ich weiß, das klingt unglaublich, aber es ist alles wahr. Ich habe Angst und weiß nicht, was ich tun soll."

„Wo ist Ihr Mann jetzt? Fühlen Sie sich in irgendeiner Gefahr?"

„Er ist zu Hause, schläft, aber er ist gerade aus Deutschland zurückgekommen", sagte sie. „Er sagte mir, er habe dort Geschäfte, aber er ist Metzger! Ich frage Sie, welche Art von Geschäften hätte ein Metzger in Deutschland? Er erzählt mir nie etwas über seine Aktivitäten. Nein, ich fühle mich nicht in Gefahr. Aber …" Sie ließ den Gedanken in der Luft hängen. Offenbar hatte sie Angst vor etwas.

Obwohl die Wahrscheinlichkeit unglaublich schien, war Dominic überzeugt, dass dieser Günther derselbe Mann sein musste, nach dem sie suchten. Und seine Verbindung zur *Ahnenerbe* würde das bestätigen.

„Was Sie mir erzählt haben, ist durch das Siegel der Beichte geschützt, also ist Ihre Geschichte bei mir sicher. Was zu tun ist, muss ich mir durchdenken. Darf ich Ihren Namen erfahren?"

„Mein Name ist Hilda. Hilda Fischbein. Mein Mann darf niemals erfahren, was ich Ihnen erzählt habe, Vater. Er kann ein grausamer Mann sein. Ich weiß nicht einmal, ob er ein guter Vater sein wird. Er war kaum ein guter Ehemann." Bei diesen Worten brach sie erneut zusammen.

„Lassen Sie mich über Ihre Situation beten, Hilda. Ich werde tun, was ich kann, um Ihnen zu helfen, Sie haben mein Wort. Ich helfe Pater Castillo heute Abend nur aus, aber ich wohne noch ein paar Tage im Hotel *Cristal*. Ist es möglich, dass Sie mich dort morgen anrufen?"

„Ja, Vater", sagte Hilda schniefend. „Ich wäre so dankbar, wenn ich wieder mit Ihnen sprechen könnte. Ich habe hier in diesem schrecklichen Ort niemanden, an den ich mich wenden kann."

„In Ordnung, wir sprechen morgen wieder. Bis dahin…" Er sprach ihre Buße aus, betete das Gebet der Absolution und gab ihr seinen Segen.

„Danke, Vater. Vielen Dank." Sie stand auf und verließ den Beichtstuhl, die Tür leise hinter sich schließend.

Günther Fischbein. Dominic beschloss, Batista zu bitten, mehr über diesen Mann in Erfahrung zu bringen. Vielleicht war Hilda der Schlüssel zu seinen Machenschaften. Leise sprach er ein Dankgebet für Gottes Führung. Doch er wusste, dass sie auf diesem Weg noch weitere Hilfe brauchen würden.

NEUNUNDDREISSIG

I n seinem motorisierten Rollstuhl sitzend, den Blick auf den glitzernden Nahuel-Huapi-See gerichtet, erwartete Dr. Johann Kurtz – einst hochdekorierter Gestapo-Oberst und ehemaliger Assistent von Dr. Josef Mengele in Auschwitz für genomische Experimente – eine außergewöhnliche Lieferung von seinen *Ahnenerbe*-Kollegen.

Mit zweiundneunzig Jahren war Kurtz' Verstand noch immer messerscharf. Doch so sehr er die Ankunft des heiligen Artefakts herbeisehnte, brachte er nach mehreren Schlaganfällen nur ein schwaches, verzerrtes Lächeln zustande.

Bald würde auch sein jüngerer Bruder eintreffen, was ihn mit ebenso großer Vorfreude erfüllte.

Kurtz' schwer bewachtes Herrenhaus im Backsteingotik-Stil am nördlichen Rand von *Bariloche* war bestens für die bevorstehende Aufgabe vorbereitet, mit einem modernen, voll ausgestatteten Genetik-Labor und den qualifiziertesten deutschen Genetikern, die man für Gold kaufen konnte. Das und das Versprechen, dass sie mit ihrer Arbeit buchstäblich Geschichte schreiben würden.

„Herr Doktor, möchten Sie Ihren Tee in der Bibliothek?", fragte Kurtz' Krankenschwester.

„Ja, Inge, ich komme jetzt." Kurtz legte eine knochige Hand auf den Joystick des Rollstuhls und manövrierte sich aus dem Wohnzimmer, den breiten Flur hinunter und in die ovale Bibliothek, die zwei offene Etagen mit Tausenden von Büchern umfasste. Zwischen hohen *Dalbergia*-Regalen, die den Raum umgaben, blickten die Köpfe verschiedener Trophäentiere aus den bayerischen Wäldern auf die Besucher herab: Schwarzwälder Rothirsche, Rehe, Gämsen, Antilopen – und das bekannteste Symbol des Dritten Reichs, der goldene Adler. Eine erhöhte Plattform in der Mitte des Raumes zeigte einen großen westafrikanischen Löwen, der ein blaues Gnu angriff. Tod in der Natur war das dominante, wenn auch unbeabsichtigte Thema.

Als Kurtz an seinen Schreibtisch rollte, stellte Inge ein silbernes Tablett ab und begann den Brühvorgang. Kurtz bevorzugte den sanften und cremigen *Guayusa*, einen seltenen Tee aus dem ecuadorianischen Amazonas-Regenwald, den er seit seiner Ankunft in Südamerika vor etwa sechzig Jahren liebgewonnen hatte.

Als er seinen ersten Schluck nahm, öffneten sich die Türen der Bibliothek, und sein Sekretär stand an der Schwelle.

„Herr Doktor, die zwei Herren, die Sie erwartet haben, sind eingetroffen. Soll ich sie hereinlassen?"

„Ja, natürlich, Hans. Lass sie herein."

Jakob Rausch und Christof Prager, beide in dunklen Anzügen gekleidet, betraten den Raum und näherten sich dem alten Mann. Jakob trug eine Ledertasche.

„Bitte, meine Herren, nehmen Sie Platz", sagte Kurtz, seine tiefe Stimme heiser und kehlig. „Ich habe gehört, Sie hatten einige Schwierigkeiten im Vaterland, dieses Objekt zu beschaffen. Sie haben es bei sich, nehme ich an?"

„Ja, Herr Doktor, wir haben es Ihnen wie angewiesen gebracht", sagte Jakob. „Was die Schwierigkeiten betrifft, es war nichts, was wir nicht bewältigen konnten."

„Gut. Nun, ich muss den Schleier sehen", krächzte seine Stimme. „Jetzt, bitte."

Jakob stellte die Tasche auf den Schreibtisch, öffnete die Kombination und hob den Deckel. Er griff hinein und holte ein in dickes, rotes Samttuch gehülltes Objekt heraus. Er legte das Objekt vor Kurtz auf den Schreibtisch und zog dann langsam die Hülle zurück, wodurch die Alabasterschatulle zum Vorschein kam.

Kurtz saß da und starrte auf das Objekt, das Sonnenlicht von den Fenstern hinter ihm verlieh dem Alabaster einen durchscheinenden Glanz, als ob es selbst Licht ausstrahlen würde.

Er griff nach der Schatulle, löste den Bronzeschnappverschluss und klappte den Deckel zurück.

„Hans, hol mir bitte meine Handschuhe und eine Lupe."

Auf die Anfrage vorbereitet, brachte der Sekretär ein Paar weiße Konservierungshandschuhe und eine kleine Juwelierlupe und legte sie auf den Schreibtisch. Schwester Inge trat heran, nahm die Handschuhe und zog sie über die Hände des alten Mannes.

Mit zitternden Fingern zog Kurtz den Schleier aus der

Schatulle und wartete bis er sich auf natürliche Weise entfaltete. Er zeigte vor den anderen keinerlei Emotion, starrte ihn nur lange an, nahm das Bild in sich auf, die verschiedenen Farben auf dem Stoff, die Feinheit des Byssus selbst. Mit einer Lupe inspizierte er genau die Bereiche des Tuchs, die Blutspuren zu zeigen schienen, und verweilte bei mehreren Stellen, die für die bevorstehende Arbeit vielversprechend aussahen. Der Raum war völlig still, während die anderen den Doktor bei der Analyse des Artefakts beobachteten.

„Gut", sagte er schließlich und legte den Schleier zurück in die Schatulle. „Sehr gut. Danke, meine Herren, Sie haben gute Arbeit geleistet. Gehen Sie jetzt zurück zu Ihren Aufgaben. Unsere Arbeit wird bald beginnen."

„Danke schön, Herr Doktor. Auf Wiedersehen", sagten Jakob und Christof im perfekten Einklang, als sie sich zum Verlassen der Bibliothek umdrehten.

Als Jakob und Christof die lange Auffahrt zurück durch die Tore des Anwesens fuhren, passierte sie ein schwarzer Mercedes S550 mit getönten Scheiben und Chauffeur, der in die entgegengesetzte Richtung fuhr.

Vor der Haustür parkend, stieg der Fahrer aus und öffnete die hintere Tür für den einzigen Insassen, dem sofortiger Eintritt in das Herrenhaus gewährt wurde.

Hans klopfte an die Bibliothekstür und öffnete sie dann.

„Herr Doktor, Ihr Bruder ist eingetroffen."

„Oh, ja, bitte lass ihn herein, Hans."

Ein großer Mann mit markanten Gesichtszügen betrat den Raum und ging zum Schreibtisch. Er beugte sich vor, um seinen Halbbruder unbeholfen zu umarmen.

„Es ist wunderbar, dich wiederzusehen, Johann", sagte der Mann, als er sich setzte.

„Und dich auch, Fabrizio", sagte Kurtz und blickte mit seinem schiefen Lächeln auf. „Ich habe etwas ganz Besonderes, das ich mit dir teilen möchte."

Der alte Mann hatte die volle Aufmerksamkeit von Kardinal Dante.

VIERZIG

In dem Metzgerladen *Noble Calf* an der *Avenida de Julio* ging es lebhafter zu als üblich. Der Inhaber, Günther Fischbein, sägte durch ein großes Stück argentinisches Rindfleisch für mehrere wartende Kunden, als seine Frau aus dem Hinterzimmer trat.

„Günther", sagte Hilda, „ich muss jetzt zum Markt, und dann habe ich meine Ultraschalluntersuchung in der Klinik. Gibt es etwas Bestimmtes, das ich dir mitbringen soll, während ich unterwegs bin?"

„Ja", brummte Günther, „mehr Hilfe. Erledige deine Besorgungen schnell, damit du mir hier hinten helfen kannst."

„Ja, Schatz. Ich bin bald zurück." Sie eilte zur Vordertür hinaus.

Hilda ging zügig in ihren bequemen Pumps, nicht zum örtlichen Lebensmittelhändler, sondern mehrere Blocks entfernt zum Hotel *Cristal*, wo sie und Pater Dominic vereinbart hatten, sich zu treffen, während ihr Mann im

Laden beschäftigt war. Viele Kunden sind gut, dachte sie.
Sie werden ihn beschäftigen.

Es war ein kalter Tag, deshalb trug sie einen dicken
Strickpullover unter einem dunklen Mantel. Um nicht
erkannt zu werden, setzte sie eine Sonnenbrille auf.
Glücklicherweise schien die Sonne hell genug – und es
waren viele Skitouristen in der Stadt, die ebenfalls
Sonnenbrillen trugen –, sodass sie nicht auffiel. Sie wollte
nicht, dass Günther von ihrem Besuch beim Priester
erfuhr.

Fünfzehn Minuten später öffnete der Portier des Hotels
Cristal die Tür, und sie betrat die Lobby. Sie sah Pater
Dominic und eine Frau, die in seiner Nähe in einer Ecke
der Lobby saß. Sie zögerte, bis der Priester sie herwinkte.

„Guten Morgen, Hilda!", sagte Dominic.

„Hilda Fischbein, ich möchte Ihnen meine Kollegin
Hana Sinclair vorstellen. Wir sind beide nach *Bariloche*
gekommen, für einen sehr speziellen Zweck, der, wie ich
glaube, mit den Dingen zu tun hat, die Sie mir erzählt
haben.

Ich habe Hana nichts von unserem Gespräch erzählt,
aber sie ist eine meiner engsten Freundinnen, und ich bin
mir sicher, dass sie ebenfalls helfen kann. Mit Ihrer Erlaubnis
würde ich gerne mit Ihnen und Hana in mein Zimmer
gehen, um Ihnen zu erzählen, was wir besprochen haben,
damit wir alle dasselbe Verständnis und dasselbe Ziel haben,
nämlich Ihnen Ihre Sorgen zu erleichtern – aber nur, wenn
Sie damit einverstanden sind. Selbstverständlich werde ich
nichts von dem, was Sie mir im Beichtstuhl anvertraut
haben, weitergeben, es sei denn, Sie geben mir Ihre
ausdrückliche Zustimmung dazu. Was halten Sie davon?"

Hilda nickte dankbar, dass sie den Priester nicht allein

in seinem Zimmer treffen musste und dass sie sich privat unterhalten konnten, statt in der offenen Lobby.

Während sie nickte, dankte Hana ihr in fließendem Deutsch dafür, dass sie ihr helfen durfte. Hilda lächelte und fühlte sich in Gegenwart der Vertrauten des Priesters wohler. Die drei fuhren mit dem Aufzug in den zweiten Stock zu Dominics Zimmer.

Dort angekommen, erklärte sie schnell: „Ich ... ich weiß nicht, wie irgendjemand meinen Mann umstimmen kann, Pater. Ich habe lange darüber nachgedacht und mich entschieden, dass ich die Scheidung will. Diese Schwangerschaft war nicht geplant und war der einzige Grund, warum wir überhaupt geheiratet haben. Mir ist jetzt klar, dass ich diesen Mann nicht einmal liebe, um Gottes willen, und ich will Günther nicht in dem Leben meines Kindes haben, wenn er will, dass es als Neonazi aufwächst! Nein, das wird nicht passieren. Ich mache mir nur Sorgen, was Günther tun könnte, wenn ich es ihm sage. Er kann sehr gewalttätig sein." Während sie das sagte, wanderte ihre Hand zu ihrem Gesicht, als würde sie sich an etwas erinnern, das ihr Mann zuvor in seiner Wut getan hatte.

„Aber ich sehe keinen Grund, warum Sie Hana nicht sagen sollten, worüber wir gesprochen haben", fügte sie hinzu. „Lassen Sie einfach die Sünden weg." Sie schenkte Hana ein kleines, freundliches Lachen, das Hana erwiderte.

„Bitte setzen Sie sich, Hilda", sagte Hana und deutete auf einen Stuhl neben ihr. „Es freut mich, Sie kennenzulernen. Darf ich Ihnen Tee oder Kaffee anbieten?"

„Nein, danke." Hilda zog ihre Jacke aus, legte sie aufs Bett und nahm neben Hana Platz.

Dominic berichtete Hana, was Hilda ihm im Beichtstuhl erzählt hatte, über Günthers Aktivitäten bei der Organisation *Ahnenerbe* und der Kinderklinik und die Indoktrination kleiner Kinder in das *Rote-Falken-*Programm von Geburt an.

„Mein Gott", antwortete Hana, nachdem Dominic geendet hatte. „Das klingt alles so monströs! Sie Ärmste." Sie streckte die Hand aus und legte sie auf Hildas. Hilda begann zu weinen, endlich konnte sie mit jemandem sprechen, der ihre bisher unausgesprochene Notlage verstand.

Hana nutzte den Moment, um mehr über Günther zu erfahren. „Woher wissen Sie, dass Ihr Mann mit dem *Ahnenerbe* zu tun hat, Hilda? Trifft er sich mit Kollegen bei Ihnen zu Hause oder ...?"

Hilda tupfte sich mit einem Taschentuch die Nase ab. „Auf dem Grundstück eines Mitglieds steht eine große Scheune, in der sie sich jede Woche treffen. Günther hat mir gesagt, dass das nächste Treffen in zwei Tagen, am Mittwoch, stattfindet."

„Wo ist diese Scheune?", fragte Dominic.

„Ich kann Ihnen eine Karte zeichnen, wenn Sie möchten", sagte sie. Hana nickte, holte einen Stift und Papier aus der Schreibtischschublade und gab sie Hilda. Sie zeichnete eine Karte der Gegend, markierte verschiedene Orientierungspunkte und zeigte dann, wo sich das Grundstück befand.

„Hilda", sagte Dominic, „ich muss Ihnen etwas über Günther erzählen, das Ihnen vielleicht nicht gefallen wird, aber ich halte es angesichts Ihrer Entscheidungen für notwendig.

Hana und ich waren letzte Woche mit anderen

Kollegen in Deutschland, zur gleichen Zeit und am gleichen Ort wie Ihr Mann. Ohne zu sehr ins Detail zu gehen, war Günther in den Diebstahl eines Gegenstands verwickelt, der für den Vatikan von großem Interesse ist. Er hat sogar einen unserer Kollegen, einen Schweizer Gardisten und sehr guten Freund, verletzt, um ihn zu stehlen. Deshalb sind wir hier in *Bariloche*, um zurückzuholen, was der Kirche hätte anvertraut werden sollen."

Anstelle von Tränen oder Schock, wie Dominic vielleicht erwartet hatte, verhärtete sich Hildas Gesicht, ihr Blick wurde durchdringend.

„Das ist eine unverzeihliche Tat, Pater", tadelte sie ihn. „Ich entschuldige mich für sein Verhalten. Es macht mir meine Entscheidung nur leichter."

„Jetzt verstehen Sie, warum wir mehr über *Ahnenerbe* und deren Aktivitäten hier erfahren müssen. So jung er auch ist, Günther hat mit einigen sehr gefährlichen Leuten zu tun. Und obwohl wir ihre Ideologien nicht beeinflussen können, dürfen wir ihnen nicht erlauben, das Artefakt zu behalten, das sie uns gestohlen haben. Die Folgen sind für die Kirche und die Gesellschaft viel zu schwerwiegend."

„Ich werde Ihnen helfen, so gut ich kann, Pater, und Ihnen auch, Hana. Was kann ich tun?"

Hana sah Dominic an und sagte: „Michael, wie wäre es, wenn Hilda und ich zuerst in die Kinderklinik fahren? Mal sehen, ob es dort etwas zu sehen gibt. Das können wir doch heute machen, oder, Hilda?"

„Ich muss heute Nachmittag eigentlich zu einer Ultraschalluntersuchung. Sie können mitkommen – sagen Sie, Sie sind meine Schwester aus Heidelberg, damit sie keinen Verdacht schöpfen. Die sind dort sehr vorsichtig, was die Sicherheit angeht."

„Dann sind wir heute Schwestern." Hana lächelte Hilda an und sah eine einzelne Träne der Erleichterung und Dankbarkeit über ihre Wange rollen.

EINUNDVIERZIG

"Wie weit bist du?", fragte Hana, während sie Hilda zur Kinderklinik fuhr, die ein paar Kilometer entfernt lag.

„Ich bin jetzt im fünften Monat", seufzte Hilda. „Der erste Ultraschall hat gezeigt, dass es ein Junge wird. Aber oh, diese Hitzewallungen, die Rückenschmerzen und die Wadenkrämpfe. Niemand hat mir gesagt, dass eine Schwangerschaft so schmerzhaft sein kann, bevor das Baby überhaupt geboren ist. Meine Mutter starb kurz nach meiner Geburt, und ich habe hier keine Freundinnen, die mir helfen könnten, also ist das alles neu für mich. Ich lerne wohl mit der Zeit, deshalb brauche ich Günthers Sturheit nicht. Ich weiß jetzt, dass es ein Fehler war, ihn zu heiraten."

Sie schaute aus dem Fenster auf die vorbeiziehende Landschaft und dachte an glücklichere Zeiten zurück.

Als sie sich ihrem Ziel näherten, zeigte Hilda auf die Straße, in die sie einbiegen mussten. Es gab keine

Beschilderung, nicht einmal ein Straßenschild, was Hana ungewöhnlich fand. Etwa einen halben Kilometer weiter hielt sie vor einem dreistöckigen roten Backsteingebäude inmitten eines dichten Kiefernwaldes – ebenfalls ohne jegliche Beschilderung – und parkte das Auto.

Hana sah sich um und bemerkte viele andere Autos auf dem Parkplatz. Als sie parkte, fiel ihr auf, dass das Auto neben ihr einen dieser ovalen weißen Ländercode-Aufkleber hatte, auf dem einfach „88" stand. „Welches Land ist ‚88'?", fragte sie sich. Als sie sich die anderen Autos ansah, hatten fast alle denselben „88"-Aufkleber an der Heckscheibe. Wie seltsam.

„Hilda, was bedeuten diese 88-Aufkleber?"

„Keine Ahnung. Die sind mir noch nie aufgefallen. Vielleicht sind das Parkausweise?"

Als sie die Klinik betraten, meldete sich Hilda an der Rezeption an und erklärte, dass ihre Schwester sie begleite. Die ältere deutsche Krankenschwester am Schalter sah Hana streng an, sagte nichts, reichte ihnen jedoch beiden Besucherausweise. „Sie dürfen sich nur in Begleitung auf dem Gelände aufhalten. Verlassen Sie nicht den Ihnen zugewiesenen Bereich."

Zugewiesener Bereich?! Nicht sehr einladend, dachte Hana. Sie sah Hilda an und verdrehte die Augen, dann setzten sich beide in den Warteraum.

Zwanzig Minuten später kam eine weitere streng aussehende Krankenschwester in den Raum und rief: „Frau Fischbein?" Hilda und Hana standen auf und folgten der Frau den Flur entlang zu einem Untersuchungszimmer.

„Der Arzt wird gleich bei Ihnen sein", sagte die Krankenschwester knapp und reichte ihr einen Kittel.

„Ziehen Sie alles unterhalb der Taille aus; der Kittel ist vorne offen." Dann schloss sie die Tür hinter sich und verließ den Raum.

„Ich fühle mich hier nicht sehr willkommen", sagte Hana, während sie sich hinsetzte und Hilda den Kittel anzog.

„Selbst für Deutsche wirken sie kalt und gleichgültig", bemerkte Hilda. „Außerdem habe ich jedes Mal, wenn ich hier bin, einen anderen Arzt. Ist das normal?"

„Nun, da ich nicht durchmache, was du erlebst, kann ich nicht behaupten, eine Expertin zu sein, aber soweit ich weiß, haben Frauen normalerweise einen Arzt, der sie durch die gesamte Schwangerschaft begleitet. Ich bin sicher, das fördert die Vertrautheit mit ihren Patientinnen. Aber wie du sagtest, das ist eine ziemlich ungewöhnliche Klinik."

In dem Moment öffnete sich die Tür, und eine Radiologie-Krankenschwester kam herein, gefolgt von einem alten Mann im Rollstuhl. Der Mann sprach zuerst, auf Deutsch, und stellte sich vor.

„Guten Tag, meine Damen, ich bin Doktor Kurtz, Direktor dieser Klinik. Wie geht es Ihnen heute, Frau Fischbein? Ich höre, Ihre Schwester besucht Sie, hm?" Er schaute Hana neugierig an.

„Ja, Herr Doktor, dies ist meine Schwester Hana. Sie besucht mich aus Heidelberg."

„Heidelberg! Was für ein Zufall. Ich stamme ursprünglich aus Heidelberg", sagte der alte Mann mit einem verzerrten Lächeln. „Sind Sie hier, um Ihrer Schwester in dieser freudigen Zeit zu helfen, Fräulein?"

Hana spürte plötzlich eine Kälte in der Gegenwart dieses Mannes, obwohl sie nicht genau wusste, warum. Sie antwortete so enthusiastisch, wie sie konnte.

„Ja, Herr Doktor, ich habe meine Schwester schon lange nicht mehr gesehen. Ich höre, sie bekommt einen Jungen!"

„Das tut sie", sagte Kurtz und musterte Hana abschätzend, mit einem Hauch von Misstrauen.

„Ihr Akzent ...", sagte er zögernd und hob eine Augenbraue. „Ich finde ihn seltsam. Er klingt überhaupt nicht wie der pfälzische Dialekt unserer Region. Sind Sie in Heidelberg aufgewachsen?"

Hana überlegte schnell. „Mein Vater ist oft umgezogen. Er war beim Militär, wissen Sie, deshalb haben wir in vielen Teilen Deutschlands gelebt. Ich nehme an, dass ich dabei verschiedene Dialekte aufgeschnappt habe."

„Doktor", bat Hilda, die die Gefahr spürte, „können wir bitte weitermachen? Mein Mann braucht mich im Laden, ich habe nicht viel Zeit."

Kurtz sah Hana weiterhin mit skeptischem Blick an. „Natürlich, Frau Fischbein, schauen wir mal, wie es heute aussieht." Er wandte seine Aufmerksamkeit Hilda zu.

Die Schwester hatte das Ultraschallgerät vorbereitet, und während der Arzt in seinem Stuhl blieb, führte sie das Verfahren durch. Alle blickten auf das Sonogramm-Display neben dem Tisch.

„Alles sieht normal aus", sagte der Arzt sachlich. „Wir geben Ihnen heute ein neues Vitaminpräparat und eine Liste mit Übungen, damit Sie und das Baby sich so wohl wie möglich fühlen. Bitte nehmen Sie das ernst. Wir möchten sicherstellen, dass Ihr kleiner Junge zu einem starken jungen Mann heranwächst."

Hana erschauderte, als sie den alten Deutschen diese Worte sagen hörte, denn sie wusste nun, was er wirklich meinte. Sie schlang ihre Arme enger um sich, um die unerwartete Kälte abzuwehren.

Kurtz spielte mit dem Joystick des Rollstuhls und wandte sich wieder Hana zu.

„Wie lange bleiben Sie noch in Bariloche, Fräulein?", fragte er.

„Oh, nur noch ein paar Tage, denke ich", antwortete Hana.

„Nun, genießen Sie unsere Stadt, solange Sie hier sind", sagte er, „und passen Sie gut auf Ihre Schwester auf."

Damit öffnete die Schwester die Tür, und Kurtz drehte sich um und rollte aus dem Raum, das surrende Geräusch des Rollstuhlmotors wurde leiser, je weiter er sich entfernte. Die Tür schloss sich.

„Das war der seltsamste Mann, den ich seit langem getroffen habe", sagte Hana, während Hilda sich wieder anzog. „Kennt er Günther? Wir wollen doch nicht, dass sie sich über *deine Schwester* unterhalten."

„Ich weiß es nicht", sagte Hilda besorgt. „Vielleicht kennen sie sich von den *Ahnenerbe*-Treffen, wenn der Arzt zu dieser Gruppe gehört. Ich kann mir nicht vorstellen, dass er nicht dabei ist, oder? Ich hoffe, er erwähnt es Günther gegenüber nicht, wenn er dort ist. Daran hätte ich früher denken sollen."

„Ich würde mir keine Sorgen machen, Hilda. Du hast schon genug um die Ohren."

Als sie ihre Ausweise abgaben und die Klinik verließen, bemerkte Hana einen großen Mercedes-Van, der an ihnen vorbeifuhr. Dr. Kurtz saß in seinem Rollstuhl auf dem Rücksitz.

Auf der Heckscheibe klebte ein ovaler Aufkleber mit der Zahl „88". Sie starrte dem Van nach, der langsam die von Bäumen gesäumte Auffahrt hinunter und in Richtung Stadt fuhr.

Als Hana sich auf den Beifahrersitz setzte, schaute sie

aus Gewohnheit in den Rückspiegel. Da bemerkte sie einen Mann im Auto hinter ihnen. Zu ihrer Überraschung saß der gutaussehende Franzose, den sie im Hotelfoyer in *Buenos Aires* gesehen hatte, auf dem Fahrersitz!

Er bemerkte, dass sie ihn wiedererkannte, lächelte ihr zu, setzte seinen grünen BMW aus der Parklücke und fuhr davon.

ZWEIUNDVIERZIG

Das Restaurant *Nebbiolo*, nicht weit vom Hotel *Cristal* entfernt, war genau die kulinarische Oase, die sie alle nach einem langen Tag erhofft hatten – echte argentinische Aromen mit italienischem Einschlag.

Dominic, Hana, Javier, Karl und Lukas saßen an einem großen Tisch mit aufmerksamem Servicepersonal. Zwei Kellner stellten die bestellten Gerichte vom reichhaltigen Menü auf den Tisch: frisch gegrillte Regenbogenforelle; Schweinefleisch mit Pfirsichen und Holunderbeersoße; *Locro*, der traditionelle argentinische Eintopf mit Rindfleisch, Bohnen, Mais und Kartoffeln; *Milanesa*-Schnitzel mit Brokkoli und Maispudding; und *Matambre Arrollado*, Flankensteak gefüllt mit Gemüse und hartgekochten Eiern. Probierhäppchen machten die Runde am Tisch, während sie alle die Geschmäcker Südamerikas genossen.

Das Team hatte beschlossen, sich beim Abendessen zu treffen, um Notizen über die Aktivitäten des Tages auszutauschen, und da das Restaurant voll war, würde ihre Unterhaltung im Lärm der Gespräche der anderen Gäste untergehen.

„Ich habe heute einen sehr seltsamen Mann getroffen", begann Hana. „Dr. Johann Kurtz, der Direktor der Klinik, in der Hilda ihren Ultraschalltermin hatte. Der Mann ist, würde ich sagen, um die 90 und leitet die Klinik mit eiserner Hand.

Ich habe mich als Hildas Schwester aus Heidelberg ausgegeben. Zufälligerweise kommt er selbst aus Heidelberg und hat meinen Akzent hinterfragt, was mir ziemlich nervös gemacht hat. Aber wir haben es überstanden. Es würde mich nicht wundern, Javier, wenn er etwas mit dem *Ahnenerbe* zu tun hat."

„Johann Kurtz?", rief der Agent aus. „Wir wissen definitiv etwas über diesen Mann – ein ehemaliger Gestapo-Genetiker, von dem wir glauben, dass er mit Josef Mengele an seinen abscheulichen Menschenversuchen in Auschwitz gearbeitet hat. Der Mossad hat schon seit einiger Zeit nach ihm gesucht, aber sie wussten nicht, wo er all die Jahre gewesen ist. Ich bin sicher, sie werden begeistert sein, dass Sie ihn gefunden hast, Hana. Ich werde sie morgen informieren."

„Noch etwas", erinnerte sich Hana. „Fast jedes Auto auf dem Parkplatz hatte einen dieser ovalen Ländercode-Aufkleber, auf denen einfach nur ‚88' stand. Irgendeine Idee, was das bedeutet?"

Batista legte seine Gabel ab und sah Hana ernst an. „Sie sagen, jedes Auto hatte ihn?"

„Ja, fast alle. Warum?"

Der Agent schaute sich nach den umliegenden Tischen um, bevor er mit gedämpfter Stimme antwortete. Die anderen beugten sich vor, als er sprach.

„Acht steht für den achten Buchstaben im Alphabet, H", sagte er düster. „88 entspricht dann ‚HH', was ein Neonazi-Code für Heil Hitler ist."

Alle verstummten, als sie dieses neue und beunruhigende Detail hörten.

„Anscheinend hat Hildas Klinik enge Verbindungen zu den Rechtsextremisten hier", bemerkte er. „Angesichts der Geschichte der Stadt ist das nicht besonders überraschend, aber dass sie damit so offen umgehen, ist doch erstaunlich. Sie versuchen definitiv nicht, diese Tatsache zu verbergen."

„Sogar der Van des Arztes hatte einen", fügte Hana hinzu. „Er sitzt im Rollstuhl und benutzt einen dieser speziell umgebauten Mercedes-Rollstuhl-Vans."

„Wenn diese Organisation so ziemlich die Politik der Stadt kontrolliert', bemerkte Dominic, „gibt es wohl keinen Grund, Angst zu haben. Die *Ahnenerbe* muss hier tief verwurzelte Verbindungen haben."

„Das bedeutet", fügte Batista erklärend hinzu, „dass wir bei unseren Ermittlungen sehr vorsichtig sein müssen. Neonazis sind in ganz Südamerika weit verbreitet – besonders hier in Argentinien – und sie haben keine Angst vor Konsequenzen, weil es keine gibt. Man könnte sie mit mexikanischen Drogenkartellen vergleichen, die sogar Regierungen kontrollieren."

„Also, was sollen wir tun, um den Schleier zurückzubekommen, Michael?", fragte Karl.

„Ich habe darüber nachgedacht", antwortete Dominic, "und wir sollten uns morgen früh treffen, wenn wir ausgeruht sind, dann kann ich dir meine Meinung dazu sagen. Was Hilda uns erzählt hat, wird Teil unseres Plans sein."

～

„Dieses Kalbfleisch ist hervorragend, Johann", lobte Kardinal Dante, während er einen Schluck Pinot Noir nahm. „Mein Kompliment an deinen Koch.

Wann planst du, mit der DNA-Extraktion zu beginnen? Und bist du sicher, dass es funktionieren wird?"

Kurtz, am anderen Ende des langen, von Kerzen beleuchteten Esstisches sitzend, stellte sein eigenes Glas ab und hielt inne, bevor er auf die Frage seines Bruders antwortete.

„Nichts an diesem speziellen Prozess ist sicher, Fabrizio", sagte er. „Aber die Aussichten sind gut. DNA bleibt sehr lange erhalten, aber wir müssen zuerst eine Kohlenstoffdatierung des Byssus-Stoffs selbst durchführen. Und wir können niemals sicher sein, dass dies wirklich das Blut Christi selbst ist, wie du sicher erkennst. Aber angesichts Himmlers, oder sollte ich sagen Otto Rahns, Beharrlichkeit, es dort zu finden, wo er es tat – angesichts der historischen Legenden von *Rennes-le-Château* – sieht es sehr vielversprechend aus.

Ich denke, am Ende werden wir es vielleicht nie wissen. Aber wir werden es trotzdem versuchen. Wir haben viele Versuchspersonen in der Klinik, an denen wir es testen können, obwohl ich natürlich vielleicht nicht lange genug lebe, um die Ergebnisse meiner eigenen Arbeit zu sehen."

„Unsinn", tadelte Dante. „Unsere Mutter wurde 103 Jahre alt, und jeder unserer Väter lebte bis weit in die Neunziger. Starb dein Vater nicht mit 99? Und du lebst gut und ernährst dich gesund. Ich prophezeie dir noch viele Jahre, Johann. Außerdem habe ich immer zu dir aufgesehen. Du kannst jetzt unmöglich sterben. Es steht zu viel auf dem Spiel. Also genug von diesem Gerede."

Der alte Mann stieß ein krächzendes Kichern aus, hustete dann, um seine Kehle zu räuspern. Er nahm einen Schluck Wein.

„Ich sollte dir sagen, Fabrizio, dass ich vorhabe, die extrahierte Jesus-DNA zuerst an mir selbst zu testen. Wenn es auch nur die geringste Chance gibt, dass Christus vor seinem frühen Tod irgendeine Form von Göttlichkeit besaß, wer weiß, was das bedeuten könnte? Vielleicht ewiges Leben? Was habe ich in meinem fortgeschrittenen Alter schon zu verlieren?"

„Johann, das könnte in deinem Alter ein riskantes Verfahren sein! Solltest du es nicht zuerst an den Säuglingen in der Klinik ausprobieren, um zu sehen, welche Reaktionen sie zeigen?"

„Wie gesagt, ich habe nichts zu verlieren. Und der Gedanke, das Blut alter Arier durch meine Adern fließen zu lassen, gibt mir ein Gefühl von Macht und Verbundenheit wie kein anderes. Ich habe keinen Zweifel, dass es genau das ist, was Hitler selbst erhoffte, weshalb er den Schleier so verzweifelt wollte. Wir werden es bald genug wissen, nicht wahr? Und wenn es nicht wie geplant läuft", fügte Kurtz hinzu, „wird all dies dir gehören, wenn ich sterbe, kleiner Bruder", sagte er wehmütig und stellte das Glas mit zitternder Hand ab. „Wenn das passiert, musst du all dieses Kirchenzeug aufgeben und sicherstellen, dass unsere Arbeit hier fortgesetzt wird. Du bist der Einzige, dem ich vertraue, dass er das tut, und du wirst beträchtliche Mittel haben, um die Dinge umzusetzen, da du mein alleiniger Erbe bist."

„Du hast mein feierliches Versprechen, Johann. Ich werde gut auf dein Vermächtnis achten", sagte Dante und blickte bewundernd durch das opulente Herrenhaus. „Aber, so Gott will, wird das noch einige Zeit dauern."

„Du bleibst doch für das Treffen am Mittwoch, oder?"

Dante nahm noch einen Schluck Wein und tupfte sich den Mund mit einer Serviette ab. „Ich bin noch ein paar Tage hier, also ja, ich werde bei dem Treffen sein."

DREIUNDVIERZIG

Der Wind peitschte vom *Nahuel-Huapi-See* herüber, als Dominic, Karl und Lukas nach einem langen morgendlichen Lauf zurück ins Hotel kamen. Ihre Gesichter waren rot vor Kälte, und die Wärme der Lobby war eine willkommene Erleichterung gegen den einsetzenden Winter draußen.

„Es ist noch nicht einmal Juni hier, und es ist eiskalt", bemerkte Karl. „Das ist alles genau umgekehrt wie zu Hause."

„Das ist die Südhalbkugel für dich", sagte Dominic. „Die Jahreszeiten hier sind buchstäblich das genaue Gegenteil von unseren. Findest du das nicht belebend?"

„Abgesehen vom Skifahren, bevorzuge ich jederzeit lieber einen warmen italienischen Strand statt kaltes Wetter", stöhnte Karl und zitterte. „In der Schweiz aufzuwachsen, hat mir gereicht – danke."

„Gut", sagte Dominic und steuerte entschlossen dem Aufzug zu, „zuerst Duschen, dann Frühstück.

Anschließend treffen wir uns in meinem Zimmer zur Lagebesprechung."

„Wir nutzen Hildas Karte zur Scheune und kundschaften das Gelände heute noch aus – je besser wir die Örtlichkeiten kennen, desto leichter wird es für uns morgen bei dem Treffen."

Sein Finger glitt über die Karte. „Karl", fuhr er fort, „du und Lukas müsst eine Möglichkeit finden, auszukundschaften, was in der Scheune vor sich geht. Sie werden kaum jeden reinlassen, aber die Dunkelheit morgen Abend wird euer Vorteil sein. Bleibt unauffällig. Wir wissen nicht, wie rigoros sie mit Spionen umgehen – also kein unnötiges Risiko."

„Hana und ich setzen euch an dieser Nebenstraße ab." Er tippte auf eine schmale Linie nahe dem Grundstück. „Von dort sind es nur wenige Minuten Fußweg durch den Wald zur Scheune – der optimale Zugang. Javier, möchten Sie dazu noch etwas hinzufügen?"

Batista griff hinter seinen Rücken und zog eine geladene Glock 17 hervor, die er über den Tisch zu Dengler schob.

„Beten Sie, dass Sie sie nicht benutzen müssen, Karl, aber ich fühle mich wohler, wenn ich weiß, dass Sie sich verteidigen können, falls es nötig wird."

Mit geübter Handhabung überprüfte Dengler die Sicherung, schob die Pistole dann hinter sich in den Hosenbund und nickte.

Hana legte ihre Hand auf seine Schulter. „Sei morgen da draußen vorsichtig, Karl. Du auch, Lukas."

Dominic erhob sich. „Gut, lasst uns aufbrechen."

„Ich bleibe hier", sagte Batista. „Ich habe ein paar Anrufe zu erledigen. Der Mossad braucht ein Update zu

Hanas Informationen über Kurtz, und vielleicht sind sie bereit, uns zu unterstützen, falls wir Hilfe benötigen."

Ein leichter Schneefall hatte eingesetzt, als das Team in einem gemieteten SUV losfuhr. Auf die Anden jenseits des Sees blickend, sah Karl Skifahrer, die die Pisten eines örtlichen Resorts hinunterglitten.

„Schade, dass wir keine Zeit haben, ein bisschen Ski zu fahren, oder, Lukas? Das ist für mich das Einzige, was der Winter zu bieten hat."

„Absolut. Der Pulverschnee sieht verlockend aus." Beide waren in den Schweizer Alpen aufgewachsen und fuhren seit ihrer Kindheit Ski, besonders als Gebirgsgrenadiere in der Schweizer Armee.

„Wer weiß", meinte Lukas, „wenn unsere Arbeit hier erledigt ist, können wir vielleicht ein oder zwei Tage auf den Pisten verbringen."

„Unwahrscheinlich", warf Dominic ein. „Wir sind alle schon länger hier, als ich gedacht hätte."

„Wir nähern uns der Straße zum Grundstück, Michael", sagte Hana, die mit der Karte auf dem Beifahrersitz saß. „Sie sollte gleich hier vorne sein, an der nächsten Abzweigung."

Als sie die angegebene Straße erreichten, bog Dominic ab und fuhr tiefer in den Wald. Der Tag war bereits düster, mit dunklen Wolken am Himmel, doch das dichte Blätterdach der Bäume ließ es fast wie Nacht erscheinen.

EIN PAAR MINUTEN später erreichten sie das Grundstück, das Hilda markiert hatte, mit „Kein Zutritt"-Schildern auf Spanisch. Dominic bog trotzdem in die Einfahrt ein. Er sah niemanden, der Wache stand. Überhaupt niemanden, tatsächlich. Er fuhr zur Scheune und ließ den Motor im Leerlauf.

Plötzlich stürmten zwei Deutsche Schäferhunde auf sie zu, scheinbar aus dem Nichts, und bellten wild, während sie das Auto umzingelten. Durch den Lärm aufgeschreckt, kam ein großer Mann mit einem Cowboyhut und einem Gewehr in der Hand aus dem an das Grundstück angrenzenden Haus.

„Esta es propiedad privada!", rief er und schwenkte das Gewehr.

Dominic ließ das Fenster gerade weit genug herunter, um mit dem Mann zu sprechen.

„Es tut mir leid", sagte er auf Englisch. „*No hablo Español*. Wir haben uns verfahren."

„Ich sagte", wiederholte der Mann auf Englisch, „dies ist Privatgrund. Wenden Sie Ihr Auto und verschwinden Sie, bevor die Hunde noch wütender werden."

„Sorry! Gracias." Dominic lächelte, als er das Fenster hochfuhr. „Karl, ihr beide, schaut euch gut um, während ich das Auto wende." Er ließ sich Zeit, das Auto mit einem umständlichen Manöver zu wenden, und gab seinen Begleitern die Gelegenheit, das Grundstück zu inspizieren.

„Alles klar. Wir haben es gesehen", bestätigte Karl.

„Jetzt lasst uns eine andere Straße in der Nähe finden, wo wir euch morgen absetzen können."

Hana blickte auf die Karte und fand, was eine ideale Stelle zu sein schien.

„Versuch es hier, Michael", sagte sie und zeigte auf eine Straße in kurzer Entfernung hinter dem Grundstück. „Es sind wahrscheinlich fünf Minuten Fußweg von dort zur Scheune."

Michael fuhr zu der von Hana angegebenen Stelle und fand eine flache Abzweigung von der Hauptstraße, wo der

GARY MCAVOY

Allrad-SUV leicht zwischen den Bäumen versteckt werden konnte. Das würde ihr Absetz- und Treffpunkt sein.

Zurück im Hotel hatte Javier Batista seinen wichtigsten Kontaktmann im Mossad-Hauptquartier in *Tel Aviv* erreicht, einen Mann, mit dem er während des Golfkriegs auf geheimen Missionen zusammengearbeitet hatte.

„Eli, schön, deine Stimme wieder zu hören, mein Freund", sagte Batista.

„Geht mir genauso, Javi, Shalom. Aber da wir uns schon so lange nicht mehr gesprochen haben, nehme ich an, dass du einen guten Grund hast, mich anzurufen. In diesem Fall bin ich ganz Ohr."

„Immer direkt auf den Punkt", bestätigte Batista. „Das mag ich an dir, keinen Smalltalk.

Eli, ich glaube, ich bin hier in Argentinien auf etwas gestoßen, das für deine Leute interessant sein könnte. Kennst du Dr. Johann Kurtz? Wir glauben, dass er mit Mengele in Auschwitz zusammengearbeitet hat."

„Ob ich ihn kenne?", fragte Eli ohne zu zögern. „Er steht ganz oben auf unserer Liste der meistgesuchten Personen! Warum fragst du?"

„Ich bin in *Bariloche*, unten in *Patagonien*, auf einer anderen Mission, um einigen Freunden zu helfen. Aber es scheint, wir haben euren Dr. Kurtz gefunden, der eine neonazistische Kinderklinik leitet, und allem Anschein nach tun sie das schon seit einiger Zeit. Ich dachte, das ist etwas, das ihr wissen wollt. Aber ich habe auch eine Bitte."

„Javi, wenn es in meiner Macht steht, das zu arrangieren, werde ich es tun. Und ja, wir wollen Kurtz. Dringend."

„Gut. Ich stelle mir das so vor ..."

KAPITEL
VIERUNDVIERZIG

Eingebettet zwischen knorrigen Platanen am Ufer des Genfer Sees in der Nähe von *Cologny* empfing Armand de Saint-Clair den französischen Präsidenten Pierre Valois und seine Frau Jacquelin, die als Gäste des Barons in seinem Schloss *La Maison des Arbres* in Genf Urlaub machten.

Agenten der GSPR – der Geheimdienstabteilung des Präsidenten – waren über das weitläufige Anwesen verteilt, und entlang der Hauptstraße, an der das Anwesen lag, waren Absperrungen aufgestellt, was bei den privilegierten Nachbarn von Saint-Clair wie üblich für Unmut sorgte.

„Ich habe immer das Gefühl, mich für meine Anwesenheit entschuldigen zu müssen, egal wo ich hingehe, Armand", sagte Valois mit einem Seufzer. „So ist das Leben für Politiker heutzutage. Überall lauern Gefahren."

„Das geht nicht nur dir so, Pierre", antwortete Saint-Clair. „Jeder, der prominent oder sehr wohlhabend ist, muss heutzutage außergewöhnliche Vorsichtsmaßnahmen treffen. Das gehört zum Job."

Wenn meine Enkelin Hana es zulassen würde, hätte ich rund um die Uhr ein Sicherheitsteam bei ihr. Aber sie ist stur und lehnt solche Vorsichtsmaßnahmen ab.

„Alors, aber sie ist eine unabhängige Frau, oui?"

„Ja, das ist sie", stimmte Saint-Clair zu und schüttelte den Kopf. „Aber ich treffe trotzdem Vorsichtsmaßnahmen für sie, auch jetzt, wo sie in Argentinien ist."

„Argentinien? Ist sie dort für Le Monde im Einsatz?" fragte Valois.

„Sie arbeitet an einer Geschichte, ja, aber ich glaube, es hat mehr mit einem weiteren Abenteuer von Pater Dominic zu tun. Seine Arbeit als Archivar ist weitaus faszinierender, als man sich vorstellen kann. Und, wie wir gesehen haben, oft gefährlich. Deshalb braucht deine Patentochter Schutz, Pierre."

Saint-Clairs persönlicher Assistent erschien. „Entschuldigen Sie, Baron?"

„Ja, Frederic, was gibt es?"

„Es ist Mademoiselle Hana für Sie am Telefon."

Saint-Clair sah Valois überrascht an und ging dann zum Telefon.

„Meine Liebe, wir haben gerade über dich gesprochen! Pierre und Jacquelin sind zu Besuch."

„Grand-père! Es ist so schön, deine Stimme zu hören. Und wenn wir fertig sind, würde ich gerne mit ihnen sprechen – aber zuerst muss ich dir erzählen, was hier los ist. Wir brauchen vielleicht deine Hilfe."

Hana berichtete ihrem Großvater von ihrer Entdeckung und der Herkunft des Maria-Magdalena-Schleiers, seinem Diebstahl in Deutschland, ihrer Verfolgung der Diebe nach *Buenos Aires* und dann nach *Bariloche* sowie von Dominics

Plan, ihn zurückzuholen, der, wie sie zugab, noch in der Entwicklung war. Sie erwähnte auch die Begegnung mit Dr. Johann Kurtz und dessen schändliche Aktivitäten in der Kinderklinik.

„Er könnte jemand sein, den du für uns überprüfen könntest, Pépé. Er hat Naziverbindungen, die bis in den Krieg zurückreichen, und wir glauben, dass er beabsichtigt, DNA aus dem Schleier zu verwenden, um eine arische Geburtslinie fortzusetzen."

„Du kannst doch nicht einfach auf gut Glück annehmen, dass der Schleier authentisch ist, oder, meine Liebe? Wirklich?"

„Ja, ich stimme zu, dass viele Faktoren zu berücksichtigen sind. Aber lassen wir ihm für den Moment den Vorteil des Zweifels und richten unser Handeln nach seiner Echtheit aus. Wenn wir falschliegen, sei's drum. Aber was, wenn er in gewissem Maße authentisch ist? Sollte dieses Artefakt nicht in den Händen von Experten für solche Dinge sein, anstatt bei Neonazis?!"

„Wie immer hast du ein gutes Argument", gab ihr Großvater zu. „Lass mich das mit Pierre und Kardinal Petrini besprechen, und ich melde mich bald bei dir. In der Zwischenzeit, Hana, bestehe ich darauf, dass du dich aus gefährlichen Situationen heraushältst. Du hast es möglicherweise mit fanatischen faschistischen Elementen zu tun, und ich werde nicht zulassen, dass du in Gefahr gerätst."

„Ja, Grand-père, ich liebe dich auch", antwortete sie liebevoll. „Jetzt lass mich mit meinem Patenonkel sprechen. Ich warte auf deinen Rückruf. *Au revoir*."

KAPITEL
FÜNFUNDVIERZIG

Es war kurz nach neun Uhr abends, als Dominic die Scheinwerfer des Geländewagens ausschaltete. Er hatte das Fahrzeug von der Straße in den Wald gefahren, nur wenige Gehminuten von der Scheune entfernt. Ein Viertelmond hing am schwach beleuchteten Himmel und warf kein Licht unter das Blätterdach der Bäume, als Karl und Lukas aus dem Fahrzeug stiegen.

„Seid vorsichtig, Jungs", flüsterte Hana eindringlich. „Geht kein Risiko ein."

„Du meinst, außer diesem hier?", sagte Dengler grinsend, während er die Glock noch einmal überprüfte. „Uns passiert nichts, Cousine. Wir sehen uns in einer halben Stunde."

Während Dominic und Hana im dunklen Auto warteten, schlichen sich die beiden Schweizer Gardisten durch den Wald in Richtung Scheune, die sie in der Ferne sehen konnten und die nur von einer Lampe über dem Haupteingang beleuchtet wurde.

Die beiden Männer schritten vorsichtig durch die Bäume, achteten auf jeden Schritt und erinnerten sich an ihre Ausbildung bei den Gebirgsjägern, bei der sie lautlos durch den Wald geschlichen waren. Ein knackender Zweig hätte ihre Anwesenheit verraten, und ein deutscher Schäferhund hätte das mit Sicherheit gehört.

Sie konnten Menschen sehen, offenbar nur Männer, die sich dem Eingang näherten, sowie einen Wachmann mit einem Gewehr über der Schulter, der offenbar eine Liste mit Namen überprüfte.

Die alte Scheune aus Redwood-Holz war groß, zweistöckig, und durch die meisten Ritzen zwischen den Wandbrettern drang Licht. Karl ging voraus zur Rückseite des Gebäudes, wo sie gute Chancen hatten, zu hören, was im Inneren vor sich ging. Sie fanden einen geeigneten Platz neben einem hohen Holzstapel, hielten ihre Position und warteten, während sie dem Gemurmel der Menschenmenge im Inneren lauschten.

Ein paar Minuten später verstummte das Gemurmel, als Schritte auf Holz direkt auf der anderen Seite der Wand zu hören waren, wo, wie sie vermuteten, die Redner stehen würden. Einen Moment später erschraken sie, als zwei Männer „Heil Hitler!" riefen, gefolgt von der aufstehenden Menge, die den Gruß erwiderte.

„Denkst du, wir sind am richtigen Ort?", flüsterte Lukas rhetorisch zu Karl.

Einer der Männer auf der Bühne begann auf Deutsch zu sprechen, keine drei Meter von der Stelle entfernt, wo Karl und Lukas kauerten.

„Meine Freunde, unsere Mission im Vaterland war ein großer Erfolg! Wir haben Himmlers heiliges Artefakt erbeutet, und es befindet sich jetzt in guten Händen in Dr.

Kurtz' Genetiklabor im Herrenhaus. Bald wird er das wahre *Lebensborn*-Programm einleiten, das unsere Vorväter begonnen haben."

Tosender Applaus folgte seiner Aussage, zusammen mit Rufen von „Sieg Heil!, Sieg Heil!", während die Anwesenden ob der Neuigkeiten in Ekstase gerieten.

„Das ist Jakob, der spricht!", bestätigte Karl leise. „Er ist offensichtlich einer der Anführer."

Sie versuchten, durch Ritzen in der Scheunenwand zu spähen, konnten aber nur Teile des Publikums erkennen, nicht die Redner.

„Wir haben jedoch ein Problem, das aufgetaucht ist", fuhr Jakob fort. „Ein Vatikanpriester und seine drei Begleiter sind in unsere Stadt gekommen und schnüffeln in unseren Angelegenheiten herum, um unser rechtmäßiges Eigentum zu stehlen. Wir verteilen jetzt Fotos von jedem von ihnen. Wenn ihr sie irgendwo in der Stadt seht, lasst es uns wissen. Sie müssen ausgeschaltet werden."

Karl und Lukas sahen sich im trüben, gefilterten Licht an, Besorgnis stand ihnen ins Gesicht geschrieben. Doch in diesem Moment bemerkten sie ein viel dringenderes Problem.

Nur wenige Meter hinter ihnen hörten sie ein großes Tier, das ein leises, bedrohliches Knurren von sich gab. Sie drehten sich langsam um und sahen einen der Deutschen Schäferhunde, der den Schwanz zwischen die Beine geklemmt hatte, die Ohren angelegt und eine feste, unnachgiebige Haltung einnahm.

Die Männer erstarrten. Lukas drehte sich langsam um und begann, sich von dem Tier zu entfernen, um seine Aufmerksamkeit von Karl abzulenken.

Langsam griff er in seine Jackentasche und holte die letzte Handvoll Hundeleckerlis heraus, die er vor ein paar Tagen an Fritzi verfüttert hatte. Er kniete sich langsam hin, sprach den Hund sanft auf Deutsch an und hielt ihm seine Hand hin, damit der Hund sie beschnuppern konnte.

Als die Schäferhündin die Leckerlis roch und spürte, dass Lukas weniger eine Bedrohung als eine Nahrungsquelle war, schlich sie langsam vorwärts und schnüffelte an seiner Hand. Ihre Schnauze näherte sich der Hand und verschlang dann die Leckerlis. Ihr Schwanz begann zu wedeln, und Lukas streckte die Hand aus, um sie zu streicheln. Er sah zu Karl auf und lächelte.

„Braves Mädchen", sagte er zu ihr, während er noch etwas mit ihr spielte und ihren Kopf streichelte.

„Ich denke, es ist Zeit zu gehen", flüsterte Karl. „Wir haben, was wir brauchen." Auch er bewegte sich langsam vom Hund weg, aber inzwischen war klar, dass sie sie nicht mehr als Bedrohung wahrnahm, ihr Schwanz wedelte immer noch. Sie hatte Dutzende andere in die Scheune gehen sehen und nahm an, dass sie auch zu der Gruppe gehören mussten.

Die beiden Männer zogen sich in den Wald zurück, weg von der Scheune, und machten sich auf den Weg zurück zu Dominic und Hana, die dort auf sie warteten.

„Wann hatten die überhaupt Zeit, Fotos von uns zu machen?", fragte Lukas ungläubig, während sie gingen. „Wurden wir etwa die ganze Zeit beobachtet, während wir hier waren?'

„Ich bin mir sicher, dass sich die Nachricht schnell verbreitet hat. Wir haben uns mit all unseren Fragen nicht gerade unauffällig verhalten."

Die Bäume wurden lichter, als sie sich dem Fahrzeug

an der Weggabelung näherten, aber sie bemerkten, dass beide Vordertüren weit offen standen. *Vielleicht wollten sie nur etwas frische Luft schnappen,* dachte Karl.

Als sie ankamen, war der SUV leer. Beide Männer sahen sich um und riefen leise die Namen ihrer Freunde.

Dominic und Hana waren verschwunden.

KAPITEL
SECHSUNDVIERZIG

„Wo könnten sie hingegangen sein?!", fragte Karl. „Es gibt hier nichts, wo man hingehen könnte!"

„Denkst du, sie könnten uns zur Scheune gefolgt sein?"

„Nein, das war nicht der Plan. Sie sollten hier auf uns warten."

Lukas bemerkte, dass die Schlüssel noch im Zündschloss steckten. „Ich mache mir Sorgen, Karl. Warum sollten sie die Autotüren weit offen lassen, mit den Schlüsseln im Zündschloss?"

Karl war nun zutiefst beunruhigt. „Ich denke, wir müssen das Offensichtliche annehmen – dass sie entführt wurden."

Während er sprach, näherte sich schnell ein Auto von der Straße, das dann auf die Abzweigung einbog, langsam durch die Bäume auf sie zukam, ohne Licht, und neben dem Fahrzeug anhielt. Karl griff nach der Glock.

Ein Mann stieg mit erhobenen Händen aus dem grünen

BMW. „Ihr müsst Karl und Lukas sein", sagte der markant gutaussehende Mann und trat vorsichtig auf sie zu. „Mein Name ist Marco Picard, ich gehöre zum Personenschutzteam von Baron Armand de Saint-Clair und habe auf seine Anweisung hin seine Enkelin aus der Ferne im Auge behalten, sowohl hier als auch in *Buenos Aires*. Ich fürchte, sie und Pater Dominic wurden gefasst."

„Du sagst, du kennst den Baron?", fragte Karl misstrauisch, seine Hand noch am Griff der Glock.

„Ich bin seit sieben Jahren in seinem Personenschutzteam."

„Wie heißt sein persönlicher Assistent?"

„Frederic."

„Und der Name seines Châteaus in Zürich?"

„*La Maison des Arbres*. Aber es ist in Genf, nicht in Zürich."

Karl zögerte einen Moment und überlegte.

„Hör zu, ich würde genau dasselbe tun wie du", gab Marco hastig zu. „Falls es euch etwas bedeutet, ich war ein *Béret vert* bei den französischen Marinekommandos, bevor ich für den Baron gearbeitet habe. Ich kann definitiv für mich selbst einstehen und wäre geehrt, mit euch zusammenzuarbeiten. Aber wir müssen bald handeln."

Das war alles, was Karl brauchte. „Willkommen im Team", sagte er, als die drei sich die Hände schüttelten. „Was ist passiert?"

„Ich war ein Stück die Straße runter geparkt, auf der anderen Seite und in den Bäumen versteckt wie ihr, und habe beobachtet, was passiert ist, nachdem ihr angekommen seid. Etwa zehn Minuten, nachdem ihr das Auto verlassen habt, kam ein dunkler Van an, und vier bewaffnete Männer stiegen aus und nahmen eure Freunde fest. Sie waren zu viele, als dass ich sie allein hätte angehen können, also bin ich ihnen in sicherem Abstand gefolgt. Sie wurden in eines der Herrenhäuser am See gebracht. Sobald ich wusste, wohin sie gebracht worden waren, bin ich hierher zurückgerast, weil ich wusste, dass ihr zurückkommt, das Auto leer vorfindet und Fragen habt.

Also, was tun wir jetzt?", schloss Marco.

Während sie unter den Bäumen standen, unterrichtete Karl Marco über die in groben Zügen über die Situation: die beteiligten Personen, die Ereignisse in der Scheune und die Wahrscheinlichkeit, dass Michael und Hana ins Haus von Dr. Johann Kurtz gebracht worden waren, dem offensichtlichen Anführer der Organisation *Ahnenerbe*, in dessen Händen sich auch das Artefakt befand, das sie zurückholen wollten.

„Ja", bestätigte Marco, „der Baron hat mir erzählt, dass Hana ihn gestern Abend wegen des Schleiers und dieses Dr. Kurtz angerufen hat. Ich glaube, er stellt jetzt Team Hugo zusammen, um ihren Einfluss zu nutzen, um euch zu helfen. Oder vielmehr, um uns zu helfen."

„Ja, das bedeutet, dass wir viel mehr Feuerkraft haben, zumindest politisch", sagte Karl. „Aber ich fürchte, das könnte zu spät kommen."

Lukas sagte: „Ich weiß, dass du dort hingehen und sie retten willst, aber ohne Plan könnte sie das nur noch mehr gefährden."

Marco stimmte zu. „Ich habe zahlreiche Sicherheitsleute gesehen, die im Herrenhaus stationiert waren, zusätzlich zu den vier Männern, die sie gefasst haben."

Widerwillig nickte Karl. „Lasst uns zurück ins Hotel fahren und einen Plan mit Javier koordinieren."

～

„DU HAST GRÜNES LICHT, JAVI", sagte Eli Raziel vom Mossad über eine sichere Leitung aus Tel Aviv. „Es dürfte dich interessieren, dass der Premierminister persönlich einen Anruf vom französischen Präsidenten Pierre Valois erhalten hat, in dem er um eine Shayetet 13-Einsatztruppe zur Unterstützung deines Teams in *Bariloche* gebeten hat. Ihr Flug kommt morgen früh an – sechs Spezialagenten, die für Land- und Wasseroperationen ausgebildet sind. Der Teamleiter ist Yossi Geffen. Wir haben einen Chinook-Hubschrauber organisiert, der seine Männer und ihre Ausrüstung nach *Bariloche* transportieren wird. Er wird dich bei ihrer Ankunft auf dem Luftwaffenstützpunkt *Gendarmería Nacional*, Geschwader 34, treffen und dann zum sicheren Haus fahren, um die Operation zu koordinieren. Ich werde dir die Adresse schicken.

Valois hat auch den argentinischen Präsidenten angerufen, um die Erlaubnis für Operationen in seinem Land einzuholen, die er widerwillig erteilt hat. Wir wollen Kurtz, Javi und das S13-Team werden ihn tot oder lebendig, vorzugsweise lebendig, hier in Israel vor Gericht stellen. Seine Arbeit mit Mengele wird nicht vergessen werden, und seine neue Mission, Nazi-Hybriden zu züchten, ist unvorstellbar.

Außerdem, und das ist streng geheim, haben wir derzeit ein U-Boot der Dolphin-Klasse, das in den südchilenischen Gewässern patrouilliert. Es wird in der Bucht von Puerto Montt Unterstützung bei der Bergung leisten, sobald wir Kurtz haben."

„Ich bin beeindruckt, Eli", sagte Batista, „vor allem, wie schnell das alles zustande gekommen ist. Ich halte dich über die Entwicklungen hier auf dem Laufenden. Danke und Shalom." Sie beendeten das Gespräch.

Batista lehnte sich zurück, hin- und hergerissen

zwischen den guten Nachrichten über die Unterstützung von so vielen Seiten und dem Anruf der Schweizer Garde über die Entführung. Die Zeit drängte, und er fragte sich, ob es selbst jetzt nicht schon zu spät für den guten Pater und Hana Sinclair war.

KAPITEL
SIEBENUNDVIERZIG

Dominics Körper regte sich, dann öffnete er langsam die Augen. Er befand sich in einem dunklen, stillen Raum, so viel war klar. Dann erinnerte er sich an die Spritze, die einer der Männer ihm und Hana verabreicht hatte.

Hana! Wo war Hana?

Ein kleines Fenster am anderen Ende des langen Raumes, in dem er sich befand, spendete wenig Licht, aber genug, um zu sehen, dass Hana nur wenige Meter von ihm entfernt war, immer noch bewusstlos und wie er auf einem Feldbett liegend.

Er setzte sich langsam auf und merkte, dass er starke Kopfschmerzen hatte. Nachdem er einige Minuten lang seinen Nacken gestreckt hatte, um Linderung zu finden, stand er auf und ging zu Hana hinüber.

„Hey, wach auf", flüsterte er und schüttelte sanft ihre Schulter.

Nach ein paar Sekunden begann Hana zu stöhnen und

versuchte sich zu bewegen. Ihre Hand griff nach ihrem Kopf und sie öffnete die Augen.

Als sie Michael sah, blickte sie ihn fragend an. „Wo sind wir? Ist noch jemand hier?" Sie versuchte aufzustehen, spürte dann aber die Nachwirkungen der Betäubung und legte sich wieder hin.

„Guter Gott, wie lange sind wir weg gewesen?", stöhnte sie.

Dominic stand auf und begann im Raum auf und ab zu gehen, um sich zu strecken und einen klaren Kopf zu bekommen.

„Ich habe keine Ahnung, aber es ist dunkel, also muss es noch Mittwochabend sein. Es sei denn, es ist schon Donnerstagabend. Mein Kopf ist benebelt. An was erinnerst du dich?"

„Ich erinnere mich an vier Männer, von denen ich keinen einzigen wiedererkennen konnte, aber sie sprachen alle Spanisch und redeten von unerlaubtem Betreten. Dann wurden wir in einen Lieferwagen geworfen, und einer der Männer öffnete eine Arzttasche und spritzte uns etwas."

Sie sah an sich hinunter und rieb sich den Hals.

„Es waren ziemlich kleine Spritzen, ich würde sagen, wir haben vielleicht 150 Milligramm bekommen, wahrscheinlich Ketamin. Das bedeutet, dass wir weniger als eine Stunde weg waren."

„Woher weißt du das überhaupt?", fragte Dominic erstaunt, während er sich wieder den Nacken streckte.

„Nun, abgesehen davon, dass ich einmal darüber geschrieben habe, erinnere ich mich an dieses Gefühl von einem wirklich schlimmen Date in der Uni. Ketamin ist eine der Drogen, die bei Vergewaltigungen eingesetzt werden. Es gibt kaum etwas Vergleichbares. Fühlst du dich auch desorientiert?"

„Ja, das tue ich", antwortete Dominic und setzte sich wieder neben sie auf die Couch. „Es ist, als hätte ich eine außerkörperliche Erfahrung."

„Das ist Special-K. Die Wirkung sollte nicht mehr lange anhalten. Aber wo sind wir?" Sie sah sich im Raum um. „Ich höre lautes Plätschern, wie am Ufer. Wir müssen irgendwo in der Nähe dieses großen Sees sein, und zwar ziemlich nah, wenn man nach dem Geräusch geht."

Ein Geräusch kam von der Tür des Raumes, als ob jemand einen Vorhängeschlossverschluss öffnete. Die Tür ging auf, und Jakob und Günther traten ein, schlossen die Tür hinter sich. Günther hielt eine Pistole auf sie gerichtet.

„Ich dachte mir, dass Sie dahinterstecken, Jakob", sagte Dominic mit finsterem Blick.

„Na, na, Pater Dominic", tadelte Jakob mit einem höhnischen Lächeln. „Was sollen wir nur mit euch beiden machen? Das ist die Frage.

„Dr. Kurtz wägt seine Optionen ab", fügte er hinzu, „aber ich bin mir nicht sicher, ob euch das Ergebnis gefallen wird."

Hana stand unsicher auf, näherte sich den Männern jedoch entschlossen.

„Sie haben den Schleier bereits. Wozu brauchen Sie uns jetzt noch?"

„Ich glaube, Sie haben Ihre Frage gerade selbst beantwortet, Hana. Sie sind für uns nicht mehr von Nutzen. Aber Sie bleiben hier als Gäste von Dr. Kurtz, bis er entschieden hat, was mit Ihnen geschehen soll. Das Essen wird Ihnen morgen früh gebracht, und dort in der Ecke steht ein Eimer für Ihre Notdurft. Versuchen Sie nicht, Hilfe zu rufen. Das Anwesen ist sehr groß und gut bewacht, niemand wird Sie hören oder sich um Sie kümmern, selbst wenn man Sie hören sollte.

Ich habe allerdings noch eine Frage. Wo sind die anderen, Ihre Freunde von der Schweizer Garde? Wir werden sie schon bald finden, aber warum sind Sie nicht etwas hilfsbereit und kooperativ?"

„Wir haben natürlich keine Ahnung, wo sie sind, da wir hier gefangen gehalten werden", antwortete Hana hitzig. „Und ich würde diese beiden an Ihrer Stelle nicht unterschätzen. Sie sind ausgebildete Kämpfer und haben noch eine Rechnung mit Ihnen offen, Jakob. Passen Sie gut auf sich auf. Sie werden kommen."

Jakob erschrak leicht, als Hana die Worte ‚ausgebildete Kämpfer' aussprach, und veränderte kurz seine Haltung. „Sollen sie es doch versuchen", sagte er wenig überzeugend. „Wir sind hier gut geschützt. In der Zwischenzeit', grinste er, „machen Sie es sich bequem – und vielleicht sollten Sie ein oder zwei Gebete sprechen."

Nachdem er das gesagt hatte, lachten er und Günther, drehten sich um, gingen zurück zur Tür, verriegelten sie und sperrten ihre Gefangenen ein.

KAPITEL

ACHTUNDVIERZIG

Es war fast elf Uhr abends, als Karl, Lukas und Marco in zwei Autos zum Hotel zurückkehrten. Batista wartete bereits auf sie, um ihnen die neuesten Nachrichten aus Tel Aviv mitzuteilen.

Nachdem Karl Marco dem Interpol-Agenten vorgestellt hatte, berichtete er zunächst über ihre Aktivitäten an diesem Abend – die Überwachung der Scheune und was sie gehört hatten, den leeren SUV ohne Dominic und Hana, das Treffen mit Marco und Marcos eigene Beobachtung der Entführung.

„Was haben sie davon, Michael und Hana zu entführen?", fragte Batista. „Ich verstehe, dass diese Leute skrupellos sind und unsere Freunde als potenzielle Störfaktoren für ihren Plan betrachten. Ich war besorgt, dass sie sie getötet haben, aber es scheint, dass sie stattdessen entführt wurden. Warum?"

„Wir haben gehört, wie sie Fotos von uns vieren an die Leute in der Scheune verteilt haben", sagte Karl, „und ihnen gesagt haben, sie sollen nach uns Ausschau halten.

Vielleicht hat Kurtz einen verdrehten Plan in petto. Ich habe ein schlechtes Gefühl dabei, Javier."

An dieser Stelle beschrieb Batista sein Gespräch mit Eli Raziel im Hauptquartier des Mossad und das S13-Team, mit dem sie sich am nächsten Morgen treffen würde.

„Das bedeutet, dass wir morgen Nacht im Schutz der Dunkelheit das Gelände stürmen werden. Da Marco gesehen hat, wie Dominic und Hana dorthin gebracht wurden, werden wir sie ebenso wie Kurtz holen, vorausgesetzt, dass es sich um seinen Wohnsitz handelt und alles nach Plan verläuft. Yossi, der Teamleiter, wird die Einzelheiten der Mission erklären, wenn sie dort ankommen."

ARMAND DE SAINT-CLAIR WAR BESORGT. Er hatte mehrmals versucht, Hana zu erreichen, aber sie ging weder ans Telefon noch antwortete sie auf seine Nachrichten. Er nahm erneut den Hörer und wählte eine andere Nummer.

„Marco", sagte er barsch, als Picard abnahm, „wo ist meine Enkelin?! Es ist nicht ihre Art, meine Anrufe zu ignorieren."

„Baron, hier ist alles sehr schnell gegangen, deshalb habe ich mich noch nicht gemeldet. Ich fürchte, Hana wurde zusammen mit Pater Dominic entführt, wahrscheinlich von Neonazis, die mit Dr. Kurtz in Verbindung stehen. Ich war zahlenmäßig stark unterlegen, sonst hätte ich eingegriffen. Der Rest von uns ist jetzt hier und bespricht den Plan für den morgigen Einsatz auf Kurtz' Anwesen. Wir glauben, dass Hana dort ist."

Marco erklärte Saint-Clair in groben Zügen die

bevorstehende S13-Operation für den nächsten Tag, was dessen Befürchtungen etwas milderte.

„Rufen Sie mich an, sobald Hana in Sicherheit ist", forderte er. „Sie soll mich so schnell wie möglich zurückrufen, Marco. Ich weiß, dass Sie Ihr Bestes tun, um sie zurückzuholen."

„Natürlich, Baron, das werde ich. Wir tun alles, um ihre Sicherheit und die von Pater Dominic zu gewährleisten."

„Ich habe von hier aus alles in Bewegung gesetzt, was möglich war", betonte Saint-Clair. „Und ich habe noch einen anderen Plan bezüglich Kurtz im Kopf. Damit wird er mir nicht davonkommen."

NEUNUNDVIERZIG

Am nächsten Morgen, größtenteils von den Nachwirkungen des Ketamins erholt, erkundete Dominic den großen Raum, in dem sie gefangen gehalten wurden. Das hochgelegene Fenster an der gegenüberliegenden Wand war zu klein für eine Flucht, doch er hatte zwei gefundene Kisten übereinandergestapelt, um einen Blick nach draußen zu werfen.

Die Aussicht bestätigte ihre Lage: Sie befanden sich tatsächlich am Ufer des *Nahuel Huapi*-Sees. Ein langer, akkurat gepflegter Rasenstreifen führte zum Wasser hinab. Links erhob sich eine hohe Ziegelmauer, dahinter ein dichter Wald aus mächtigen Sequoias und alten Eukalyptusbäumen, die auch das weitläufige Anwesen durchsetzten. Bewaffnete Wachen patrouillierten das Gelände. Ein Entkommen schien in dieser Richtung unmöglich.

„Ich dachte, man hätte uns Essen versprochen",

beklagte sich Hana, während sie ihre Stiefel schnürte. „Ich sterbe vor Hunger."

Gerade als das Geräusch des zurückgeschobenen Türriegels ertönte, sprang Dominic von den Kisten herab und ging gelassen auf die Tür zu.

Wieder erschienen Jakob und Günther, diesmal begleitet von einem dritten Mann, der mit einer Uzi-Maschinenpistole im Flur postiert war.

„Ich hoffe, Sie haben gut geschlafen", sagte Jakob. „Heute erwartet Sie eine besondere Überraschung. Dr. Kurtz hat Sie zum Frühstück eingeladen. Da er gewöhnlich alleine speist, müssen Sie ganz außergewöhnliche Gäste sein. Kommen Sie mit."

Während Jakob voranging, folgten Günther und der bewaffnete Mann durch den Flur, hinab eine Wendeltreppe, die sich um ein luftiges Atrium schlängelte – gefüllt mit farbenprächtigen einheimischen Farnen und chinesischem Immergrün, das einen Teich am Fuß eines kaskadierenden Felswasserfalls umrahmte. Kurz darauf betraten sie einen riesigen Speisesaal, überraschend im schottischen Stil gehalten: Antike Rüstungen in jeder Ecke, an der Hauptwand ein gewaltiger blau-grüner Tartan-Teppich.

DR. KURTZ THRONTE am Kopfende des Tisches im Rollstuhl. Neben ihm stand eine korpulente Frau, vermutlich die Köchin, die ihm schweigend Tee einschenkte.

„Ah, da sind Sie ja", krächzte der Doktor, als Jakob Stühle für Hana und Dominic herbeischaffte. Sie setzten sich mit deutlichem Abstand zu ihm.

„Ich vertraue darauf, dass Ihre Unterkunft … den Umständen entsprechend angemessen war?"

„Sagen Sie uns einfach, was wir hier tun, Dr. Kurtz." Dominics Stimme schnitt durch die Luft. „Sie haben, was Sie wollten. Was könnten wir Ihnen noch nützen?"

„Was noch, in der Tat." Der Alte entfaltete langsam seine Serviette, breitete sie auf dem Schoß aus. „Dazu kommen wir gleich. Doch zuerst: eine Überraschung." Es waren schwere Schritte zu hören, die sich von hinten näherten, und der neu angekommene Gast nahm am anderen Ende des Tisches Platz.

„Guten Morgen, Dominic, Frau Sinclair", sagte Kardinal Dante mit einem süffisanten Lächeln.

Dominic und Hana waren wie erstarrt, ihren Erzfeind hier in Bariloche zu sehen, am selben Tisch wie der berüchtigte Nazi Johann Kurtz sitzend.

Sie waren sprachlos.

Dante lachte herzhaft. „Genau die Reaktion, die ich mir erhofft hatte – deshalb habe ich gewartet, bis Sie beide hereingebracht wurden und sich gesetzt haben. Ist das Überraschungselement nicht exquisit?"

„Wa… was zum Teufel tun Sie hier?", war alles, was Dominic hervorbrachte.

„Das mag für einen Historiker wie Sie schockierend sein, Dominic, aber auch ich habe hier eine Geschichte. Johann, wissen Sie, ist mein Halbbruder. Verschiedene Väter, aber dieselbe Mutter – eine Schottin, wie Sie an den Teppichen und Rüstungen um uns herum erkennen können." Sein Arm beschrieb eine schwungvolle Geste durch den Raum.

„Mein lieber Bruder und ich haben viel gemeinsam, insbesondere sein tiefes Interesse an Genetik. Es gibt nur wenige Menschen auf der Welt, die DNA besser extrahieren und sequenzieren können als Johann."

„Oh, Fabrizio", stammelte Kurtz und hustete. „Du schmeichelst mir."

Während sie zuhörte, fasste Hana sich wieder und wandte sich an Dante. „Ich hätte wissen müssen, dass Sie dahinterstecken. Sie sind der schlimmste Heuchler von allen! Ein Prinz der Kirche, der sich mit Nazi-Genetik beschäftigt?! Das verstößt gegen Ihre heiligen Gelübde und Pflichten! Es ist unvorstellbar!"

„Dann müssen Sie Ihre Vorstellungskraft erweitern, meine Liebe", stichelte Dante spielerisch, sichtlich erfreut über ihre Reaktionen.

Die mürrische Köchin kehrte mit einem Servierwagen zurück, auf dem vier Teller mit silbernen Hauben standen. Sie stellte zuerst Kurtz' Teller ab, hob die Haube und enthüllte ein üppiges Frühstück aus Entenei-Rührei, Bratwurst und frischem Obstsalat. Sie ging um den Tisch, wiederholte das Ritual für jeden Gast und schenkte anschließend Dante, Hana und Dominic Kaffee ein.

„Also unsere letzte Mahlzeit?", witzelte Dominic.

Weder Kurtz noch Dante lachten. Sie ließen die Frage unbeantwortet, schwiegen und widmeten sich ganz ihrem Frühstück.

„Herr Doktor" meldete sich ein Mann in einem weißen Laborkittel, der gerade hereinkam. „Sie werden unten im Labor gebraucht, Sir. Es geht um das neue Spektralphotometer, das Sie bestellt haben."

Kurtz warf seine Gabel lautstark auf den Tisch, sodass sein Porzellanteller klapperte. „Verdammt, Franz, sehen Sie nicht, dass ich gerade esse?"

Der kleine Mann wich zitternd zurück. „Es tut mir sehr leid, Sir. Sie sagten, es sei dringend."

Kurtz seufzte, warf seine Serviette vom Schoß auf den Tisch und fuhr mit seinem Rollstuhl zurück zum Aufzug in der Nähe der Treppe. „Ich bin gleich zurück, Fabrizio. Bitte unterhalte unsere Gäste in meiner Abwesenheit." Die Köchin kam aus der Küche zurück, stellte eine Haube über den Teller des Arztes, um ihn warm zu halten, faltete eine Serviette und legte sie über die Haube.

Dabei blickte sie Hana mit Angst in ihren Augen an und nickte dann mit dem Kopf in Richtung der Küche, wohin sie zurückkehrte.

Unsicher, was zu tun war, aber mutiger, nun da Kurtz nicht im Raum war, wagte Hana einen Versuch. Sie blickte über den Tisch, als suche sie nach etwas, und sagte: „Ich hole mir nur etwas Wasser." Als sie aufstand, traf sie Michaels Blick. Er schien sofort zu verstehen, dass sie etwas im Schilde führte.

„Könntest du mir auch ein Glas holen?", fragte er sie.

„Klar. Und… soll ich Sie immer noch ‚Eminenz' nennen?", stockte sie und blickte Dante scharf an. „Möchten Sie auch Wasser?"

„Sie können mich nennen, wie Sie wollen, Frau Sinclair. In diesem Moment spielt das keine Rolle. Und nein, ich brauche kein Wasser."

Hana ging durch den großen Speisesaal, vorbei an den Rüstungen, in die Küche, wo die stämmige Köchin zitternd am Waschbecken stand. Sie konnten hören, wie Dominic den Kardinal in ein Gespräch verwickelte – vermutlich, dachte Hana, um ihr eigenes Gespräch mit der Köchin zu decken. Gut gemacht, Michael. Du hast verstanden!

„Sie müssen dieses Haus um jeden Preis verlassen, gnädig Frau!", flüsterte die Köchin dringend, das Kruzifix um ihren Hals glänzte unter den hellen Deckenlichtern. „Ich habe sie heute Morgen belauscht. Sie wollen Sie beide töten! Das kann nicht Gottes Plan sein!"

„Aber wie können wir entkommen?!", flüsterte Hana verzweifelt zurück.

Die arme Frau war voller Anspannung und versuchte, darüber nachzudenken, wie sie helfen könnte. Sie griff nach einem scharfen, kurzen Kochmesser und streckte es ihr entgegen, den Griff zuerst.

„Hier! Nehmen Sie das, es könnte nützlich sein. Es tut mir leid, dass ich nicht mehr tun kann."

Hana nahm das Messer und überlegte, wo sie es verstecken könnte.

Während sie es in ihren rechten Stiefel steckte, bat sie die Köchin um zwei Gläser Wasser. Die Frau kam der Bitte nach.

„Vielen, vielen Dank!", sagte Hana leise, ihre Augen spiegelten dankbare Zuneigung wider. Sie nahm die Wassergläser und kehrte in den Speisesaal zurück.

Als sie ein Glas vor Michael abstellte, setzte sie sich wieder neben ihn und nahm einen Schluck von ihrem eigenen Wasser. Mit der anderen Hand unter dem Tisch griff sie hinüber und drückte Michaels Bein als Zeichen der Bestätigung. Nicht darauf vorbereitet, zuckte er leicht zusammen.

„Schluckauf, Pater Dominic?", fragte Dante und sah den Priester seltsam an.

„Äh, ja. Schluckauf." Er täuschte noch ein paar vor, um glaubwürdig zu bleiben, und nahm dann einen Schluck Wasser.

Solange Kurtz noch weg war, wagte Hana ihr Glück weiter. „Sie erwarten doch nicht wirklich, Christi DNA aus diesem Schleier zu gewinnen, oder?"

„Ich unterstütze meinen Bruder in all seinen Unternehmungen, ob sie machbar sind oder nicht", erklärte er. „Es liegt nicht an mir, zu sagen, ob das Blut echt ist oder nicht. Aber stellen Sie sich vor, es wäre so ..." Dante blickte aus dem Fenster zum See, seine Gedanken schweiften zu der bloßen Möglichkeit ab. „Meinen Sie nicht, dass die Menschheit ein wenig mehr von Gottes Göttlichkeit gebrauchen könnte?"

„Gott scheint es versäumt zu haben, Ihnen etwas davon gegeben zu haben", stichelte Hana. „Von Ihrer Sorte könnten wir alle weniger gebrauchen."

Der Kardinal kicherte, während er seine Bratwurst zerteilte.

„So ein strenger Ton, meine Liebe. Aber ich fürchte, Sie werden mich hier noch ein oder zwei Tage ertragen müssen."

Ein leises Ping des sich öffnenden Aufzugs im Flur hallte in den Speisesaal, gefolgt vom elektrischen Surren von Kurtz' Rollstuhl, als er sich ihnen näherte.

„Ich hoffe, Sie haben Bertas ausgezeichnete Küche genossen, während ich fort war, ganz zu schweigen von der anregenden Konversation meines Bruders."

„Berta war sehr freundlich, sich die Mühe zu machen", erwiderte Hana. „Vor allem, wenn es unsere letzte Mahlzeit ist."

„Oh, seien Sie nicht so dramatisch, Frau Sinclair", sagte der Doktor, als er seinen Platz am Tisch einnahm. „Es könnte durchaus noch Verwendung für Sie beide geben."

FÜNFZIG

V or dreißig Stunden war Swiss Air Flug 257 vom Flughafen *Ben Gurion* südöstlich von Tel Aviv nach Buenos Aires gestartet, mit einer geplanten Ankunft um 7:10 Uhr Ortszeit nach einem Zwischenstopp in Zürich.

Sechs Mitglieder der *Shayetet 13-Einheit* der israelischen Streitkräfte waren an Bord, im Flugmanifest unter Pseudonymen als militärische Verteidigungsattachés mit diplomatischen Pässen eingetragen. Dementsprechend waren ihre Waffen und Ausrüstungscontainer in einem gesicherten Bereich des Frachtraums des Flugzeugs verstaut, sichtbar mit „Diplomatische Fracht"-Bändern gekennzeichnet, die sie von Zollkontrollen oder Beschlagnahmungen freistellten.

Als die Boeing 777 am internationalen Flughafen *Ezeiza* landete, bereitete Yossi Geffen, der Teamleiter von S13, seine Einheit leise im hinteren Teil des Flugzeugs auf die Aktivitäten des Vormittags vor.

„Ein CH-47 Chinook wird uns nach *Bariloche* bringen",

flüsterte er auf Hebräisch zu seinen Männern. „Wie in Zürich, überwacht die gesamte Ausrüstung, während sie in den Vogel verladen wird, vertraut nicht einfach den Gepäckabfertigern. Unsere Landezone liegt etwa fünf Kilometer vom Ziel entfernt. Der Mossad hat ein sicheres Haus organisiert, in dem wir unsere Ausrüstung für den heutigen Angriff vorbereiten können; ein weiterer Agent wird uns dort mit Karten und weiteren Anweisungen treffen. Tel Aviv will Kurtz lebend – wenn möglich. Ein U-Boot erwartet uns für die Exfiltration in der Bucht von Puerto Montt, im Süden Chiles, nicht weit von Bariloche. Gut, dass ihr auf dem Flug geschlafen habt. Es wird eine lange Nacht."

JAVIER BATISTA STAUNTE, als der schwerfällige, tarnfarbene Chinook auf der Landezone der nahegelegenen Luftwaffenbasis der *Gendarmería Nacional*, Staffel 34, nicht weit vom sicheren Haus in *Bariloche* landete, das er mit Eli Raziel vom Mossad organisiert hatte.

Batista hatte auch einen Zweieinhalb-Tonnen-Lastwagen von der *Gendarmería* geliehen, um die Männer und ihre Ausrüstung zu transportieren, einschließlich eines aufblasbaren Zodiac Milpro-Bootes für den Einsatz auf dem See.

Der Agent wusste genau, dass *Shayetet 13* die elitärste und geheimste Einheit der israelischen Marine ist, vergleichbar mit anderen hochqualifizierten Kommandoeinheiten wie den SEAL-Teams der US-Marine oder dem britischen Special Boat Service. S13-Operatoren sind Spezialisten für Terrorismusbekämpfung und Geiselrettung, See-zu-Land-Einsätze, Sabotage und feindliche Übernahmen. Es erforderte viel Aufwand, eine echte S13-Einheit zu koordinieren, besonders so weit entfernt von ihrem primären Einsatzgebiet. Doch mit der Unterstützung von Team Hugo – Valois, Petrini und Saint-Clair, die ihre geballte politische Macht einsetzten – wurden die Vorkehrungen schnell und einvernehmlich getroffen. Das, und der tiefe Wunsch des Mossad, Johann Kurtz zu verhaften, machte die Situation für alle Beteiligten schwer ablehnbar.

Als die Männer aus dem Chinook mit schweren taktischen Patrouillenrucksäcken über den Schultern ausstiegen, ging Teamleiter Yossi Geffen direkt auf Batista zu, der in der Nähe des Lastwagens stand, die Arme über der Brust verschränkt.

„Batista, nehme ich an?", sagte er, zeigte ein einladendes Lächeln und streckte die Hand aus.

„Willkommen in *Bariloche*, Yossi, und nenn mich Javi. Schön, dich kennenzulernen", antwortete Batista mit einem festen Händedruck. Wie typisch für Männer ihres Trainings, schätzte jeder instinktiv den anderen ein, um die gegenseitige Verlässlichkeit als Rückendeckung zu bewerten.

Während die beiden Männer auf dem Rollfeld sprachen, lud der Rest des Teams ihre Ausrüstung aus dem Chinook und verstaute sie in wenigen Minuten effizient auf dem Lastwagen. Mit allen nun an Bord fuhr Batista sie zum sicheren Haus, um sich auf die nächtliche Operation vorzubereiten.

Dengler, Lukas und Marco warteten auf sie, als das Team ankam. Nachdem sich alle einander vorgestellt hatten, gingen die zehn Männer hinein, um die Pläne für die nächtliche Operation auszuarbeiten, mit Karten und Satellitenbildern von Google Earth, die das Layout des Kurtz-Anwesens und die umliegende Umgebung zeigten.

„Unsere Drohne wird uns helfen, die Anzahl der externen Kämpfer zu bestimmen, mit denen wir es zu tun haben", sagte Yossi, „aber unabhängig davon sind sie meinem Team nicht gewachsen. Wir nähern uns dem Haus vom See aus und lenken die Aufmerksamkeit auf die Rückseite des Grundstücks, um die Wachen vom Haupttor wegzulocken, damit Ihr Team von vorne eindringen kann. Ich habe einen Scharfschützen in den Bäumen neben dem Grundstück, der so viele Wachen wie möglich ausschalten wird.

Deshalb möchte ich, dass jeder von Ihnen diese speziellen Armbänder trägt, damit unsere Nachtsichtgeräte die Guten von den Bösen unterscheiden können." Er verteilte olivfarbene elastische Armbänder mit unsichtbaren fluoreszierenden Nähten.

„Ich verstehe, sie haben Geiseln genommen?", fragte Yossi.

„Ja", bestätigte Dengler. ,Meine Cousine Hana und ein befreundeter Priester, Pater Michael Dominic. Wir haben keine Ahnung, was sie mit ihnen vorhaben oder wo sie sich im Haus befinden, aber ich möchte ihre Rettung leiten." Er erklärte Yossi kurz ihre Qualifikationen als ehemalige Elite-Gebirgsjäger der Schweizer Armee und jetzige päpstliche Gardisten und Marco als ehemaliger *Green Beret* des französischen Marinekommandos.

„Dann könnte ich mir keine besseren Soldaten als Begleitschutz wünschen", lobte Yossi ihn. „Ihre gefangenen Kameraden können sich glücklich schätzen, Sie zu haben. Hier sind noch zwei Armbänder für sie, falls Sie sie finden." Lukas nahm sie und steckte sie in seine Tasche.

„Wir müssen auch ein besonderes Artefakt finden und

zurückholen, das Kurtz uns gestohlen hat", fügte Dengler hinzu.

„Verstanden", bestätigte Yossi. „Wir wurden über diesen Gegenstand informiert und werden Ihnen helfen, ihn zurückzubekommen. Also gut, jeder hat seine Aufgabe. Die Operation beginnt um 22 Uhr. Dann sollten wir uns jetzt ausrüsten."

EINUNDFÜNFZIG

Zurück in dem düsteren Raum, in dem sie gefangen gehalten wurden, ließen sich Dominic und Hana auf die harten Feldbetten sinken. Die Luft war schwer von der Last ihrer ungewissen Zukunft. Hana zog das kleine, scharfe Kochmesser hervor, das Berta, die Köchin, ihr heimlich zugesteckt hatte. Mit gedämpfter Stimme enthüllte sie Michael den belauschten Plan: Kurtz beabsichtigte, sie zu töten – und das vermutlich schon bald.

„Verdammt", fluchte Dominic leise. Er nahm das Messer und verstaute es geschickt unter seinem Gürtel, verborgen unter dem weiten schwarzen Priesterhemd. „Nicht der Plan – das Messer. Warum riskiert sie so viel für uns?"

Hana zuckte leicht mit den Schultern, während ihr Blick durch den schummrigen Raum wanderte. „Ich glaube, sie ist gläubig. Was Kurtz vorhat, widerspricht allem, wofür sie steht. Ich bin einfach nur dankbar für diese Chance." Sie schwieg kurz. „Und danke, dass du Dante abgelenkt hast, während ich in der Küche war."

Ein flüchtiges Lächeln spielte um Dominics Lippen. „Als du mir diesen Blick zugeworfen hast, wusste ich, dass du etwas vorhast."

Hanas Augen glitten in die Dunkelheit, während sie die Möglichkeiten durchdachte. „Ich muss einfach glauben, dass Karl, Lukas und Javier etwas planen", sagte sie leise. „Sie kennen uns. Sie würden uns nicht im Stich lassen. Aber ..." Ihre Stimme brach fast. „Wie sollen sie wissen, wo wir sind? Wir haben schon vieles zusammen durchgestanden, Michael, aber diesmal ... Sie verstummte. „Diesmal sieht es wirklich düster aus."

Dominic lehnte sich zurück, die Stirn in Falten gelegt, seine Stimme von unterdrückter Wut geprägt. „Was mich nicht loslässt, ist Dantes Rolle in diesem ganzen Albtraum. Ein Kardinal – ehemaliger Außenminister des Vatikans – verbündet sich mit Neonazis? Das ist unvorstellbar. Er hatte Zugang zu nahezu unbegrenzter Macht. Wie lange hat er diese schon missbraucht, um die perversen Pläne seines Bruders zu unterstützen?"

„Immerhin wissen wir, dass das Labor im Untergeschoss liegt", warf Hana ein, nun mit klarer, fokussierter Stimme. „Dort muss der Schleier sein."

Dominic warf einen Blick auf seine Uhr, deren Zeiger schwach im Dämmerlicht schimmerten. „Es ist kurz nach zwölf. Angesichts von Kurtz' Plänen bleibt uns nicht viel Zeit. Wenn der Wächter zurückkommt, werde ich ihn mit dem Messer ablenken. Du schnappst dir seine Waffe. Danach ..." Er zögerte. „Danach müssen wir improvisieren."

Hana sah ihn an, ihre Augen eine Mischung aus Sorge und eiserner Entschlossenheit. „Sei vorsichtig, Michael.

Bitte. Ich könnte es nicht ertragen, wenn dir etwas zustoßen würde." Ihre Stimme zitterte kaum hörbar, ein feuchter Schimmer lag in ihren Augen.

Er legte ihr beruhigend die Hand auf die Schulter, sein Blick fest und zuversichtlich. „Mach dir keine Sorgen um mich, Hana. Ich will niemanden verletzen, aber ich weiß, was zu tun ist. Wir kommen hier raus – und zwar lebend."

ZWEIUNDFÜNFZIG

E ine dichte Wolkendecke verschluckte das spärliche Licht des Viertelmondes, und ein leichter Regen setzte über *Bariloche* ein. Der *Nahuel-Huapi-See* lag dunkel und still da, nur das sanfte Rauschen einer leichten Brise, die über das ruhige Wasser zog, durchbrach die Stille.

Vier bewaffnete Wachen patrouillierten am rückwärtigen Teil des Kurtz-Anwesens: je eine an den beiden gegenüberliegenden Mauern, etwa fünfhundert Meter voneinander entfernt, und zwei weitere, die die Rückseite des großen Herrenhauses absicherten.

Keiner der Wächter bemerkte die sechs schwarz behelmten Köpfe, die lautlos aus der glatten Oberfläche des Sees auftauchten. Die M4-Karabiner schussbereit erhoben, bewegte sich das S13-Team mit geübter Präzision ans Ufer. Ihr Zodiac-Schlauchboot hatten sie dreißig Meter entfernt am Ufer zurückgelassen, bereit für eine schnelle Flucht, wenn die Zeit kam.

Während die anderen in geduckter Haltung am

sandigen Ufer verharrten, huschte ein Scharfschütze des Teams flink zu den hoch aufragenden Sequoias jenseits der westlichen Mauer des Anwesens. Er kletterte auf einen der mächtigen Bäume und positionierte sich mit freiem Blick über das gesamte Gelände, seine Nachtsichtbrille aktiviert. Auf einem stabilen Ast sitzend, zog er eine Black Hornet PRS-Nanodrohne aus seinem taktischen Rucksack und ließ sie aufsteigen.

Ultraleicht und nahezu geräuschlos schwebte die winzige Drohne hoch über dem Anwesen, ihre Nachtsichtkamera erfasste die Landschaft darunter. Die Drohne übertrug einen hochauflösenden Live-Videostream an den Scharfschützen, der die Daten in einem Flüsterton über einen sicheren Kanal in ihren Headsets an sein Team funkte.

„Vier Tangos hinten gesichtet. Einer an jeder Mauer, zwei Wachen hinter dem Haus." Ein leises Knistern, als er den Sprechknopf losließ.

Er lenkte die Drohne über das Haus zur Vorderseite des Anwesens.

„Fünf weitere Tangos vorne. Zwei am Tor, einer an der Tür, zwei entlang des Zauns. Zwei Fahrzeuge vor dem Haus geparkt." Wieder ein statisches Knistern. Er rief die Drohne zurück und verstaute sie in seinem Rucksack.

Dann zog er ein SR-24-Scharfschützengewehr mit einem OPS-Schalldämpfer aus dem Rucksack, legte an und visierte die Wache an der näheren Mauer an. Er zog den Verschluss zurück, atmete tief ein und drückte sanft den Abzug. Mit einem kaum hörbaren Zischen ging das Ziel zu Boden.

Dasselbe tat er mit der Wache an der fernen Mauer. Zwei Tangos erledigt.

Er gab den aktuellen Status an seine Teamkollegen

durch. Der Weg war nun frei, um die verbleibenden zwei Wachen nahe am Haus auszuschalten.

Augenblicke später: vier Tangos erledigt.

Plötzlich ertönte ein lautes Summen aus dem Inneren des Herrenhauses, das in gleichmäßigen Intervallen schrillte. Offenbar hatte jemand die Vorgänge draußen bemerkt und den Sicherheitsalarm ausgelöst. Mehrere bewaffnete Männer tauchten wie aus dem Nichts auf. Da die Aktivität sich auf der Seeseite des Hauses zu konzentrieren schien, eilten die Wachen von der Vorderseite zur Unterstützung ihrer Kameraden nach hinten – und ließen das Haupttor unbewacht.

Dengler, Lukas und Marco, jeder mit einer *Heckler & Koch 45er-Pistole* bewaffnet, stürmten lautlos das vordere Tor und überwanden mühelos den schmiedeeisernen Zaun. In taktischer Formation verteilt, die Umgebung wachsam im Blick, suchten sie nach Anzeichen feindlicher Kämpfer. Sie fanden keine. Nach einer kurzen Überprüfung der zwei Autos, die nahe dem Eingang parkten, drangen sie ins Herrenhaus ein.

DER LÄRM draußen riss Dominic und Hana aus ihren Gedanken. Sie eilten zur Seeseite des Hauses, wo Dominic auf die gestapelten Kisten kletterte und durch das kleine Fenster spähte. Im fahlen Licht entdeckte er mehrere Soldaten in Tarnkleidung, die sich vom See her dem Haus näherten. Er wirbelte zu Hana herum.

„Da draußen sind Soldaten! Such irgendwas, womit ich das Glas einschlagen kann, damit sie wissen, dass wir hier sind!"

Hana ließ ihren Blick hektisch durch den Raum schweifen, auf der Suche nach etwas Brauchbarem. Nichts.

„Wie wär's mit deinem Ellbogen?"

„Warum bin ich da nicht selbst draufgekommen?" Dominic drehte sich seitlich, zog den Arm zurück und rammte seinen Ellbogen durch die Scheibe. Das Glas zersplitterte in kleine Scherben, genug, um nach draußen zu rufen.

„Wir sind hier drin!", brüllte er. „Zweiter Stock!"

In diesem Moment stürmte ein Wächter in den Raum, seine Uzi auf beide gerichtet, seine Bewegungen hektisch vor Panik angesichts des Chaos draußen.

„Runter da!", schrie der Mann auf Spanisch.

Dominic sprang von den Kisten und ging langsam auf ihn zu, die Arme leicht erhoben. In fließendem Spanisch sprach er auf den Wächter ein.

„Sie sollten da draußen sein und Ihren Freunden helfen. Wir sind keine Bedrohung!"

Der Mann zitterte, ebenso wie die Uzi in seinen Händen. Unsicher, was zu tun war, schien er zu überlegen. Diese Gefangenen waren vermutlich auf der Seite der Eindringlinge. Er traf eine Entscheidung.

Er hob die Maschinenpistole und zielte direkt auf Dominic.

„Nein!", schrie Hana, als eine ohrenbetäubende Explosion hinter dem Wächter ihn augenblicklich zu Boden riss.

Dengler und Lukas stürmten durch die Tür, Waffen im Anschlag, und sicherten den Raum nach weiteren Zielen. Keine. Lukas drehte sich zur Tür, um den Flur im Auge zu behalten.

„Karl!" Hana stürzte auf ihn zu und schlang die Arme um ihn. „Gerade noch rechtzeitig!"

„Später mehr davon", sagte Dengler, ganz bei der Sache. „Zieht die an." Er reichte jedem ein S13-Armband.

„Javier und israelische Kommandos stürmen das Haus. Wir müssen euch hier rausholen."

„Das ist großartig, Karl", sagte Dominic, „aber ich gehe nicht ohne den Schleier."

„Wo ist er?"

„Wir vermuten, im Labor, irgendwo unter dem Erdgeschoss. Wahrscheinlich ist Kurtz auch dort."

„Die Israelis wollen ihn lebend, aus offensichtlichen Gründen. Lasst uns runtergehen und danach suchen."

Yossi und zwei seiner Männer hatten sich im Atrium in taktischer Verteidigungsposition verteilt und warteten auf Dengler, um die Geiseln herauszubringen. Die Gruppe rannte über den Balkon und die Treppe hinunter, um sich dem Team anzuschließen.

Dominic steuerte auf den Aufzug zu. „Der führt ins Labor im Untergeschoss. Hoffentlich." Er, Hana, Karl und Lukas zwängten sich in die kleine, holzvertäfelte Kabine, während Yossi und sein Team eine Treppe hinter einer verschlossenen Tür entdeckten, die schneller nach unten führte.

Dominic drückte den Knopf mit der Aufschrift „L", und die Türen schlossen sich quälend langsam. Obwohl die Fahrt ewig zu dauern schien, erreichten sie schließlich das Untergeschoss. Dengler und Lukas hielten ihre Pistolen auf die Türen gerichtet, während Dominic und Hana sich hinter ihnen an die Seitenwände drückten.

Die Türen öffneten sich. Yossi und seine Männer waren bereits da, sicherten beide Enden des Flurs. Neben Yossi stand Marco.

Hana stockte der Atem. „Das ist der Mann, der mir gefolgt ist! Wer sind Sie?!"

„Entschuldigung, Ms. Sinclair", sagte Marco hastig. „Ich hätte mich irgendwann vorstellen sollen, aber Ihr

Großvater hat mir strikte Anweisungen gegeben, unauffällig zu bleiben, ... dass Sie es nicht mögen, beschützt zu werden."

Sie eilten den Flur entlang zu einer Tür, die wie der Eingang zu einem Labor aussah.

„Sie arbeiten für meinen Großvater?", fragte Hana, während sie sich bewegten. „Das hätte ich nicht erwartet. Aber ich bin froh, dass Sie jetzt hier sind."

Marco erklärte kurz, dass er gesehen hatte, wie Dominic und sie gefangen genommen wurden, aber gegen vier Männer nichts ausrichten konnte und stattdessen die anderen alarmiert hatte.

„Da bin ich sozusagen aus der Deckung gekommen. Und ich bin froh, dass ich es getan habe."

„Ich auch", sagte Hana mit einem warmen Lächeln für den attraktiven Mann.

„Okay", unterbrach Dominic scharf, als sie die Tür erreichten, „lasst uns den Schleier finden und verschwinden."

HINTER EINER DECKENHOHEN Glaswand erstreckte sich das Labor. Durch die Tür betraten sie einen Raum voller summender Maschinen und wissenschaftlicher Geräte, doch er war menschenleer.

Dominic und sein Team durchsuchten jeden Winkel nach der Alabasterdose oder einem anderen Behälter, der das Artefakt enthalten könnte. Sie öffneten jede Maschine, jeden Schrank, jede Schublade, sogar den Kühlschrank. Nichts. Kein Schleier.

„Verdammt!", rief der Priester, Frustration in seiner Stimme. „Wo kann er sein?"

Dengler entdeckte eine Tür, die in einen Nebenraum

führte. Er öffnete sie und fand ein opulent eingerichtetes Büro, vermutlich das von Kurtz. Er setzte sich an den massiven Schreibtisch und begann, die Schubladen zu durchwühlen.

Hinter ihm öffnete sich lautlos die hohe Holztür eines Schranks, und Günther trat hervor, eine Pistole in der Hand. Er presste die Mündung gegen Karls Hinterkopf, das kalte Metall streifte seine Haare. „Wir sehen uns wieder, Kleiner", flüsterte er bedrohlich.

Gerade als Günther den Abzug durchziehen wollte, stürmte Marco ins Büro, seine Pistole schussbereit. Günther blickte auf. Ohne zu zögern, zielte Marco und schoss ihm in die Brust. Der Deutsche taumelte zurück, seine Waffe entlud sich mit einem ohrenbetäubenden Knall. Die Kugel zischte über Karls Kopf hinweg, streifte sein Haar.

Karl warf sich auf den Schreibtisch, unverletzt, aber erschüttert, das Dröhnen in seinen Ohren raubte ihm vorübergehend das Gehör.

„Viel zu knapp", keuchte er, schüttelte den Kopf, um das Klingeln zu vertreiben. „Danke, Marco." Die beiden Männer tauschten einen kurzen Blick, als der Rest des Teams ins Büro stürmte. Günthers lebloser Körper am Boden sprach Bände. Marco trat vorsichtshalber näher, kickte die Waffe aus Günthers Reichweite und fühlte seinen Puls. Er war tot.

In diesem Moment näherte sich einer von Yossis Männern, sprach auf Hebräisch und deutete auf eine offene Tür am Ende des Flurs.

„Sieht aus, als wären die anderen durch einen Tunnel geflohen", übersetzte Yossi. „Ich wette zwei Schekel, er führt zum See."

„Folgt uns", befahl er.

Alle rannten durch die Tür. Yossi drückte den Sprechknopf seines Funkgeräts und wies sein Team an, sich am Ufer zu sammeln und zwei seiner Männer, das Zodiac zurück zum Strand zu bringen.

Der unterirdische Tunnel war hell erleuchtet und führte tatsächlich zum See. Schließlich traten sie durch eine getarnte Tür, die in den Hang eingelassen war, auf einen Pfad, der zu einem hölzernen Steg führte – doch kein Boot war zu sehen.

Yossi spähte über den See und entdeckte in der Ferne die schwindenden Lichter eines Schnellboots: grün rechts, rot links, das sich mit hoher Geschwindigkeit entfernte.

Minuten später donnerte das Zodiac an den Steg.

„Wartet hier", befahl Yossi den anderen. „Wir holen sie ein."

Die sechs S13-Kämpfer sprangen ins Schlauchboot, das mit hochgerecktem Bug vom Steg schoss, um das fliehende Boot zu verfolgen. Mit einer Höchstgeschwindigkeit von 55 Knoten würde das Zodiac Milpro sie in Minuten einholen.

DREIUNDFÜNFZIG

D as Bertram 50 Express-Schnellboot, beladen mit Kurtz, Jakob, Christof und den Leibwächtern des Doktors, raste vom Ufer weg und hielt ostwärts auf die Straße zum Flughafen *Bariloche* zu. Am vereinbarten Abholpunkt am Seeufer wartete ein Van für den Fall eines Angriffs – ein Plan, der in Gang gesetzt wurde, sobald der Alarm im Herrenhaus ausgelöst worden war.

„Wer hat uns angegriffen?!", fragte Jakob, sobald sie an Bord waren und vom Steg wegpreschten.

„Das müssen die Israelis sein", krächzte Kurtz, seine knochigen Finger krallten sich schwach in die Armlehnen seines Rollstuhls, während das Boot über das Wasser schoss. „Die Operation war zu präzise, vermutlich Mossad. Ich bezweifle, dass sie den Schleier mehr wollen als mich, aber sie werden weder das eine noch das andere bekommen."

„Kapitän", rief er dem Fahrer zu, „wie schnell kann dieses Boot fahren?"

„Bis zu 44 Knoten, Herr Doktor", antwortete der Mann am Steuer selbstsicher. „Wir sollten alles auf diesem See überholen können."

Kurtz blieb skeptisch. „Wir müssen zum Flughafen", kreischte er. „Mein Flugzeug steht bereit. Wie lange bis zum Abholpunkt?"

„Noch etwa zehn Minuten, Herr."

Jakob und Christof starrten zurück, über die schäumende Heckwelle hinweg in die tintenschwarze Nacht. „Ich sehe nichts", murmelte Jakob. „Vielleicht hatten sie kein Boot."

„Sie kamen vom Wasser", widersprach Christof. „Wenn es ein Schlauchboot ist, hat es keine Positionslichter. Sie könnten da draußen sein, und wir würden sie nicht sehen."

Während sie in die Dunkelheit spähten, blitzte ein Mündungsfeuer auf. Einen Sekundenbruchteil später schlug eine Kugel ins Heck des Bootes ein.

„Da sind sie!", schrie Jakob und deutete auf die Stelle des Blitzes. „Vielleicht fünfhundert Meter zurück!"

Nun hörten sie das durchdringende Heulen des Volvo Penta D6-Motors des Zodiac, das stetig lauter wurde.

Weitere Schüsse fielen. Jakob und Christof warfen sich unter die Reling des Achterdecks, sodass nur Kurtz und der Kapitän ungeschützt blieben.

Kurtz' drei Leibwächter stürmten aus dem Unterdeck herauf, nahmen Positionen an den Seitenrelings und im Cockpit ein, stemmten sich gegen die Fahrt und feuerten blind in die Dunkelheit, in der Hoffnung, ein Ziel zu treffen.

Einer nach dem anderen fielen sie, präzise getroffen von Yossis Scharfschützen. Das Zodiac war nun nur noch hundert Meter hinter dem Schnellboot und holte auf.

Aus der Finsternis dröhnte ein Megafon: „Stoppen Sie den Motor sofort und bereiten Sie sich auf das Entern vor!"

Kurtz brüllte seinem Fahrer zu: „Weiterfahren!"

Kurz darauf eine zweite Warnung: „Wir schießen weiter, wenn Sie das Boot nicht sofort stoppen!"

Zehn Sekunden verstrichen. Das Boot wurde nicht langsamer. Stattdessen schaltete der Kapitän auf Autopilot, griff nach der Uzi des gefallenen Wächters neben ihm und drehte sich, um zu feuern.

Ein einziger Schuss des herannahenden S13-Teams brachte ihn zu Fall. Das Schnellboot war nun führerlos, raste auf Autopilot über die schwarze Wasseroberfläche, direkt auf das Ufer zu.

Kurtz, gefangen in seinem Rollstuhl, konnte nichts tun. In Panik schrie er Jakob zu, der mit Christof auf dem Achterdeck kauerte, um den Kugeln zu entgehen.

„Komm her und übernimm das Steuer! Nimm das Steuer!"

Das ohrenbetäubende Brüllen des Caterpillar-Motors der Bertram übertönte seine Rufe. Sie wussten nicht, dass der Kapitän tot war. Das Boot jagte weiter.

Als das Zodiac näher kam, erkannte Yossi, dass sie nichts mehr tun konnten. Geschwindigkeit und Schwerkraft würden die Sache auf ihre Weise regeln.

Kurtz saß im Cockpit, unfähig, das Steuer zu erreichen oder den Autopiloten auszuschalten, und starrte in blankem Entsetzen auf das Ufer, das ihnen mit voller Wucht entgegenraste.

In Sekundenschnelle glitt der massive Fiberglasrumpf der fünfzehn Meter langen Bertram auf den Sand und krachte in die Bäume. Kurtz wurde durch die Windschutzscheibe geschleudert und prallte gegen eine riesige Sequoia, tot auf der Stelle.

Gleichzeitig flogen Jakob und Christof vom Achterdeck, durchschlugen das Verdeck des Bootes und landeten in den Ästen, mit demselben tödlichen Ausgang.

Die Bertram explodierte nicht, doch durch die zerstörte Bugsektion fiel die Elektronik aus, der Motor erstarb, und die Propeller kamen zum Stillstand.

Das herannahende Zodiac legte hastig neben dem Rumpf des Schnellboots an. Fünf Männer sprangen heraus, Waffen im Anschlag, wachsam nach Überlebenden suchend, während der sechste das Boot ans Ufer zog.

„Ihr zwei, sucht im Wald nach Überlebenden oder Leichen", befahl Yossi. „Die anderen mit mir, aufs Boot."

Während zwei Männer mit eingeschalteten Helmlampen die Bäume absuchten, kletterten Yossi und zwei weitere mit taktischen Taschenlampen an Bord der Bertram. Abgesehen von den toten Wächtern und dem Kapitän war niemand mehr an Bord der zerstörten Yacht.

Nachdem Dominic und die anderen gesehen hatten, wie das Zodiac vom Steg zur Verfolgung raste, kehrten sie durch den Tunnel ins Herrenhaus zurück. Auf dem Weg passierten sie mehrere Leichen von Kurtz' Sicherheitsteam. Im Atrium angekommen, wandte sich Dominic von den anderen ab und begann, Gebete für die Gefallenen zu sprechen, in dem Wissen, dass jeder von ihnen trotz allem ein Kind Gottes war und seinen Segen verdiente. Danach betete er für die Sicherheit des Teams, das im Zodiac davongejagt war.

Als er sich wieder zu den anderen gesellte, bemerkte er, wie Karl durch die hohen Fenster zum Eingang blickte. „Moment", sagte er, Misstrauen in der Stimme. „Waren da draußen nicht zwei Autos, als wir reinkamen?"

„Ja, stimmt", bestätigte Lukas, als er sah, dass das Eingangstor offen stand. „Sieht aus, als wäre jemand entkommen. Vielleicht nur ein Wächter, der zu viel Angst hatte, um durchzuhalten."

„Ja, aber hoffentlich war es nicht Kurtz. Warten wir, bis Yossi zurück ist, um zu sehen, wer auf dem Boot war."

Eine Stunde später kehrte Yossis Team durch den Tunnel ins Haus zurück. Die Männer hatten auf dem See gekämpft; das Adrenalin, das noch durch ihre Adern pulsierte, zeigte sich in ihren scharfen Bewegungen, den wachsamen Augen und der angespannten Haltung.

Yossi stellte eine wasserdichte Ledertasche auf den Tisch vor Dominic, während die Männer den Raum betraten.

„Wir haben das Boot schnell eingeholt und die Wächter sowie den Kapitän ausgeschaltet. Leider hatte der Fahrer das Boot auf Autopilot gestellt, direkt aufs Ufer zu. Es lief mit voller Geschwindigkeit auf Grund, schleuderte Kurtz und die zwei Deutschen in die Bäume. Niemand hat überlebt. Wir kümmern uns um die Aufräumarbeiten."

„Ich freue mich nicht darauf, das Tel Aviv zu melden", fügte Yossi hinzu.

Dominic sah die Enttäuschung in seinem Gesicht, dass sie Kurtz nicht lebend hatten fassen können.

„Und Kardinal Dante? Was ist mit ihm passiert?"

„Wir haben nur sieben Leichen gezählt – Kurtz, die zwei Deutschen, den Kapitän und drei Wächter. Niemand sonst war an Bord."

Dengler wandte sich an Dominic. „Das fehlende Auto könnte Dante gewesen sein, der während des Tumults geflohen ist, falls er hier war."

„Oh, er war hier", versicherte Hana. „Wir haben heute Morgen mit ihm gefrühstückt. Er sagte, er würde noch ein oder zwei Tage bleiben. Ich bin sicher, er war es, der entkommen ist."

„Mit ihm können wir uns später befassen. Was ist in der Tasche, Yossi?", fragte Dominic.

„Öffne sie und sieh selbst", antwortete er mit einem Lächeln.

Dominic zog die Griffe auseinander, öffnete den Reißverschluss und fand eine Masse aus grauem Schaumgummi, in der Mitte geteilt.

Als er die Naht auseinanderzog, entdeckte er die Alabasterschatulle. Er hob den Deckel und war überglücklich, den Schleier unversehrt vorzufinden.

„Yossi, was soll ich sagen?! Das ist unglaublich! Du und dein Team habt hier Großartiges geleistet. Es tut mir nur leid, dass ihr Kurtz nicht lebend vor Gericht bringen konntet."

Yossis niedergeschlagener Blick sprach Bände, mehr als seine Worte.

„Ja, mir geht's genauso", sagte der kommandierende Soldat traurig. „Wenn diese *Paskudnyaks* vor Gericht stehen, zeigt das der Welt, dass wir die Shoah nie vergessen. Es gibt noch eine große Schuld zu begleichen für jene, die sich verstecken. Unser Job ist es, sie aufzuspüren und zur Rechenschaft zu ziehen."

Dominic ließ einen Moment der Stille verstreichen, bevor er aufstand und Yossi die Hand reichte.

„Danke, Yossi", sagte er, blickte in die harten, aber aufrichtigen Augen des Mannes. „Danke euch allen für das, was ihr hier getan habt. Wir sind unendlich dankbar."

Dengler begann, für die Bemühungen des Teams zu applaudieren, und die anderen schlossen sich an.

„In Ordnung", sagte Hana, Erleichterung in ihrer Stimme. „Können wir jetzt alle nach Rom zurück?"

„Eigentlich", warf Dengler ein, „steht mein Jeep noch

am Flughafen in Paris! Können wir stattdessen dorthin? Außerdem haben Lukas und ich noch zwei Tage Urlaub."

„Wir setzen euch Jungs zuerst ab, dann geht's zurück nach Rom. Ich bin sicher, mein Großvater möchte sein Flugzeug irgendwann zurück."

Dominic lächelte seine Freunde an, aber in seinem Herzen wusste er, dass noch wichtige Aufgaben vor ihnen lagen. Und deren Ausgang könnte der Kirche Ehre einbringen – oder noch größere Unruhen.

VIERUNDFÜNFZIG

Es war ein strahlender Frühlingstag in Rom, als Dominic nach seiner Rückkehr durch die Vatikanischen Gärten schlenderte. Der Duft von Geißblatt und Gardenien lag in der Luft, und Sonnenstrahlen drangen durch das dichte Blätterdach alter, knorriger Bäume, als der junge Priester mit einem Rucksack über der Schulter auf das Gebäude der Staatssekretariat im Schatten der Kuppel des Petersdoms zuging.

Als Kardinal Enrico Petrini den Byssus-Schleier sah, leuchteten seine Augen vor Rührung. Der bloße Gedanke, ein so heiliges Artefakt in seinen Händen zu halten, machte ihn sprachlos. Dominic erfüllte die Stille mit tiefer Ehrfurcht.

„Es gibt noch viel zu tun, um die Authentizität zu prüfen – soweit das überhaupt möglich ist –, aber dieses Artefakt hat mich zutiefst berührt wie kaum ein anderes zuvor", sagte er. „Die Möglichkeit, dass es echt ist, beruht ebenso auf Glauben wie auf letztendlicher Gewissheit. Ich will glauben, also tue ich es."

„Ich stimme dir vollkommen zu, Michael", erwiderte Petrini, seine Stimme nun gefasst. „Das ist eine außergewöhnliche Entdeckung. Und zu denken, dass es beinahe im Namen des Neofaschismus entweiht worden wäre, ist unvorstellbar. Du hast Großes geleistet, junger Mann. Das war ein ganz schönes Abenteuer, um den Schleier zurückzuholen."

Dominic zuckte bescheiden mit den Schultern. „Viele waren beteiligt, die meisten durch die Bemühungen deines Team Hugo. Ohne die Unterstützung der Wachtmeister Dengler und Bischoff sowie Hanas Hilfe wäre ich wohl kaum hier."

„Was Dantes Rolle in dieser Angelegenheit betrifft", sagte Petrini, während seine Gelassenheit einem leichten Zorn wich, „habe ich ihn nach Rom zurückbeordert, um ihn zu laizisieren. Er ist ungeeignet, der Heiligen Mutter Kirche weiter zu dienen, und wird daher aus dem klerikalen Stand entlassen. Das Verfahren nimmt einige Zeit in Anspruch, sodass du ihn vorerst noch im Vatikan antreffen wirst. Doch trotz seines Kardinalstitels hat er in der Zwischenzeit keinerlei wirkliche Macht mehr. Er befindet sich in einem Schwebezustand, bis Seine Heiligkeit die endgültige Entscheidung trifft – was zu diesem Zeitpunkt nur noch eine Formalität ist."

„Wann trifft er ein?"

„Dantes Flug ist für morgen geplant. Ich bin gespannt, ob er diese Verpflichtung überhaupt einhält."

Dominic schwieg einen Moment. „Es liegt nicht in meiner Natur, jemandem Böses zu wünschen, Eminenz", sagte er schließlich, „aber in seinem Fall mache ich eine Ausnahme. Ich ertrage es nicht, mit diesem Mann im selben Raum zu sein. Er ist so abstoßend, wie ein Mensch nur sein kann. Die Kirche wird ohne ihn besser dran sein."

IM LUXURIÖSEN SPEISESAAL seiner Suite im Hotel *Rome Cavalieri* saß Armand de Saint-Clair mit seiner Enkelin beim Frühstück, als sein Butler sich näherte.

„Baron, ein Anruf von Ihrer Bank in Genf. Soll ich eine Nachricht aufnehmen?"

„Nein, Frederic, ich nehme ihn jetzt an. Entschuldige mich, Hana." Saint-Clair erhob sich und ging in sein Arbeitszimmer.

„Guten Morgen, Baron", meldete sich der Direktor der Banque Suisse de Saint-Clair. „Entschuldigung, dass ich Sie am Morgen störe, aber ich kann bestätigen, dass der von Ihnen angefragte Kontoinhaber Vermögenswerte in Höhe von fast zweihundert Millionen US-Dollar auf dem Konto hat, alles von einem einzigen Konto bei einer Ihrer Tochtergesellschaften, der *Banco Suiza de Argentina*. Was soll mit dem Konto geschehen?"

„Frieren Sie es sofort ein, François, auf meinen persönlichen Befehl. Gibt es einen benannten Begünstigten?"

Während er zuhörte, machte Saint-Clair Notizen auf seinem Schreibblock.

„Danke, François. Das ist ausgezeichnet. *À bientôt.*"

Zurück am Tisch ließ sich Saint-Clair nieder, während Frederic frischen Kaffee in seine leere Tasse goss.

„Wie kommst du mit deinem Artikel voran, meine Liebe?"

Begeistert antwortete Hana: „Es wird ein großartiger Beitrag, Pépé. Ich bin fast fertig. Mein Redakteur sagt, er hat alle Elemente eines düsteren historischen Thrillers: alte

Nazis, Neonazis, die *Ahnenerbe*, die Kinderklinik und ihre groteske Produktion arischer Nachkommen. Alles ist drin. Es wird ein packendes Enthüllungsstück, genau das, was unsere Leser lieben."

„Und wirst du den Schleier erwähnen?"

Hana seufzte. „Nein, aus Respekt vor Michaels Wünschen lasse ich dieses faszinierende Detail weg. Aber er hat mir das Exklusivrecht für die Nachricht versprochen, bevor eine Ankündigung gemacht wird – falls das je passiert. Du weißt, wie verschwiegen der Vatikan sein kann."

„In der Tat. Oh, apropos große Neuigkeiten: Enrico entzieht Kardinal Dante diese Woche den geistlichen Stand. Anscheinend hat er genug von seinem unverfrorenen Verhalten."

Hanas Augenbrauen schossen hoch, sie war verblüfft. „Wenn jemand es verdient, kein Priester mehr zu sein, dann ist es dieser abscheuliche Mann. Gut gemacht, Enrico. Ich bin sicher, Michael wird erfreut sein. Ich esse heute Abend mit ihm. Darf ich es ihm erzählen?"

„Natürlich, obwohl ich vermute, dass er es inzwischen schon weiß."

KAPITEL

FÜNFUNDFÜNFZIG

In der Erste-Klasse-Kabine seines Alitalia-Fluges von Buenos Aires nach Rom nippte Kardinal Dante an seinem Scotch, ungeduldig darauf bedacht, Petrinis Angelegenheiten schnell zu erledigen, um den nächsten Flug nach Genf zu erwischen und sich um den Nachlass seines Bruders zu kümmern.

Zumindest um den finanziellen Teil. Er wusste, dass Johann ihn als alleinigen Erben in seinem Testament eingesetzt hatte. Nun brauchte er nur noch den richtigen Anwalt, um seine Ansprüche geltend zu machen und die Kontrolle über das Vermögen zu sichern, das – wie er annahm – ein beträchtliches Vermögen bei der *Banco Suiza de Argentina* sein musste. Johann war schließlich ein reicher Mann gewesen.

Aber was hat dieser lästige Petrini vor?, fragte er sich. Vermutlich eine Rüge wegen Johanns Entscheidung, Dominic und diese Sinclair-Frau als seine ‚Gäste' zu halten. Dafür kann man mir kaum die Schuld geben! Ich bin schließlich nicht der Hüter meines Bruders. Was er tat, war seine Sache. Armer Johann. Welch trauriges Ende.

„Noch einen Scotch, Eminenz?", fragte die Flugbegleiterin. „Wir landen in einer Stunde, aber es ist noch Zeit für einen weiteren, wenn Sie möchten."

„Aber natürlich, meine Liebe", antwortete er mit einem selbstgefälligen Lächeln. „Haben Sie zufällig einen Macallan 18 da hinten?"

Die zierliche junge Italienerin lachte. „Nicht auf diesen Flügen, fürchte ich. Der Dewar s 12 muss fürs Erste reichen. Aber er hat ein schönes Finish, mit Noten von Holzgewürzen und salzigem Karamell, vielleicht einem Hauch von Pfeffer, finden Sie nicht?"

„Ja", sagte der Kardinal herablassend, „ich nehme an, er erfüllt seinen Zweck."

Als besondere Maßnahme für seine Bedeutung hatte Pater Dominic eine spezielle Holzkiste für die Alabasterschatulle mit dem Schleier anfertigen lassen. Die *Sampietrini*, die kunstfertigen Tischler des Vatikans, hatten in ihrer Werkstatt ein wunderschönes, maßgefertigtes Behältnis geschaffen, ausgekleidet mit einem satten, roten Moiré-Stoff, um das fragile Artefakt sicher aufzubewahren und zu präsentieren.

Bis die geeigneten Techniker und Analysten ausgewählt waren, um mit dem Authentifizierungsprozess zu beginnen, hatte Dominic entschieden, dass der sicherste Ort für den Schleier die *Riserva* war, der bestgesicherte Raum der Geheimarchive.

Er stellte die Kiste in den großen, aus dem 17. Jahrhundert stammenden *Borghese-Armadio* und betrachtete sie einen Moment lang wehmütig, während die Erinnerungen an die Mühen, sie hierherzubringen, lebhaft vor seinem inneren Auge aufstiegen. Dann schloss er die

Türen des Schranks, verließ die *Riserva* und verriegelte sie hinter sich.

„WAS MEINEN SIE DAMIT, ich werde *laizisiert*?!"

Dante war außer sich, tigerte im Büro des Staatssekretärs auf und ab, während Petrini ruhig hinter seinem Schreibtisch saß, nachdem er das Urteil verkündet hatte.

„Das können Sie mir nicht antun, Enrico! Ich bin ein verdammter Kardinal der Kirche, um Christi willen!"

„Genau – um Seinetwillen", entgegnete Petrini scharf. „Und hüten Sie Ihre sündhafte Sprache in meiner Gegenwart, Fabrizio. Kollaboration mit Neonazis, Ihre offensichtliche Beteiligung an der Entführung und Gefangennahme von Pater Dominic und Frau Sinclair, Ihre Teilnahme an einem abartigen Plan, ein möglicherweise heiliges Artefakt für böse und schändliche Zwecke zu missbrauchen – das sind schwerwiegende Vorwürfe, die ernsthafte Maßnahmen erfordern. Sie können von Glück sagen, dass Sie nicht ins Gefängnis wandern!

„Ich habe genug von Ihrem abscheulichen Treiben über all die Jahre, Dante. Der Heilige Vater wird es bald offiziell verkünden, doch mit sofortiger Wirkung sind Sie all Ihrer Ämter, Verantwortlichkeiten und priesterlichen Pflichten enthoben. Sie bleiben hier im Vatikan, bis Seine Heiligkeit sein endgültiges Urteil fällt. Danach sind Sie frei zu gehen – entlassen aus dem klerikalen Stand."

„Das werden Sie bereuen, Petrini!", zischte Dante in rasender Wut, während er auf die Tür zustürmte. „Ich bin noch lange nicht fertig mit Ihnen und Dominic. Denken Sie an das, was ich weiß, Enrico. Ich werde Sie mit mir in den Abgrund reißen."

Mit einem donnernden Knall schlug er die Tür hinter sich zu.

Petrini erhob sich von seinem Schreibtisch und trat ans Fenster, blickte wehmütig auf die Gärten hinab, wo Menschen umherwanderten, dann hinauf zur mächtigen Kuppel von St. Peter.

Ich muss mich wohl auf das Schlimmste vorbereiten, dachte er und seufzte. *Vergib mir, Michael.*

KAPITEL

SECHSUNDFÜNFZIG

Der anderthalbstündige Alitalia-Flug nach Genf konnte für Fabrizio Dante nicht schnell genug vergehen. Während er in Sitz A1 an einem puren Scotch nippte und über die sanften Alpenlandschaften unter sich hinwegblickte, spürte er, wie seine Macht ihm entglitt.

Im Vatikan bleiben, pah. Ich tue, was mir gefällt.

Schon früher hatte er die Schweizer Niederlassung seiner Anwaltskanzlei kontaktiert, sie von seiner bevorstehenden Ankunft informiert und angewiesen, alles Nötige vorzubereiten, damit er sofort auf die Konten seines Bruders zugreifen konnte. Die *Banco Suiza de Argentina* gehörte zu einem in Genf ansässigen Konglomerat namens Banque Suisse de Saint-Clair, wo er seinen Anspruch geltend machen musste.

Warum kommt mir dieser Name so bekannt vor?

Eine chauffeurgesteuerte Mercedes-Limousine holte ihn vor dem Terminal ab und brachte ihn in die eleganten Büros von Dreyfus & Bustamante im *Quai de l'Ile*-Gebäude, im Herzen von Genf, auf einer kleinen Insel im Fluss Rhône gelegen.

In seinem schwarzen Wollanzug mit dem scharlachroten Rabat eines Kardinals über einem weißen Kollar – und dem Brustkreuz, um einen bleibenden Eindruck zu hinterlassen – betrat Dante die Kanzlei und traf den Niederlassungsleiter, Monsieur Henri Boudet.

„Es gibt noch einige Formalitäten, um die Angelegenheiten Ihres Bruders zu regeln, Eminenz", bestätigte Boudet, als sie in seinem Büro Platz nahmen. „Als alleiniger Erbe haben Sie jedoch sofortige Kontrolle über seine finanziellen Vermögenswerte. Die abschließenden Dokumente sind bereits vorbereitet. Unterzeichnen Sie hier, und unser Notar wird die Papiere fertigstellen, die Sie für die Bank benötigen."

Mit einer theatralischen Geste setzte Dante seinen Stift auf die Unterschriftszeile, seine breiten, schwungvollen Striche spiegelten die Selbstgefälligkeit wider, die ihn beim Gedanken an seinen plötzlichen Reichtum durchflutete.

Jetzt zur Bank.

Der Mercedes wartete am Straßenrand, die Adresse der *Banque Suisse de Saint-Clair* bereits im GPS des Wagens eingespeist.

Fünfzehn Minuten später trat Dante vor der Bank am Quai du Mont-Blanc in das gleißende Schweizer Sonnenlicht. Der warme, kratzige Wollanzug begann ihn zu reizen, die ungewohnte Wärme ein lästiges Hindernis für einen Mann in Eile.

Während er in der Kundenlounge der Bank wartete, mit Blick auf den funkelnden Genfer See, kreisten Dantes Gedanken um Petrinis empörende Entscheidung, ihn zu laizisieren.

Gewiss wird Seine Heiligkeit meine über vierzig Jahre im

Dienst der Kirche anerkennen. Wie kann Petrini es wagen, eine derart unverschämte Maßnahme zu ergreifen!

„Kardinal Dante, nehme ich an?", fragte ein kleiner, makellos gekleideter Mann in seinen Sechzigern und streckte die Hand aus.

„Ja, und Sie sind?", erwiderte Dante, während er die kleine Hand des Mannes in einem festen Händedruck umschloss.

„François Trudeau, zu Ihren Diensten, Monsieur. Ich bin der Generaldirektor der *Banque Suisse de Saint-Clair*. Wie kann ich Ihnen behilflich sein?"

„Ich bin hier als benannter Erbe des Nachlasses meines Bruders, der bei Ihrer *Banco Suiza de Argentina* geführt wurde."

„Ah, natürlich", sagte Trudeau. „Bitte folgen Sie mir in mein privates Büro."

Die beiden Männer gingen durch einen glänzenden Marmorkorridor in ein Eckbüro mit weitem Blick auf den See und die Schweizer Alpen dahinter.

„Bitte, nehmen Sie Platz, Eminenz."

Dante ließ sich in einen eleganten Ledersessel sinken, zog die von seiner Kanzlei bereitgestellten Papiere hervor und legte sie vor den Banker.

Trudeau prüfte die Dokumente sorgfältig, rief dann das Konto auf seinem Computer auf, und kurz darauf verfinsterte sich seine Miene. Er hielt inne, tippte ein paar weitere Tasten, seine Augen scannten den Bildschirm, bevor er sich mit immer noch gerunzelter Stirn an Dante wandte.

„Es tut mir leid, Sie informieren zu müssen, Monsieur, aber dieses Konto wurde eingefroren."

Das hatte Dante nicht erwartet. Einen Moment lang wirkte er desorientiert.

„Das ist offensichtlich ein Irrtum", sagte er, sein Verstand suchte nach einer Erklärung, seine Stimme wurde lauter vor Zorn. „Können Sie noch einmal nachsehen? Der Kontoinhaber ist Johann Kurtz, mein Bruder – oder vielmehr Halbbruder –, und diese Dokumente beweisen, dass ich sein rechtlich benannter Erbe bin. Seine Vermögenswerte gehören jetzt mir! Was ist daran so schwer zu verstehen?!"

„Monsieur, ich schätze einen sachlichen Austausch – wären Sie so freundlich, etwas leiser zu sprechen? So können wir die Angelegenheit wie Gentlemen klären."

„Ich bin kein Gentleman", fauchte er. „Ich bin ein Fürst der römisch-katholischen Kirche!"

„Wie dem auch sei, Eminenz, dieses Konto wurde auf direkten Befehl des Vorstandsvorsitzenden der Bank, Baron Armand de Saint-Clair, eingefroren, in Übereinstimmung mit Gesetzen bezüglich illegaler Aktivitäten in Argentinien. Mehr kann ich dazu nicht sagen. Sie müssen die Angelegenheit mit Ihren rechtlichen Vertretern weiterverfolgen."

Armand de Saint-Clair…? Das ist es! Er ist mit dieser Sinclair-Frau verwandt! Jetzt verstehe ich.

Dante griff nach den Papieren auf dem Schreibtisch und schleuderte sie mit wutverzerrtem Gesicht durch den Raum.

Seine tiefe Stimme wurde drohend, als er mit dem Finger auf Trudeau zeigte und mit messerscharfer Stimme zischte: „Sagen Sie Saint-Clair, dass er damit nicht durchkommt … mit diesem unverschämten Diebstahl! Sie werden von meinen Anwälten hören!"

Wie ein trotziges Kind stürmte Dante aus dem Büro.

Jetzt verlangte es ihn nach Blut.

SIEBENUNDFÜNFZIG

Am nächsten Morgen hatten Dominic und Karl ihren langen Lauf durch die *Suburra* gerade beendet und sich an einem Straßentisch des *Caffè Pergamino* auf der *Piazza del Risorgimento* niedergelassen.

„Genau das habe ich nach allem, was wir durchgemacht haben, gebraucht", sagte Karl und nippte an seinem heißen Espresso. „Und das hier wird mir Energie für den Tag geben."

„Lukas und ich hatten eine schöne Zeit in Paris, bevor wir gestern zurückgefahren sind. Wir haben uns auch die Brandschäden an der großen Kathedrale Notre-Dame angesehen. Es war schrecklich, Michael. Ein solch schrecklicher Verlust."

„Ich wollte selbst schon lange dorthin pilgern, Karl. Vielleicht könnte ich ihren Antiquitätenexperten sogar behilflich sein. Die Verluste müssen verheerend sein. Ich denke, ich werde das bald tun ... vielleicht ein paar Tage mit Hana daraus machen."

Die frühmorgendlichen Menschenmengen waren

mittlerweile dichter geworden, und zwischen den Passanten tauchten immer wieder schwarz-weiße Habits und Soutanen auf – Geistliche, die von den Kindern Roms spöttisch als *bagarozzi*, schwarze Käfer, bezeichnet wurden – auf ihrem Weg in den Vatikan.

Als Karl über die Straße blickte, bemerkte er einen großen Mann, der entlang der Vatikanmauer in Richtung Taxistand ging. Inmitten der Priester und Nonnen wäre er kaum aufgefallen, hätte er nicht ein ungewöhnlich großes Reisegepäck bei sich gehabt und einen so schnellen Schritt.

„Ist das nicht Kardinal Dante?", fragte er.

Dominic sah auf und runzelte die Stirn. „Ja, das ist er. Ich frage mich, was er vorhat. Petrini hat mir erzählt, dass er ihn rauswirft. Und das kann nicht früh genug passieren, wenn du mich fragst."

Der Kardinal stieg in ein wartendes Taxi und fuhr in Richtung Osten davon.

„Komm", sagte Dominic und warf dem davonfahrenden Wagen einen finsteren Blick zu. „Zeit, zur Arbeit zu gehen."

WISSEND, dass Dominic wie gewöhnlich auf seinem Morgenlauf sein würde, hatte Kardinal Dante seine Wohnung in der *Domus Santa Marta*, dem Gästehaus südlich des Petersdoms, bereits verlassen, lange bevor die Scharen von Vatikanangestellten durch das *Tor der Heiligen Anna* strömten.

Neben seinem Reisegepäck trug Dante einen besonderen Schlüssel für eine sehr besondere Tür – einen Schlüssel, den nur zwei weitere Personen im Vatikan besaßen. Doch als er sein Amt als Staatssekretär niederlegte, hatte er heimlich einen Duplikat anfertigen lassen ... für den Fall, dass er ihn eines Tages brauchen würde.

Und dieser Tag war heute.

Als er mit dem altmodischen Aufzug in die *Geheimarchive* hinabfuhr, in die gesicherte *Riserva*, lobte er im Stillen seine Weitsicht.

Im bernsteinfarbenen Licht der automatischen Beleuchtung schritt er durch die gewaltige Galerie der Metallregale. Er wusste, was zu tun war. Er wusste auch, dass es keine Überwachungskameras gab – und als Kardinal hatte er nach wie vor uneingeschränkten Zugang. Niemand würde etwas merken, wenn der Schleier fehlte. Das würde vermutlich erst eine Weile später auffallen.

Er schloss die schwere Holztür auf und betrat den kostbarsten Raum des Vatikans. Seine Augen musterten die Regale, doch er entdeckte weder die Alabasterschatulle noch irgendein anderes Behältnis, das sie enthalten könnte. Also ging er zum *Armadio* und öffnete dessen massive Tür.

Ganz vorne auf einem Regal entdeckte er einen speziell angefertigten Holzkasten. Er löste die Metallklammer, öffnete ihn und fand darin die Schatulle. Behutsam nahm er den Schleier heraus.

Vorsichtig legte er ihn in einen kleinen Holzkasten, den er mitgebracht hatte, schloss den Deckel und verschloss sein Reisegepäck.

Dann ließ er den Deckel der Alabasterschatulle zufallen, verschloss den Holzkasten wieder, richtete die Metallklammer aus, schloss die Türen des großen Schranks und verließ die *Riserva*.

Vincenzo Tucci schloss die Tür seines

Antiquitätenladens in der *Via del Governo Vecchio* auf und drehte das Schild auf *„Aperto"* – geöffnet.

Der stämmige Mann mit dem runden, haarlosen Gesicht – eine Folge seines schweren Alopecia-Leidens – war ein anerkannter Experte für etruskische Kunst und Antiquitäten. Weltklasse-Sammler vertrauten auf ihn, wenn es um die begehrtesten Stücke ging, die er scheinbar mühelos beschaffen konnte.

Doch obwohl der Großteil seiner Ware legal erworben war, kannte ihn auch ein diskreterer Kundenkreis – jene, denen die Herkunft einer Antiquität weniger wichtig war als ihre Einzigartigkeit. Kunden, die genug Geld und zu wenig Skrupel hatten, um auch im Untergrund zu handeln – egal zu welchem Preis oder mit welch dubioser Vergangenheit.

Denn abseits seiner legalen Geschäfte war Tucci auch *Capo Zona der Tombaroli* Roms – der Anführer der Schwarzmarkt-Grabräuber.

Gerade als Tucci eine neue Lieferung im Hinterzimmer sortierte, erklang das Glöckchen über der Ladentür. Er legte seine Werkzeuge beiseite, wischte sich den Staub von den Händen und ging nach vorn, um seinen ersten Kunden des Tages zu begrüßen.

Das Glöckchen ertönte erneut, als die Tür sich schloss, und der große Mann wandte sich ihm zu.

„Kardinal Dante!", platzte Tucci überrascht heraus. „Es ist viel zu lange her, seit Sie meinen bescheidenen Laden der weltlichen Wunder besucht haben. Wie kann ich Ihnen heute dienen, Eminenz?"

„Buongiorno, Vincenzo", sagte Dante mit gedämpfter Stimme, als könnten ihn andere hören. „Könnten wir uns bitte in Ihrem privaten Büro unterhalten?"

„Natürlich, *Signore*, selbstverständlich." Tuccis Lächeln

verblasste, als er den Weg durch das Hinterzimmer in ein elegant eingerichtetes Büro mit antiken Möbeln wies.

„Nun, was benötigen Sie von mir?", fragte er, nachdem sie Platz genommen hatten.

„Ich habe hier etwas, für das es sich lohnen würde, einen Käufer zu finden. Etwas Außergewöhnliches. Etwas… sagen wir… äußerst Sensibles."

Tuccis Gesicht wurde ernst.

„Ich verstehe vollkommen, Eminenz. Erzählen Sie mir von diesem Objekt."

Als Dante den Schleier hervorholte, gab er Tucci die wichtigsten Informationen: seine Herkunft, seine Verbindung zu Himmler und Hitlers Besessenheit damit, Otto Rahns ursprüngliche Entdeckung in Frankreich – und die legendäre Verbindung zu Maria Magdalena.

„Ja", sagte Tucci, seine Augen funkelten, als er den Schleier betrachtete. „Ich habe von diesen Legenden gehört. Dies wäre eines der… wie Sie sagen… ‚außergewöhnlichsten' Artefakte, die ich je gesehen habe."

„Es gehörte meinem Bruder in Argentinien, der letzte Woche plötzlich verstorben ist. Da ich sein Erbe bin, möchte ich, dass Sie einen Käufer für dieses Meisterwerk finden. In völliger Diskretion, versteht sich."

„Natürlich. Absolute Diskretion, ja. Und mein Beileid zum Tod Ihres Bruders. Das sind wirklich traurige Neuigkeiten." Nach dieser pflichtgemäßen Floskel richtete sich Tuccis Blick wieder auf den Schleier.

„Natürlich wäre ein solches Objekt unbezahlbar, ich wüsste nicht einmal, wo ich mit der Preisvorstellung anfangen sollte. Aber ich habe einen bestimmten Kunden im Sinn – einen russischen Oligarchen, für den Geld keine Rolle spielt. Und etwas so Einzigartiges wie dies würde sicherlich seine Gier wecken. Da bin ich mir sicher."

„Lassen Sie mich ein paar Fotos vom Schleier machen, Eminenz, während Sie ihn behalten. Dann sehen wir weiter, ja?"

„Nein, Vincenzo. Ich muss ihn hier lassen. Ich möchte, dass Sie ihn in Obhut nehmen."

Tucci blinzelte, überrascht von der Bitte. „Nun gut", sagte er nervös. „Ich werde ihn sicher im Tresor verwahren. Und wie immer werden keine weiteren Fragen gestellt."

ACHTUNDFÜNFZIG

E nrico Petrini war gerade vom Apostolischen Palast
zurückgekehrt, nach seinem täglichen Treffen mit
dem Papst, als Michael Dominic an seiner Bürotür
erschien.

„Michael, komm herein", sagte der Kardinal mit einem
warmen Lächeln. „Dein Timing ist perfekt. Seine Heiligkeit
möchte deinen Schleier sehen – und er möchte, dass du ihn
persönlich vorbeibringst!"

„Mein Gott, Eminenz!", rief Dominic aus. „Er hat mich
namentlich verlangt?"

„Natürlich hat er das. Er weiß sehr wohl, wer du bist.
Der Heilige Vater kennt jeden."

„Das ist ja aufregend! Wann und wo möchte er den
Schleier begutachten?"

„Eigentlich hat er uns beide heute Abend zum Essen in
seine Privatgemächer eingeladen. Dann kannst du ihm von
deinen Abenteuern berichten. Er würde gerne mehr
darüber erfahren."

„Abendessen mit dem Papst?!"

„Abendessen mit dem Papst", bestätigte Petrini gelassen." „ …Und trage deinen besten Kragen."

~

Auf 3.500 Metern Höhe lagen die Pisten von *Chamonix-Mont-Blanc* noch immer unter frischem Pulverschnee, obwohl die Skisaison sich langsam dem Ende zuneigte.

Dmitry Zharkov schätzte diese Jahreszeit in seinem Domizil in den französischen Alpen besonders – hier konnte er die besten Wochen zweier Saisons genießen, statt dem ewigen Moskauer Grau zu trotzen. Und schließlich ließen sich seine weitverzweigten Geschäfte von jedem Ort der Welt aus regeln.

Zharkov und zwei Leibwächter waren gerade von der Piste zurückgekehrt, als eine Assistentin ihm eine Liste mit Anrufen überreichte, die während seiner Abwesenheit eingegangen waren. Einige würde er sofort zurückrufen, der Rest konnte warten.

Einer der ausgewählten Anrufe war von Vincenzo Tucci. Seine Anrufe nahm er immer entgegen – schließlich konnte er nicht riskieren, dass andere Sammler von neu entdeckten Schätzen vor ihm erfuhren.

Véronique DuPont, eine attraktive und zugleich einschüchternde französische Anwältin – oder besser gesagt „Problemlöserin" –, war exklusiv für Zharkov tätig. Sie kümmerte sich um alle rechtlichen (und nicht immer rechtlichen) Angelegenheiten des Oligarchen. Oft ging es um gefälschte Pässe, juristische Unterstützung für bestimmte Geschäftspartner – oder schlicht um die Beseitigung lästiger Hindernisse, manchmal mit tödlichem Ausgang. Gegen „Nikki" DuPont wollte man nicht antreten, weder vor Gericht noch anderswo – besonders, wenn es um Leben und Tod ging.

„Nikki, meine Liebe", säuselte Zharkov, als er den großen Raum mit Blick auf das Chamonix-Tal betrat, „wie wär's mit einem Glas Champagner, ja?"

„Das klingt wunderbar, Dimitry, danke", antwortete sie, während sie auf einer violetten samtbezogenen Chaiselongue lag und einen Roman las.

"Wie waren die Pisten heute?"

„Pah, die Sonne macht den Schnee matschig – nicht ideal. Vielleicht ist es morgen besser. Ich hol schnell den Champagner. Lies weiter."

Zharkov begab sich in sein Arbeitszimmer, um Tucci anzurufen. Der Raum war dekoriert mit antiken Kriegssymbolen – Schwertern, Streitkolben, zeremoniellen Dolchen ... sogar einer Miniatur-Trebuchet, eine mittelalterliche Wurfmaschine aus dem 17. Jahrhundert, die neben einem großen Holzglobus stand. Der Russe liebte Militärgeschichte und die Waffen, die sie über die Jahrhunderte geprägt hatten.

Doch an zweiter Stelle seiner wertvollsten Besitztümer rangierten religiöse Artefakte – die feinsten, die Geld kaufen konnte. Und davon besaß er reichlich.

Er griff zum Telefon und rief Vincenzo Tucci in Rom an.

„Ah, Signor Zharkov!", jubelte der alte Mann, seine Begeisterung unüberhörbar. „Da ich weiß, dass Sie keinen Smalltalk mögen, komme ich gleich zum Punkt meines Anrufs."

„Ich bin in den Besitz eines außergewöhnlichen Objekts gelangt, das Sie höchstwahrscheinlich äußerst interessieren wird."

Tucci schilderte den Schleier und seine Geschichte, soweit er sie kannte, bis er spürte, dass er die ungeteilte

329

Aufmerksamkeit – und glühende Begeisterung – des Russen geweckt hatte.

„Wie Sie wissen, Vincenzo, kann ich aufgrund eines … alten Missverständnisses mit den italienischen Zollgesetzen derzeit nicht nach Italien reisen. Lächerliches Land. Aber ich schicke Nikki. Sie wird sich den Schleier ansehen und mir Bericht erstatten, ja?"

„Aber natürlich, Signore! Signorina Véronique ist in meinem Laden stets willkommen. Ich freue mich auf ihren Besuch. In der Zwischenzeit sende ich Ihnen Fotos des Objekts."

Sie verabschiedeten sich, und Zharkov überlegte, während er in die Küche ging, eine Flasche Roederer Cristal öffnete und zwei Gläser einschenkte.

„Feiern wir etwas Besonderes, Dmitry?", fragte Véronique.

„Noch nicht, Nikki", antwortete er mit rauer Stimme. „Aber morgen fliegst du mit dem Jet nach Rom, um dir etwas anzusehen, das fast so alt ist wie Christus selbst. Etwas wahrhaft Außergewöhnliches. Und wenn mir gefällt, was du berichtest, bringst du es mir mit, ja?"

NEUNUNDFÜNFZIG

Zwei Schweizer Gardisten standen stramm zu beiden Seiten der Tür zur päpstlichen Suite, als Dominic sich ihr näherte. Obwohl sie wussten, dass es sich um den überprüften Präfekten der Apostolischen Archive handelte, führten sie ihre routinemäßigen Identitätskontrollen mit derselben Ernsthaftigkeit durch wie bei jedem anderen Besucher. Sie baten Dominic auch, seinen Aktenkoffer zu öffnen. Als sie darin nur eine Alabasterkiste fanden, ließen sie ihn passieren, öffneten die Tür und präsentierten das Gewehr, während sie ihn förmlich in die päpstlichen Gemächer geleiteten.

Dominic wurde von Schwester Amelia, der Leiterin des päpstlichen Haushalts, empfangen, die ihn ins Wohnzimmer führte, wo Kardinal Petrini in angeregter Unterhaltung mit Seiner Heiligkeit saß. Beide erhoben sich, als er den Raum betrat und seinen Koffer abstellte.

„Ah, lieber Pater Dominic", sagte der Papst, breit

lächelnd und mit ausgebreiteten Armen. „Ich freue mich sehr, dass Sie uns heute Abend Gesellschaft leisten."

Als ob man eine Einladung des Papstes ablehnen könnte!, dachte Dominic nervös, während er die Hände des Heiligen Vaters fest ergriff.

Er verneigte sich ehrfürchtig, küsste den Fischerring an der rechten Hand des Papstes und wurde von diesem freundlich aufgerichtet – eine Geste, die dieser bei fast jedem Besucher zeigte. Für Dominic, der in seinem Alltag selten mit dem Papst in Kontakt kam, war das alles überwältigend.

Petrini schenkte Michael ein Glas Chianti ein, und sie setzten sich zu einem Gespräch vor dem Abendessen nieder. Der Papst, in einem weißen Seidengewand auf einem thronartigen Sessel sitzend, sprach über verschiedene Themen: seine geliebte Fußballmannschaft San Lorenzo, die Musik von Mozart und Beethoven, die Filme Fellinis... Es bestand kein Zweifel, dass sein Geist scharf und wach war – und er liebte es, Geschichten zu erzählen und zu hören.

Auf Bitte des Papstes schilderte Dominic seine abenteuerliche Suche nach dem Schleier, mit der Lebendigkeit eines begnadeten Erzählers. Der Heilige Vater hing an seinen Lippen, verzog das Gesicht bei grausamen Details – oder wenn der Name Dante fiel. Ein kurzer Blick zwischen ihm und Petrini verriet eine stumme Verständigung. Dominic konnte sich denken, dass es um die bevorstehende Entscheidung zur Laizisierung Dantes ging.

„Darf ich ihn nun sehen? Den Schleier?", fragte der Papst schließlich.

„Ja, natürlich, Eure Heiligkeit."

Dominic stand auf, holte seinen Koffer und stellte ihn

auf den Kaffeetisch vor dem Papst und Petrini. Er hob das von den *Sampietrini* kunstvoll gefertigte Holzkästchen hervor, öffnete es und präsentierte die Alabasterschatulle.

Der Papst war gebannt von ihrem Schimmer. Mit erwartungsvollem Blick hob er den Deckel an –

Die Schatulle war leer.

Verwirrt sah er zu Dominic und dann zu Petrini, als halte er es für einen Scherz. Dieser Papst war bekannt für seinen Humor, und ein harmloser Streich wäre nicht undenkbar gewesen.

Doch Dominic war entsetzt. Nur er selbst hatte den Schleier berührt. Nur er hatte ihn in der *Riserva* in genau dieser Schatulle verwahrt. Wo war er? Wie konnte das passieren?

Er blickte Petrini an.

„Eminenz, nur wir beide haben Schlüssel zur *Riserva*, nicht wahr?"

„Ja, Michael. Nur wir." Auch Petrini war sichtlich verwirrt.

Dominics Gedanken rasten. Wer konnte ihn genommen haben? Es musste eine Erklärung geben.

Plötzlich tauchte vor seinem inneren Auge das Bild von Kardinal Dante auf, wie er heute Morgen mit einem Aktenkoffer zum Taxistand gegangen war.

Aber … wie hätte Dante einen Schlüssel haben können?

Dann kam ihm die Erleuchtung.

„Eure Heiligkeit, Kardinal Petrini – ich spekuliere vielleicht, aber da Kardinal Dante früher Staatssekretär und somit neben dem Präfekten der Einzige mit einem Schlüssel war … könnte er eine Kopie angefertigt haben?"

Petrinis Gesicht verfinsterte sich. „Das ist die einzige Erklärung, Michael – besonders nach den jüngsten Vorfällen. Ich fürchte, du hast recht." Er wandte sich an den Papst. „Heiliger Vater, ich bitte zutiefst um Entschuldigung für diese peinliche Situation. Wir werden das in Ordnung bringen."

„Ach, lieber Enrico, Sie brauchen sich nicht zu schämen", tröstete der Papst. „Ich bin sicher, der Schleier wird sich finden. Doch jetzt müssen wir in der Angelegenheit von Kardinal Dante handeln. Wenn das stimmt, hat er jede Grenze überschritten."

„Danke, Eure Heiligkeit." Petrini erhob sich. „Darf ich vor dem Abendessen noch einen Anruf tätigen?"

„Natürlich", sagte der Papst ernst. „Und Sie dürfen meinen Namen nennen, wenn es hilft."

Ein kurzes, verständnisvolles Lächeln, dann trat Petrini ins Privatbüro des Papstes. Er griff zum weißen Telefon und wählte die Nummer des Kommandanten der Schweizer Garde.

„Hier spricht Kardinal Petrini. Nehmen Sie Kardinal Dante fest – auf Anordnung des Heiligen Vaters. Bringen Sie ihn unter Bewachung in seine Wohnung."

KAPITEL

SECHZIG

K arl Dengler und Dieter Koehl bewachten die Tür zu Kardinal Dantes Apartment im Gästehaus *Domus Santa Marta*, als Michael Dominic sich näherte. Er wollte den baldigen Ex-Kardinal sprechen.

„Karl, wie geht's eurem Gefangenen?", fragte er mit zufriedenem Grinsen.

Trotz ihrer offiziellen Arbeit lächelten auch die beiden Gardisten. Sie freuten sich insgeheim, dass Dante endlich da war, wo er hingehörte.

„Schlechte Laune, Michael", antwortete Karl. „Überhaupt nicht begeistert, sein Apartment nicht verlassen zu dürfen."

„Das glaub ich gern. Aber ich muss mit ihm reden. Wird nicht länger als zehn Minuten dauern."

Dengler öffnete die Tür und ließ Dominic eintreten, dann schloss er sie hinter ihm.

Dante stand da, seine große, dunkle Silhouette vor dem weißen, durchsichtigen Vorhang des offenen Balkons, die Arme vor der Brust verschränkt. Er drehte den Kopf.

„Sie", fauchte er anklagend. „Sie sind die Quelle all meiner Probleme. Sie und Ihre sich einmischenden Freunde. Wie können Sie es wagen, sich gegen mich zu stellen – Ihren offensichtlichen Vorgesetzten!"

„Ach, beruhigen Sie sich, Eminenz. Ich bin nur hier, um zu fragen, wo Sie den Schleier hingebracht haben. Es ist vorbei. Der Heilige Vater weiß, dass Sie im Zentrum eines großen Skandals stehen – ganz zu schweigen von Ihrer Verbindung zu diesem Schlangennest in Argentinien. Aber dieser heilige Schleier darf nicht als Verhandlungsmasse benutzt werden. Sie haben höhere Pflichten. Was haben Sie mit ihm gemacht?"

Dante drehte sich ganz zu Dominic um. Seine Augen brannten vor Hass. „Wirklich, junger Mann, ich habe keine Ahnung, wovon Sie reden", log er.

„Spielen Sie nicht den Unschuldigen, Dante. Alle wissen, dass Sie einen Schlüssel zur Riserva nachmachen ließen. Und da die Konten Ihres Bruders eingefroren waren, hatten Sie keine Mittel mehr. Deshalb haben Sie den Schleier gestohlen, nicht wahr? Um ihn auf dem Schwarzmarkt zu verkaufen."

Dante war erschrocken – erst wegen des Schlüssels, aber vor allem wegen Johanns Schweizer Konten.

„Wie können Sie etwas über die Konten meines Bruders wissen?!" Sein Gesicht wechselte von sichtlicher Erschütterung zu langsamem Begreifen.

„Ah, natürlich. Diese Sinclair-Frau. Es war ihr Großvater, der meine rechtmäßig erworbenen Vermögenswerte gestohlen hat. Nun, wir werden sehen, was die Gerichte dazu sagen."

Er wurde noch feindseliger, gestikulierte theatralisch, als stünde er auf einer Bühne:

„Wissen Sie was? Sie sind wirklich ein unerträglicher

kleiner Bastard! Und das sind Sie auch, nicht wahr? Ein Bastard! Sie wissen nicht einmal, wer Ihr richtiger Vater ist, stimmt's?"

Der Kardinal traf Dominic völlig unvorbereitet. Das war das Letzte, was er erwartet hatte.

„Es ist Petrini, Sie Dummkopf! Enrico Petrini ist Ihr Vater! Ich habe letztes Jahr DNA-Tests von Ihnen und ihm machen lassen – als Druckmittel, das ich damals brauchte – und es ist eindeutig. Das wussten Sie nicht, was, Sie kleiner Bastard? Ja, dieser Heuchler Petrini. Wenigstens eine Sache kann ich Ihnen erklären."

Dominic stand da, schockiert, unwillig, einem so verleumderischen Lügner wie Dante zu glauben. Der Mann wollte ihn nur provozieren, in seiner dunkelsten Stunde verletzen.

Doch sein Hals schnürte sich zu, als steckte mehr als ein Körnchen Wahrheit darin – vielleicht sogar ein unerwarteter Fakt. Sein Geist raste, während er sein ganzes Leben neu zusammensetzte: Seine Mutter Grace, die behauptet hatte, sein Vater sei nicht am Leben, und jedes Gespräch darüber abblockte; Petrini – „Onkel Rico" –, der immer für ihn da war, seine Ausbildung bezahlte, ihn durchs Leben und in die Kirche führte. Es ergab plötzlich Sinn. Natürlich konnte Petrini nicht als Vater eines Kindes hervortreten. Es hätte ihn ruiniert.

Aber was ist mit mir? All diese Jahre des Nichtwissens …

„Ich sehe, ich habe Ihnen eine neue Wahrheit offenbart, nicht wahr?", höhnte Dante bösartig.

Dominic riss sich aus seinen Gedanken.

„Wo ist der Schleier?", brüllte er, wütend aus tausend Gründen. Er fühlte sich unsicher in der Gegenwart dieser bedrohlichen Gestalt.

„Ich habe wirklich keine Ahnung, wovon Sie reden", murmelte Dante schließlich, verschränkte die Arme in seinen Ärmeln und drehte sich wieder zum Balkonfenster. „Sie werden nichts mehr von mir erfahren."

Dominic drehte sich wütend um, riss die Tür auf und marschierte wortlos an Dengler und Koehl vorbei – Richtung seines eigenen Apartments.

KAPITEL

EINUNDSECHZIG

Oberst Benito Scarpelli von Italiens *Tutela Patrimonio Culturale* – einer speziellen Einheit der italienischen Carabinieri, die informell als Kunsttruppe bezeichnet wird – genoss in seinem Büro eine kräftige Tasse gedämpften Espressos, als ein Assistent an seine Tür klopfte.

„*Sì, entrare*", sagte Scarpelli und bat die Frau herein.

„Oberst, wir haben etwas auf Vincenzo Tuccis Abhöranlage aufgefangen, das wichtig sein könnte. Nach dem, wie er ein Artefakt einem russischen Sammler namens Zharkov beschrieb – Sie erinnern sich vielleicht an dessen Beteiligung am Fall des Vatikan-Reliquiars letztes Jahr –, nun, es könnte von ähnlicher Bedeutung sein."

Sie berichtete Scarpelli ausführlich über den abgehörten Gesprächsinhalt und die Details des Schleiers der Magdalena, wie Tucci sie an Zharkov weitergegeben hatte.

Als präziser und ordentlicher Mann in seinen Sechzigern, der zuvor als Antiquitätenkurator für

Sotheby's gearbeitet hatte, wusste Benny Scarpelli, dass, wenn Zharkov involviert war, es sich um ein bedeutendes Stück handeln musste, das Tucci anbot. Und wenn ihn seine Erfahrung etwas gelehrt hatte, bestand eine hohe Wahrscheinlichkeit, dass es sich um eine fragwürdige, wenn nicht gar illegale Transaktion handelte, da er Tuccis Rolle bei den Tambaroli der Schwarzmärkte bestens kannte – daher die ständige Überwachung der Telefone und des Internetzugangs des Händlers. Er blickte zur Assistentin auf. „Wie heißt der neue Präfekt der Geheimarchive im Vatikan, wissen Sie das?"

„Ja, Oberst", sagte sie, „es ist Pater Michael Dominic. Er hat den in den Ruhestand getretenen Bruder Calvino Mendoza ersetzt. Soll ich ihn für Sie kontaktieren?"

„Ah, ja. Ich erinnere mich an Dominic. Nein, ich mache das selbst, *grazie.*"

Scarpelli suchte die Nummer der Vatikan-Telefonzentrale und wählte sie. Eine von sechs Nonnen, die an diesem Morgen im Callcenter Dienst hatten, begrüßte ihn freundlich:

„*Pronto, Vaticano.*" Nachdem er nach Pater Dominics Durchwahl gefragt hatte, gab ihm die Telefonistin die direkte Nummer von Dominic für zukünftige Anrufe und stellte den Anruf durch.

Dominic meldete sich.

„Hallo, Pater Dominic, hier ist Oberst Benito Scarpelli von der italienischen Kunsttruppe. Sie erinnern sich vielleicht an mich von unserer Zusammenarbeit letztes Jahr am Fall des Magdalena-Reliquiars."

„Ja, natürlich erinnere ich mich, Oberst. Was kann ich für Sie tun?"

Scarpelli beschrieb das abgehörte Gespräch zwischen Vincenzo Tucci und dem russischen Sammler Dmitry

Zharkov über ein Artefakt, das als „Schleier" bezeichnet wurde.

Bei der Erwähnung von „Schleier" und „Zharkov" richtete sich Dominic kerzengerade auf seinem Stuhl auf. Scarpelli hatte seine volle Aufmerksamkeit.

„Ich kenne Zharkov nicht nur aus unseren früheren Begegnungen mit ihm", sagte er besorgt, „sondern dieser Schleier wurde vor wenigen Tagen aus den Apostolischen Archiven gestohlen und muss in den Vatikan zurückgebracht werden!"

„Das ist alles, was ich wissen musste, Padre", sagte Scarpelli mit offizieller Stimme. „Ich werde heute ein Bergungsteam zu Signor Tuccis Geschäft schicken. Ich melde mich bald wieder bei Ihnen."

Die Glocke über Vincenzo Tuccis Tür klingelte, als ein Kunde eintrat. Der Inhaber des Ladens kam aus dem Hinterzimmer, um die Neuankömmlinge zu begrüßen – eine große, auffallende Frau und zwei Männer, die offensichtlich Leibwächter waren. Als er die Frau erkannte, breitete sich ein strahlendes Lächeln auf Tuccis blassem Gesicht aus.

„Signorina Véronique, welch große Freude, Sie wiederzusehen!", schwärmte er. „Signor Zharkov hat mir gesagt, dass Sie bald ankommen würden, aber ich hätte nicht gedacht, dass es so schnell sein würde.

Kommen Sie, lassen Sie mich Ihnen diesen neuen Schatz zeigen. Ich bin sicher, Sie werden begeistert sein."

Tucci führte die Frau in sein privates Büro, wo er den Safe öffnete und die Holzschatulle herausholte, die Dante bei ihm gelassen hatte. Er stellte sie auf seinen Schreibtisch, zog ein Paar weiße Konservierungshandschuhe an, reichte ihr ein Paar, hob dann den Deckel und nahm den Byssus-Schleier heraus.

Véronique streifte sich die Handschuhe über und nahm das Artefakt ehrfürchtig von dem alten Mann entgegen. So gefühlsgehärtet sie auch durch die Art von Menschen und Ereignissen war, mit denen sie zu tun hatte, war selbst sie bewegt von dem gespenstischen Bild Jesu Christi auf dem hauchdünnen Seidenstoff, das offensichtliche Blut von seinen Misshandlungen deutlich sichtbar, das friedvolle Antlitz, das direkt in die Seele des Betrachters blickte.

Sie hielt es mehrere lange Minuten in den Händen, völlig hingerissen, zitternd unter der tiefen Wirkung, die es auf sie hatte.

„Vincenzo, darf ich Ihr Büro für ein privates Telefonat nutzen?", fragte sie.

„Natürlich, Signora. Ich komme zurück, wenn Sie fertig sind."

Nachdem Tucci den Raum verlassen und die Tür hinter sich geschlossen hatte, rief Véronique Zharkov an.

„Dmitry, Sie müssen dieses unglaubliche Artefakt besitzen. Die Bilder, die er Ihnen geschickt hat, werden ihm überhaupt nicht gerecht. Da ist etwas … etwas so ganz Besonderes daran. Allein das Betrachten des Bildes lässt einen fühlen, als hätte man buchstäblich das Antlitz Gottes berührt. Zahlen Sie, was er verlangt, Dmitry. Ich werde es mitbringen."

KAPITEL

ZWEIUNDSECHZIG

Vier Streifenwagen der Carabinieri, mit blinkenden Blaulichtern und heulenden Zweiklang-Sirenen, blockierten die gesamte *Via del Governo Vecchio*, als die Polizei vor Vincenzo Tuccis kleinem Antiquitätengeschäft vorfuhr.

Ein Dutzend Beamte sprang aus den Fahrzeugen, die Waffen gezogen, und stürmte durch die Eingangstür des Ladens.

Tucci rannte aus dem Hinterzimmer seines Geschäfts, in der Annahme, es sei die Feuerwehr, und fürchtete, sein Laden könnte in Flammen stehen.

Nein, es war schlimmer. Er erkannte Oberst Scarpelli von früheren Begegnungen. Es war die Kunsttruppe.

„Vincenzo Tucci", verkündete Scarpelli, „hiermit wird Ihnen ein Durchsuchungsbefehl ausgehändigt, der uns gestattet, Ihr Eigentum und Ihre Unterlagen gründlich zu durchsuchen.

wäre jedoch in Ihrem Interesse, wenn Sie von Anfang

an ehrlich mit uns wären – wo ist der heilige Schleier des Vatikans?"

Tucci war wie gelähmt, die Hände abwehrend erhoben.

„Kardinal Dante hat nichts davon erwähnt, dass es Eigentum des Vatikans sei! Sie müssen mir glauben", flehte er. „Ich führe hier ein legales Geschäft, Oberst, das müssen Sie doch wissen."

Scarpellis Augen verdrehte die Augen, während er einen tiefen Seufzer ausstieß.

„Signor Tucci, was können Sie mir über diesen Schleier sagen? Sie sagten, Kardinal Dante hat ihn Ihnen gebracht? Wo ist er jetzt?"

„Ja, Dante", klagte Tucci. „Aber leider habe ich ihn erst heute Morgen verkauft! Ich wusste nicht, dass es gestohlenes Gut war. Hätte ich das gewusst, hätte ich ihn sicher nicht angenommen…"

Er warf dem Oberst seinen überzeugendsten, aufrichtigen Blick zu.

„An wen wurde er verkauft? Den Russen?"

„Nun, ja, den …" Tuccis Gesicht wirkte verwirrt. „Woher wussten Sie, dass es ein Russe war?"

„Wo ist dieser Russe jetzt? Sagen Sie es mir, schnell!"

„Er war es nicht selbst, der ihn gekauft hat. Er hat seine Vertreterin geschickt, eine Signora DuPont. Ich glaube, sie sind mit Signor Zharkovs Privatjet nach Rom gekommen. Vielleicht können Sie sie so finden?"

Tucci senkte nun langsam die Hände, noch immer neugierig, woher die Kunsttruppe wusste, dass ein Russe in sein Geschäft verwickelt war.

Scarpelli ging zurück zu seinem Dienstwagen und griff zum Funkgerät, um die Zentrale zu kontaktieren.

„Stoppen Sie jeglichen privaten Flugverkehr, der von den Flughäfen Fiumicino und Ciampino abhebt. Finden

Sie einen Privatjet, der auf Dmitry Zharkov oder eines seiner Unternehmen registriert ist. Rufen Sie mich zurück, sobald Sie diese Information haben, aber schicken Sie sofort verfügbare Streifenwagen, um die Passagiere des abfliegenden Jets abzufangen. Scarpelli, Ende."

DREIUNDSECHZIG

D er schnell fahrende Autokorso aus zehn Streifenwagen der Carabinieri, mit blinkenden Blaulichtern und heulenden Sirenen, stürmte auf das Rollfeld des Flughafens *Ciampino* südöstlich des Stadtzentrums von Rom und umstellte den Privatjet des russischen Oligarchen Dmitry Zharkov.

Obwohl die Maschine bereits startklar war – Passagiere an Bord, Triebwerke in Bereitschaft –, erhielt der Pilot in letzter Sekunde die Anweisung der Flugsicherung, die Position zu halten.

Die Flugsteigbrücke wurde erneut an die Tür geschoben, als Oberst Benito Scarpelli mit entschlossenen Schritten durch den Gang auf das Flugzeug zuging.

„Ich verlange, Fräulein DuPont zu sprechen", herrschte er die erste Person an, die ihm in den Weg trat, zweifellos ein russischer Leibwächter, wie dessen bullige Statur verriet.

Véronique trat aus der Hauptkabine, um dem Offizier entgegenzutreten.

„Ja, was soll das bedeuten?", fuhr sie ihn an, die Hände in die Hüften gestemmt. „Aus welchem Grund behindern Sie unseren Abflug?"

Scarpelli stellte sich knapp vor und kam ohne Umschweife zur Sache.

„Frau DuPont, mir liegt die Information vor, dass Sie ein sakrales Artefakt aus Vincenzo Tuccis Besitz übernommen haben. Können Sie dies bestätigen?"

„Ich wüsste nicht, warum Sie das etwas angeht, Oberst. Es war ein legitimer Kauf."

„Oh, da irren Sie sich, Madame", sagte er mit offizieller Genugtuung. „Dieses Objekt wurde aus dem Vatikan selbst gestohlen, und die Kirche verlangt, dass es ihr zurückgegeben wird. Sofort. Der Präfekt der Apostolischen Archive, Pater Dominic, hat mir das persönlich bestätigt."

Dominic!, dachte sie schockiert, als sie den Namen hörte, den sie vom Treffen in Chamonix im Vorjahr kannte. Dieser Mistkerl!

„Ich bin die Anwältin von Herrn Zharkov, Oberst. Hat Pater Dominic Beweise für den Anspruch der Kirche auf Eigentum?"

„Haben Sie oder Signor Tucci Beweise, dass es legal erworben wurde?", konterte er.

Äußerlich unbeeindruckt, aber offensichtlich im Nachteil bei der Verhandlung, stand Véronique da und suchte nach einem Ausweg. Sie drehte sich um und blickte auf die vielen Menschen, die sie umgaben.

„Oberst, könnten wir einen Moment unter vier Augen sprechen?", fragte sie und führte den Beamten in den hinteren Teil der luxuriösen Kabine, weit weg von den anderen.

„Mein Arbeitgeber ist ein sehr großzügiger Mann,

Oberst", säuselte sie in einem leisen, verführerischen Ton. „Gibt es vielleicht eine großzügige Spende, die er für eine besonders würdige Sache von Ihnen leisten könnte, damit wir das hier freundschaftlich klären?"

„Ah, ich verstehe, Signora", sagte Scarpelli in einem wissenden Flüstern, während er beruhigend nickte. „Tatsächlich fällt mir da eine Sache ein, ja."

Er griff hinter sich, zog ein Paar Handschellen hervor und legte sie ihr schnell und effizient an.

„Er kann einen großzügigen Beitrag zu Ihrem Verteidigungsfonds für die Bestechung eines Staatsbeamten leisten", erklärte er. „Und jetzt zeigen Sie mir, wo der Schleier ist, oder ich sorge persönlich dafür, dass es keine Kautionsverhandlung gibt."

Schockiert errötete Véronique bei dem bloßen Gedanken an ein italienisches Gefängnis. Sie hatte diesen Mann gründlich unterschätzt.

VIERUNDSECHZIG

M ichael Dominic saß niedergeschlagen an seinem Schreibtisch im Büro des Präfekten und tippte wiederholt mit dem Radierende eines Bleistifts auf die rote Lederschreibtischunterlage.

Nachdem er zwei Tage lang über das nachgedacht hatte, womit Dante ihn gequält hatte, waren seine Gefühle aufgewühlt. Er hatte weder schlafen noch essen können und wusste, dass er nun Petrini um die Wahrheit bitten musste.

Er nahm sein Telefon und tippte eine neue Textnachricht an den Kardinal: „Können wir uns diese Woche eines Abends in deiner Wohnung treffen, wenn es dir passt? Eher früher als später ..."

Er wusste, dass ein Treffen mit seinem Mentor, seinem Vater, in einer ruhigen, vertrauten Umgebung besser wäre als an einem öffentlichen Ort.

Ein paar Minuten später kam die Antwort: „Passt dir heute Abend?"

Dominic bestätigte, dass heute Abend gut sei. Perfekt

sogar, dachte er, da er keinen weiteren Tag ohne die Bestätigung aus Ricos eigenem Mund ertragen konnte.

Während er da saß, nun nervös wegen des Treffens am Abend, gab es eine Person, mit der er darüber sprechen wollte. Hana. Er nahm das Telefon und rief sie in Paris an.

„Hey", meldete sie sich in einem gratulierenden Ton, „ich habe gehört, du hast den Schleier zurückbekommen! Tut mir leid, dass ich noch nicht anrufen konnte, aber ich bin mit einem Artikel unter Zeitdruck. Wie geht's dir?"

Er ließ die Worte bewusst nachhallen, bevor er mit gefasster Stimme fortfuhr: „Ich habe gerade erfahren, dass Enrico Petrini mein Vater ist."

Hana verharrte sprachlos, brauchte einen Moment, um die Tragweite dieser Enthüllung zu begreifen. „Michael ...", hauchte sie schließlich mit sanfter Stimme, „wie geht es dir damit?"

„Ehrlich gesagt – ich bin hin- und hergerissen", gestand er, während seine Stimme unter der Last der Emotionen leicht bebte. „Wir treffen uns heute Abend. Er weiß noch nichts davon."

„Wie bist du dahintergekommen?"

„Ausgerechnet Dante hat es mir gestanden – während eines Wutanfalls nach seiner Festnahme." Michaels Lachen klang bitter. „Er hat eine DNA-Analyse von uns beiden gemacht. Jetzt erklären sich diese gestohlenen Haarbürsten vom letzten Jahr ... Ich muss ihm glauben. Plötzlich fügt sich alles zusammen."

Hana meinte tröstend: „Weißt du ..., wenn das irgendein Trost für dich ist: Du könntest dir keinen besseren Vater wünschen."

Enrico war immer für dich da, hat auf dich aufgepasst, sich um dich und deine Mutter gekümmert. Ich sehe es jetzt, ja, es gibt gewisse Ähnlichkeiten zwischen euch beiden. Wenn du meine Meinung hören willst, ich finde, das sind großartige Neuigkeiten, Michael!"

„Ich glaube, es ist einfach die Art und Weise, wie es herauskam, die schmerzt. Ich hätte es lieber von Rico selbst gehört, nicht von diesem Mistkerl Dante. So hat er mich einen Bastard genannt."

„Hör keine Sekunde auf das, was dieser Idiot sagt. Sein einziges Ziel war, dich zu verletzen, und es scheint, als ob du ihn gewinnen lässt. Lass das nicht zu, Michael. Er ist es nicht wert."

Dominic hatte nun Tränen in den Augen, während er seiner engsten Freundin lauschte, die ihm so liebevoll zusprach. Er ließ sie fließen, und es fühlte sich gut an. Er brauchte die Erleichterung.

„Du hast recht, Hana", schniefte er. „Rico ist ein guter Mann, und ich bin stolz, sein Sohn zu sein." Nun brachen die Schleusen, und die Emotionen strömten aus ihm heraus.

„Ich wünschte, ich könnte jetzt bei dir sein, dich festhalten", flüsterte sie. „Aber ich bin so froh, dass du mich angerufen hast, Michael. Ich liebe dich, und das werde ich immer. Ich denke, das weißt du."

Er wischte sich die Tränen weg und versuchte, sich zu sammeln.

„Ja, ich weiß. Das Gefühl ist gegenseitig. Und wie ich schon gesagt habe, wenn die Dinge anders wären …"

„Ich verstehe", sagte Hana, ihre eigene Stimme brach vor Emotionen. „Was den heutigen Abend betrifft, geh bitte behutsam mit ihm um. Stell dir vor, was er durchgemacht hat. Er hat zweifellos sein ganzes Leben lang diese Bürde getragen, unter dem Risiko, seine heiligen Gelübde zu brechen. Und um ganz ehrlich zu sein, ihm bleiben nicht mehr viele Jahre. Du bist ein wunderbarer, sanfter und fürsorglicher Mann. Er muss so stolz auf dich sein, wenn er sieht, was du erreicht hast und wie ehrenhaft du dabei warst."

Beide schnieften nun so sehr, dass sie lachten.

„Sieh uns an!", kicherte Hana. „Wir sind beide ein Wrack."

Dominic fasste sich. „Danke, dass du für mich da bist, Hana, das bedeutet mir so viel. Ich werde dir erzählen, wie es ausgeht."

„Ich freue mich darauf, Michael. Pass gut auf dich auf und grüße Enrico von mir."

MIT BLICK auf die Gärten des *Sankt-Martha*-Platzes lag die Wohnung des Staatssekretärs im *San-Carlo*-Palast nur wenige Gehminuten von den Apostolischen Archiven entfernt.

Auf dem Weg dorthin fühlte sich Dominic nach seinem Gespräch mit Hana deutlich besser, gestärkt durch ihre zuversichtliche Unterstützung und bereit, seinem Vater zu „begegnen".

Nur wenige Augenblicke nachdem er an die Tür geklopft hatte, öffnete eine Nonne. Sie begrüßte ihn freundlich, bat ihn herein und führte ihn in das Wohnzimmer des Kardinals. Petrini saß entspannt in einem burgunderroten Queen-Anne-Sessel und nippte an einem Brandy.

„Michael, wie schön, dich zu sehen", sagte er herzlich und stand auf. „Komm doch herein."

Als Dominic auf Petrini zuging, um ihm die Hand zu schütteln, umarmte der junge Priester den Mann impulsiv in einer festen, bedeutungsvollen „Bärenumarmung".

Dann begann er spontan zu schluchzen.

Nach einigen Augenblicken schob Petrini Michael sanft zurück, hielt ihn an beiden Schultern fest und betrachtete ihn. Die Tränen hörten nicht auf, während der junge Priester tief in die Augen seines Vaters blickte.

„Also. Du weißt es schon, nicht wahr?", sagte der Kardinal leise, während seine eigenen Augen zu glänzen begannen.

Michael sah ihn ernst an, eine Mischung aus Zärtlichkeit und Zuneigung in seinen Augen, und nickte langsam.

„Ja. Ich weiß. Ich sage jetzt nicht, wie, aber Tatsache ist, ich weiß, dass du mein Vater bist. Und ich möchte, dass du weißt, dass ich nicht stolzer sein könnte, dein Sohn zu sein."

Nun war es an Petrini, Tränen zu vergießen. Nach zweiunddreißig Jahren, in denen er eine so große Bürde getragen hatte, war die Erleichterung überwältigend.

Dominic schloss die Türen zum Wohnzimmer. Niemand sonst musste davon erfahren. Solche Neuigkeiten würden sich im Vatikan schneller verbreiten als ein Lauffeuer.

Er goss sich ein Glas Brandy aus einer Kristallkaraffe auf dem Tisch ein und nahm in einem Sessel gegenüber von Petrini Platz.

Der Kardinal hatte seine Fassung wiedergewonnen. Er nahm einen weiteren Schluck von der bernsteinfarbenen Flüssigkeit und sah seinen Sohn mit neuen Augen an.

„Ich habe mit so viel Stolz beobachtet, wie du herangewachsen bist, Michael. Ich bin sicher, du verstehst, warum deine Mutter und ich dir oder irgendjemandem die Wahrheit nicht offenbaren konnten. Damals waren die

Zeiten ganz anders, und auch heute ist es keineswegs erlaubt.

Grace und ich haben uns so sehr geliebt, aber wir mussten unsere Leidenschaft verbergen. Ihre überraschende Schwangerschaft war natürlich ungeplant, und eine Abtreibung kam weder infrage noch war sie gewünscht. Also haben wir eine Geschichte erfunden, die dich und deine Mutter schützte, und auch mich, obwohl ich mich oft wie ein Feigling gefühlt habe."

„Weiß noch jemand davon?", fragte Dominic.

„Ja. Der Heilige Vater weiß es tatsächlich. Und Dan—", Petrini brach den Namen ab, als ihm etwas klar wurde.

„Es war Dante, der es dir erzählt hat, nicht wahr?"

„Ja. Ich habe ihn vor ein paar Tagen besucht, um zu fragen, was er mit dem Schleier gemacht hat, und er schien es zu genießen, es mir zu sagen, als würde er mich mit einem verbalen Dolch aufschlitzen.

Also weiß der Heilige Vater davon?!"

„Er weiß es. Dante hat letztes Jahr versucht, mich zu erpressen, als er etwas brauchte – seine übliche Vorgehensweise, nehme ich an – und um meine eigene Absolution zu suchen, ging ich zum Papst und beichtete meine Sünde. Er ist ein guter Mann, unser Papst, und er ist Dante damals hart angegangen, hat ihm gesagt, er solle sich zurückhalten und niemals ein Wort darüber verlieren, besonders nicht zu dir. Ich nehme an, Fabrizio hat jetzt nichts mehr zu verlieren. Dieser Mann ist eine verlorene Seele."

„Was wird aus ihm?"

„Da er dem Kirchenrecht unterliegt, wird er vor ein Oberstes Tribunal gestellt, das ihn zweifellos der Verschwörung zum Mord und anderer Verbrechen für schuldig befinden wird. Danach wird er höchstwahrscheinlich zu einer Haftstrafe verurteilt. Und nachdem der Papst ihn laisiert hat, sind seine Tage als praktizierender Priester vorbei."

Verurteilte des Vatikans verbüßen ihre Haft in italienischen Gefängnissen, wobei die Kosten vom Vatikan übernommen werden.

„Nun, er hat sich das alles selbst eingebrockt. Ich habe kein Mitleid mit diesem Mann. Aber lass uns keinen weiteren Atemzug an Dante verschwenden. Erzähl mir mehr von dir und meiner Mutter …"

Die beiden Männer verbrachten die nächsten Stunden damit, sich an die Frau zu erinnern, die für jeden von ihnen so wichtig war, wobei Petrini viele intime Details offenbarte, die Michael als Kind nicht gekannt hätte. Diese neuen Einzelheiten über beide zu erfahren, gab ihm ein erneuertes Gefühl von Familie, eine Verbindung, die ihm so lange gefehlt hatte, wie er sich erinnern konnte.

Während Petrini sprach, beobachtete Michael ihn genau, nahm die Sprache und Gesten seines Vaters in einem neuen Licht wahr, das ein Gefühl von Erneuerung und Abschluss bot.

Er wusste nun, dass er zu Hause war.

EPILOG

N icht weit vom Vatikan entfernt, an den schlammigen Ufern des *Tibers* in *Trastevere*, erhebt sich ein massiver Gebäudekomplex namens *Regina Coeli*, das *Königin des Himmels*-Gefängnis. Ursprünglich 1654 als katholisches Kloster erbaut, beherbergt es nun tausend der unbußfertigsten Verbrecher Roms.

Bei seiner Aufnahme erhielt der neue Insasse einen Satz Baumwoll-Overalls, ein Handtuch, ein Stück grobe Seife, eine Zahnbürste mit Zahnpasta und ein Paar Pantoffeln. Mit all diesen Gegenständen in den Händen wurde er von einem der Wärter in seine neue Zelle im vierten Stock geführt – eine Zelle, die ironischerweise angesichts seiner früheren Stellung im Leben einen entfernten Blick auf die Kuppel des Petersdoms bot.

Fabrizio Dante, nun bekannt als Häftling Nummer 45789, legte den Stapel mit den Sachen auf seine dünne Pritsche in seinem neuen Zuhause und setzte sich.

Mit einer verhängten Strafe von fünf Jahren könnte er bei guter Führung deutlich früher entlassen werden.

Unter der Schlagzeile „Nazi-Genetik-Netzwerk aufgedeckt" reichte Hana Sinclair ihren Artikel bei Le Monde ein, der allgemeine Anerkennung fand, insbesondere aber die besondere Dankbarkeit weltweiter jüdischer Organisationen, da er die Aufmerksamkeit auf die wachsende argentinische Neonazi-Gemeinschaft lenkte. Der argentinische Präsident sorgte für die Auflösung der Kinderklinik und der Organisation *Ahnenerbe*, ließ deren führende Mitglieder verhaften und richtete in *Bariloche* neue Polizeieinheiten ein.

Hilda Fischbein heiratete bald darauf erneut und fand einen guten Ehemann, der für eine internationale Hilfsorganisation in Patagonien arbeitete. Ihr Sohn, den sie Michael nannten, wurde unter der Obhut eines örtlichen katholischen Krankenhauses geboren.

In Rom wurden Karl Dengler, Lukas Bischoff und Marco Picard in einer diskreten Zeremonie geehrt, die vom Mossad organisiert wurde. Sie wurden für ihre Unterstützung der Shayetet-13-Einheiten in Argentinien und die darauf folgende Zerschlagung der faschistischen *Ahnenerbe* ausgezeichnet. Der Kommandant der Päpstlichen Schweizergarde war anwesend, ebenso wie Karls Cousine Hana, die für die Veranstaltung aus Paris angereist war.

In einer weiteren stillen Zeremonie weihte der Papst den Schleier der Magdalena dauerhaft dem Heiligen und entzog ihn dem weltlichen Staat. Seine Heiligkeit genehmigte die Untersuchung des Byssus-Schleiers durch ein kleines Team angesehener Wissenschaftler und Gelehrter, eine Arbeit, die wahrscheinlich Jahre dauern würde.

In der Zwischenzeit erhielt der Schleier einen prominenten Platz in einer öffentlichen Ausstellung im Vatikanischen Museum, wo die Gläubigen ihn betrachten und verehren konnten – ein Kronjuwel unter den zahlreichen heiligen Artefakten, die das Museum für die historische und religiöse Nachwelt präsentiert.

Pater Michael Dominic, der sich in seinem Leben gefestigter fühlte als je zuvor, bewahrte das Wissen um die Vaterschaft seines Vaters als Geheimnis – außer natürlich gegenüber der einen Person, die er bereits eingeweiht hatte, Hana Sinclair.

Als er und Hana an einem sonnigen Frühlingstag Arm in Arm durch die päpstlichen Gärten des Vatikans spazierten, während das Sonnenlicht durch die Apfelbäume entlang der *Viale dell'Osservatorio* fiel, ließen sie ihre Abenteuer der letzten Jahre Revue passieren.

„Wir sind ein gutes Team, weißt du?", neckte Hana, während eine leichte Brise ihr kastanienbraunes Haar zerzauste. „Wo werden wir wohl als Nächstes landen?"

„Oh, das ist schwer zu sagen", bemerkte Dominic und blickte in den Himmel, während er tief einatmete. „Aber ich habe das Gefühl, dass bald etwas Neues auf uns zukommt, und du wirst sicher ein oder zwei neue Geschichten brauchen. Lass uns sehen, was das Leben für uns bereithält.

Fürs Erste bin ich einfach glücklich, hier mit dir zu sein, sicher und frei von jeglichem anderen Einfluss. Das Leben ist gut, Hana. Das Leben ist gut."

✱

FIKTION, FAKT ODER FUSION?

Viele Leser der *Magdalena-Chroniken* haben nach einer Klarstellung gefragt, wo historische Realität endet und künstlerische Freiheit beginnt. Grundsätzlich verankere ich meine Geschichten oft in belegten Ereignissen oder Personen, ergänze sie aber mit fiktiven Elementen – manchmal so subtil, dass die Grenzen verschwimmen.

In diesem Buch werde ich im Folgenden gezielt auf ausgewählte Kapitel eingehen, die Fragen aufwerfen.

PROLOG: Der Reichsführer-SS Heinrich Himmler, einer von Hitlers obersten Generälen, war tatsächlich vom Okkulten besessen und initiierte Aktivitäten, die in der *Wewelsburg* (ein realer Ort, der heute als Museum und Jugendherberge dient) stattfanden, einschließlich übernatürlicher und seltsamer Rituale im Weihesaal.

Himmler beauftragte Otto Rahn in den 1930er-Jahren tatsächlich mit archäologischen Expeditionen, und es wird vermutet, dass Rahn schließlich „etwas" von seinen Entdeckungen in Südfrankreich zu Himmler brachte. Wir wissen nicht, was das war oder ob es überhaupt stattgefunden hat.

Der *Schleier der Veronika* ist, soweit wir wissen, eine echte Legende, eine mündliche Überlieferung, die über Jahrhunderte weitergegeben wurde. Ich habe mir fiktive Freiheiten genommen, indem ich den Schleier von Berenikē an Magdalena weitergeben ließ.

KAPITEL 1: Zwei Hauptfiguren basieren auf realen Persönlichkeiten, deren Namen aus rechtlichen Gründen geändert wurden. Ihre historischen Rollen und Schlüsselhandlungen folgen dokumentierten Ereignissen, während ihre Familien und private Beziehungen frei erfunden sind.

Diese Mischung aus Fakten und Fiktion ermöglicht eine spannende Erzählung, ohne reale Personen zu vereinnahmen.

WEITERE INFORMATIONEN FINDEN SIE UNTER:
https://de.wikipedia.org/wiki/Walter_Rauff
https://de.wikipedia.org/wiki/Erich_Priebke

KAPITEL 4: Die *Thule-Gesellschaft*, die Organisation *Ahnenerbe* und „Die Zwölf" waren authentische Gruppen während der NS-Zeit. Die *Ahnenerbe* verfolgte die Mission, durch pseudowissenschaftliche Forschung die vermeintliche Überlegenheit der „arischen Rasse" zu belegen, was die ideologische Grundlage für die rassistischen Verbrechen der Nazis, einschließlich des Holocausts, unterstützte.

Bischof Alois Hudal war eine historische Figur, die als Kollaborateur der Nazis die sogenannte „Vatikan-Rattenlinie" leitete, ein Netzwerk, das Kriegsverbrechern die Flucht nach Südamerika ermöglichte. Weitere Informationen über ihn finden sich auf seiner Wikipedia-Seite: https://de.wikipedia.org/wiki/Alois_Hudal.

Das dreiteilige Rätsel, das ich entworfen habe, ist hingegen ein rein fiktives Element meiner Erzählung.

Die Wewelsburg in Büren, Deutschland, war ein zentraler Ort der SS-Ideologie.

Die *Römischen Tagebücher* von Bischof Alois Hudal wurden dreizehn Jahre nach seinem Tod im Jahr 1976 veröffentlicht. Darin findet sich die zitierte Passage über seinen Besuch in alliierten Internierungslagern, in der er die Ansicht vertrat, die inhaftierten Nazis seien schlecht behandelt worden.

Die Schwarze Sonne, ein esoterisches Mosaik, ist real und kann noch heute auf dem Boden des Obergruppenführersaals Im Buch die Generals-Halle in der Wewelsburg besichtigt werden.

KAPITEL 7: Die *Riserva* des Vatikans ist in der Tat der sensibelste Bereich der vatikanischen Archive, auch wenn mir ihr genaues Aussehen unbekannt ist – weshalb ich die Beschreibung frei gestalten musste.

Himmlers Tagebuch und Hudals Brief an den Papst sind rein fiktive Elemente meiner Erzählung.

KAPITEL 8: Heinrich Himmler führte seit seinem zehnten Lebensjahr Tagebücher, von denen einige am Ende des Zweiten Weltkriegs von der Roten Armee beschlagnahmt wurden. Die Aufzeichnungen über seine fanatische Sicht auf Juden in Konzentrationslagern und seine entmenschlichenden Metaphern, wie die von „bösartigen Hunden", sind authentisch und stammen aus seinen eigenen Schriften.

Die biblische Passage aus Johannes 20,3-7, die ich hier zitiere, ist korrekt wiedergegeben, wie sie in der Bibel erscheint, auch wenn ihre Verwendung in meiner Geschichte rein fiktiv ist. Unterschiedliche Bibelübersetzungen können in der Terminologie leicht variieren.

KAPITEL 9: Simon Ginzbergs Beschreibung der existierenden Schleier an den genannten Orten ist korrekt und faktenbasiert, ebenso wie die Diskussion über den Namen Veronika (Vera Icon auf Lateinisch).

KAPITEL 14: Javier Batistas Erwähnung der *Operation Oriente Cercano* bezieht sich auf ein tatsächliches Ereignis – eine Polizeirazzia, bei der 2017 in einem Haus in *Béccar*, Argentinien, eine Sammlung von Nazi-Artefakten und -Memorabilien entdeckt wurde, die in einem geheimen Raum hinter einem Bücherregal versteckt war.

KAPITEL 29: Das faszinierende Bildnis Christi entstand tatsächlich durch die Überlagerung des Schleiers von Manoppello mit dem Gesicht auf dem Turiner Grabtuch, eine Entdeckung der deutschen Trappistin Schwester Blandina Paschalis Schlömer, die feststellte, dass beide Bilder nahezu identisch sind.

Die Verwendung der Bilder des Schleiers von Manoppello und des Turiner Grabtuchs, hier fiktiv dargestellt und leicht verändert, ist unter der Creative-Commons-Lizenz „Namensnennung – Weitergabe unter gleichen Bedingungen 3.0 Unported" gestattet. Mit freundlicher Genehmigung von Bruder Benno, erteilt am 6. August 2006.

KAPITEL 32: Die Kinderklinik ist ein Produkt meiner Fantasie, obwohl *Bariloche* eine deutsche Siedlung in der argentinischen Region *Patagonien* ist. Nach dem Zweiten Weltkrieg ließen sich dort etwa 9.000 Nazis nieder, und ihre Nachkommen leben noch heute in dieser Region.

Das *Lebensborn-Programm* war ein reales SS-Programm, das darauf abzielte, die Geburtenrate von Kindern zu fördern, die nach den rassistischen Ideologien der Nazis als „arisch", „rassisch rein" und „gesund" galten.

Die *Roten Falken* waren tatsächlich das stark indoktrinierte NS-Äquivalent zu den Pfadfindern, jedoch mit ideologisch völlig anderen Zielen.

KAPITEL 33: Das einst geheime, heute freigegebene CIA-Dokument ist vollständig authentisch und im Internet frei verfügbar. Durch einen Zufall beschreibt es genau die Situation, die ich für meine Geschichte brauchte, und passt perfekt dazu.

VERSCHIEDENE HINWEISE: Die Beschreibungen aller real existierenden Gebäude und Straßen sind dank *Google Earth* und anderer Quellen präzise und korrekt.

Die erwähnten Hotels, Restaurants (einschließlich ihrer Speisekarten), Fluggesellschaften und Flugzeiten entsprechen den tatsächlichen Gegebenheiten. Unter Berücksichtigung der dokumentierten und geschätzten Zeiten, einschließlich der Reisezeiten, umfasst die Handlung des Buches einen Zeitraum von einundvierzig Tagen in Echtzeit.

ANMERKUNGEN DES AUTORS

Die Auseinandersetzung mit theologischen Themen, religiösen Überzeugungen und der fiktionalen Darstellung historisch-biblischer Ereignisse erfordert Sensibilität. Ich möchte daher ausdrücklich betonen, dass diese Erzählung als reine Fiktion zu verstehen ist – inspiriert von mündlichen Überlieferungen, historischen Fragmenten und unterschiedlichen Deutungstraditionen. Mein Ziel ist weder religiöse Lehren zu hinterfragen noch eine bestimmte Agenda zu verfolgen, sondern eine spannende Geschichte zu erzählen, die sich kreativ mit bekannten Motiven auseinandersetzt. Ich respektiere sämtliche Glaubensüberzeugungen, von Agnostizismus bis Zoroastrismus, und lade Leser ein, die Erzählung als literarisches Gedankenspiel zu betrachten.

Vielen Dank, dass Sie *„Der Magdalenen-Schleier"* gelesen haben. Ich hoffe sehr, dass es Ihnen gefallen hat. Falls Sie es noch nicht getan haben, empfehle ich Ihnen, die anderen Bücher dieser Reihe – „*Die Magdalena-Täuschung*" und „*Das Magdalena-Reliquiar*" – zu lesen. Freuen Sie sich auf weitere Bücher mit denselben Figuren – und einigen neuen – in der nächsten Reihe „Vatikanische Geheimarchiv-Thriller".

Wenn Sie einen Moment Zeit haben, würde ich mich sehr über eine Rezension auf Amazon oder einer anderen Plattform freuen. Rezensionen sind für den Erfolg eines Buches von entscheidender Bedeutung, und ich hoffe, dass die *Magdalena-Chroniken*-Reihe ein langes und unterhaltsames Leben haben werden.

Sie können Ihre Rezension ganz einfach auf meiner Amazon-Buchseite hinterlassen.

Wenn Sie mich aus irgendeinem Grund kontaktieren möchten, können Sie mir eine E-Mail an gary@ garymcavoy.com senden. Wenn Sie mehr über mich und meine anderen Bücher erfahren möchten, besuchen Sie meine Website unter www.garymcavoy.com, wo Sie sich auch für meine private Mailingliste anmelden können.

Mit freundlichen Grüßen
Gary McAvoy

DANKSAGUNGEN

„Während dieser Reihe hatte ich die dankenswerte Unterstützung vieler Freunde und Kollegen, ohne deren Hilfe dieses Projekt weitaus schwieriger gewesen wäre.

Für dieses Buch möchte ich mehreren Mitwirkenden für ihre großzügig gewährte Zeit, sorgfältige redaktionelle Arbeit und unschätzbare Klugheit danken, darunter Greg McDonald, Yale Lewis, Michelle Harden, Jeanne Jabour und Fran Libra Koenigsdorf, sowie meiner brillanten Lektorin Sandra Herner. Besonderer Dank gilt Kathleen Costello für ihre logischen und intuitiven Fähigkeiten im Korrekturlesen.

Ich bin auch unendlich dankbar für die vielen Leser meiner Werke und ihre durchweg positiven Rückmeldungen. Ich schreibe zu Ihrer Unterhaltung und freue mich, Sie bei diesen Abenteuern dabei zu haben.

Und schließlich danke ich meiner großartigen deutschen Übersetzerin Martina Moser, deren Engagement, meine Arbeit den deutschsprachigen Menschen näherzubringen, bewundernswert war – und die Zusammenarbeit mit ihr während des gesamten Prozesses war eine Freude."

GM

BILDNACHWEISE: Die Verwendung der fiktional dargestellten und leicht modifizierten Abbildungen des Schleiers von Manoppello und des Turiner Grabtuchs erfolgt unter der Creative Commons Attribution-Share Alike 3.0 Unported-Lizenz. Mit freundlicher Genehmigung von Bruder Benno, erteilt am 6. August 2006.

TITELSEITE: Dieses Werk (das Veronika-Heiligtum in der Basilika St. Peter, Vatikanstadt, fotografiert von *Use the Force*), identifiziert von **Gary McAvoy**, unterliegt keinen bekannten urheberrechtlichen Beschränkungen.